Jürgen Bauer

Leben hat seinen Preis

Ein Stuttgart-Krimi

Verlag

Umwelthinweis:
Dieses Buch wurde auf chlor- und
säurefreiem Papier gedruckt

1. Auflage 2012

© 2012 Verlag Jürgen Wagner
Südwestbuch/SWB-Verlag, Stuttgart

Lektorat: Maria Konstantinidou, Stuttgart

© Umschlagfotos: Tomasz Bidermann/(Shutterstock)
zhuhe2343603/(Shutterstock)

Umschlaggestaltung: Sig Mayhew
www.mayhew-edition.de

Satz: Jürgen Bauer, Remscheid

Druck und Verarbeitung: E. Kurz + Co., Druck
und Medientechnik GmbH, Stuttgart
www.e-kurz.de
Printed in Germany

ISBN: 978-3-942661-52-2
www.swb-verlag.de

Leben hat seinen Preis

1

Der Waldfriedhof gilt als der schönste Friedhof der Stadt Stuttgart. Der hohe Baumbestand wirkt am Tag dunkel und geheimnisvoll, in den Nächten bildet er eine düstere, abweisende Mauer. Es war kurz vor Neumond, Mitternacht bereits vorüber. An der Straße, die oberhalb des Friedhofs vorbeiführt, hielt eine schwarze Limousine. Zwei Männer stiegen aus, öffneten den Kofferraum und holten zwei Spaten heraus. Der Größere zog einen Plastiksack vom Rücksitz und hob ihn auf die Schulter. Er schien schwer zu sein. Der Mann schritt schwerfällig mit seinem Begleiter auf den Zaun zu, der den Friedhof umgab. Über die Umzäunung warfen sie den Spaten. Den Sack hievten sie über das geschlossene Tor und kletterten danach darüber. Mit Spaten und Sack verschwanden sie in der Tiefe des Waldfriedhofs.

Vor der Grube eines Grabes, frisch ausgehoben und für eine Beerdigung am nächsten Morgen vorbereitet, hielten sie an und legten den Plastiksack auf den Boden. Sie begannen, die Grabstätte zu vertiefen und arbeiteten schweigend. Erklang ein Geräusch aus dem düsteren Wald, unterbrachen sie die Arbeit sofort und lauschten angespannt. Niemand kam. Niemand störte sie bei ihrer Tätigkeit. Schließlich hob der Größere die Hand und murmelte: »Das reicht.«

Sie ließen den Plastiksack in die Grube gleiten und bedeckten ihn mit der zuvor ausgehobenen Erde. Als der Ruf eines Käuzchens ertönte, verharrten sie. Danach stampften sie den schweren Lehmboden fest und säuberten sorgfältig die Umrandung der Grabstelle von allen Erdresten. Zur Kontrolle ließen sie kurz ihre Taschenlampen aufleuchten, um zufrieden mit der von ihnen durchgeführten Tätigkeit im Dunkeln zu verschwinden.

Kurze Zeit später waren der Anlasser eines Autos und dann das Brummen eines Motors zu hören. Das Motorengeräusch entfernte sich in Richtung Degerloch.

Gegen 10 Uhr am nächsten Morgen zog von der Kapelle des Waldfriedhofs ein feierlicher Begräbniszug zu der Grabstelle. Vier Sargträger in schwarzen Uniformen rollten den Sarg auf einem Wagen den Weg von der Aussegnungshalle herunter. Dahinter folgte schweigend über ein Dutzend schwarz gekleideter Frauen und Männer. Die meisten wirkten betagt und schritten schleppenden Schrittes dem Sarg hinterher. Eine Ausnahme machte der junge, federnd ausschreitende Pfarrer. Mehrere Kinder, gerade dem Kindergarten entwachsen, zerrten ungeduldig an den Mänteln ihrer Großeltern. Beim offenen Grab angekommen, stellten die Träger den Sarg auf ein hölzernes Gestell, das über der Grube des Grabes angebracht war. Der Pfarrer begann die Beisetzungszeremonie mit einem Gebet für den Verstorbenen. Es knackte vernehmlich. Die Trauergäste erstarrten. Der linke, hintere Fuß des Gestells splitterte unter dem Gewicht des Sarges und geriet ins Rutschen. Die Sargträger erschraken und zogen hastig den Sarg an den Tragebändern hoch. Allerdings war ihr Zug zu heftig und zu ungleichmäßig. Der Sarg rutschte aus den Bändern und kippte in die Tiefe. Er stieß mit der Vorderkante spitz in die Erde.

Zwei der Träger stiegen ins Grab und stemmten den Sarg nach oben. Die Trauergemeinde sah zum Pfarrer. Sie wartete auf eine

Fortsetzung der Zeremonie. In diesem Moment hörte man deutlich eine Kinderstimme: »Schau Oma, da unten liegt etwas!«
Mit diesen Worten zog ein Mädchen die Großmutter ans Grab und deutete auf eine Stelle. Dort schimmerte eine Plastikplane durch die aufgerissene Erde am Boden der Grube.
Zwei Sargträger kletterten nochmals ins Grab hinab, um den störenden Plastikfetzen zu entfernen. Sie rissen daran und zogen ein Stück eines Plastiksacks aus der Erde. Er öffnete sich und gab einen Arm frei, der aus einem weißen Ärmel hing.
Auf den Gesichtern der Trauergäste spiegelte sich blankes Entsetzen. Zwei der Kinder begannen zu weinen. Eine Frau schlug die Hände vor ihr Gesicht. Ein Greis flüsterte mit zitternden Lippen ein Gebet. Der Pfarrer fasste sich. Er bat die Friedhofsangestellten, den Sarg zur Kapelle zurückzutragen. Einer der Träger zog ein Handy aus der Tasche, telefonierte mit dem Leiter des Friedhofsamtes und schilderte den Vorfall.
Der Pfarrer wandte sich an die Trauergemeinde: »Wir brechen am Grab die Begräbnisfeierlichkeit ab. Bitte kommen Sie wieder mit mir in die Aussegnungskapelle.«
Mit diesen Worten schritt er langsam den Weg zurück. Die Sargträger mit dem Sarg und die Trauergäste folgten.
In der Zwischenzeit benachrichtigte der Leiter des Friedhofsamtes die Polizei und informierte diese über den Fund einer unbekannten Leiche.
Nach zehn Minuten erschienen zwei Einsatzwagen. Die Besatzung sperrte die Grabstelle weiträumig ab. Kurz darauf trafen die Spurensicherung und Kriminalrat Ernst Stöckle aus der Abteilung *Tötungsdelikte* an der Grabstätte ein.

2

Frank Buck, der neue Kommissar in Stöckles Abteilung, schlenderte durch Heslach, ein südlicher Stadtteil Stuttgarts, der unterhalb des Waldfriedhofs liegt. Er hatte dienstfrei. Nur für dringende Fälle bestand für ihn Rufbereitschaft. Das Handy klingelte. Sein Chef Stöckle teilte ihm den Leichenfund mit und bat ihn, sofort zu kommen.

Frank fuhr sich über seinen Dreitagebart. Nach kurzer Überlegung ließ er sein Auto stehen und stieg in die Seilbahn, die den Waldfriedhof mit Heslach verbindet. Er setzte sich auf eine Bank, die aus Tropenholz bestand und kunstvoll geschnitzte Füße besaß. Er schnupperte neugierig, ob der Duft des gewachsten und polierten Holzes noch in der Luft hing, roch jedoch nur feuchte Kleidung und Friedhofserde. Alte Nichtraucherschilder aus Emaille erweckten seine Aufmerksamkeit. Sie hingen über jedem Eingang. Ganz wie früher, als das Rauchen in den Nahverkehrsmitteln allgemein erlaubt war und auf ein Verbot extra hingewiesen werden musste. Auch das Prinzip, nach dem die Seilbahn funktionierte, stammte aus vergangenen Zeiten: Fährt die eine Bahn bergab, zieht sie die andere bergauf.

Der vor Kurzem vierzig gewordene Frank stellte in letzter Zeit häufiger nostalgische Gefühle bei sich fest. Nicht nur, dass er eine langsame und alte Seilbahn benutzte, um an einen Tatort zu gelangen, nein, erst neulich hatte er sich eine alte Lokomotive einer Spielzeugeisenbahn gekauft. Sie erinnerte ihn an seine Kindheit. Alina, seine Freundin, die mit ihm die Wohnung teilte, sah den Kauf als unnötig an. So wie sie verständnislos den Kopf geschüttelt hatte, als er ein altes Telefon mit Wählscheibe auf seinen Schreibtisch gestellt hatte.

Als Frank am Tatort eintraf, sah er, wie der Polizeiarzt vorsichtig einen bläulich-weißen Plastiksack öffnete. Er trat näher. Behutsam entfernte der Arzt die Plastikfolie. Eine junge Frau kam zum Vorschein. Sie trug eine weiße Hose, einen weißen Kittel, jedoch keine Schuhe und keine Strümpfe. Hose und Kittel waren zerknittert und stark mit Erde verschmutzt.

Frank beugte sich über die Tote und musterte sie genau. An seinen Vorgesetzten Stöckle gewandt, einen jovial wirkenden älteren Mann, mit breiten Schultern und einem kleinen Bauchansatz, murmelte er: »Auf den ersten Blick und rein vom Äußeren her lässt sich keine eindeutige Todesursache feststellen. Ich sehe keine Einstiche, keine Schussverletzung, keinen Blutfleck auf der Kleidung. Sehr seltsam!«

Stöckle nickte bestätigend. »Wir müssen die Obduktion abwarten. Hast du registriert, dass die Haut der Leiche eine dunklere Tönung aufweist? Diese Frau zeigt eine dunklere Pigmentierung als jede in der Sonne braun gebrannte Stuttgarterin. Lassen wir die Spurensicherung und später unsere kluge Pathologin ihre Arbeit machen. Jetzt befragen wir den Chef des Friedhofsamtes, ob es gestern auffällige Vorkommnisse gab.«

Statt zügig das Friedhofsamt anzusteuern, setzte sich Stöckle jedoch nach wenigen Schritten auf eine Bank. In seiner für das Büro angemessenen Kleidung, dezenter Anzug und dazu passender Krawatte, wirkte er an dieser Stelle völlig fehl am Platz. Auch die betont korrekte Körperhaltung stand im Widerspruch zu einem entspannten und gemütlichen Plausch in der Sonne auf einer Bank im Friedhof.

»Wollten wir nicht zum Leiter des Friedhofsamtes?«, fragte Frank.

»Setz dich bitte, Frank. Zuerst möchte ich mit dir in aller Ruhe über den Fall sprechen. Diese Zeit muss sein.«

Die beiden Polizeibeamten kannten sich schon lange. Bei Fortbildungen hatten sie sich einst kennengelernt. Der junge Militärpolizist Frank Buck lernte die Ratschläge und Tipps des erfahrenen älteren Kollegen im Zivildienst Ernst Stöckle zu schätzen. Langsam entwickelte sich eine feste Freundschaft, die auch hielt, als Frank nach Afghanistan versetzte wurde. Sie blieben in Kontakt. Als Frank traumatisiert von einem Bombenanschlag seinen Posten bei der Militärpolizei aufgab und nach Leonberg zog, kümmerte sich Stöckle intensiv um ihn. Der erste größere Fall, den Frank als neu zugelassener Privatdetektiv in Leonberg übernahm, führte beide per Zufall dienstlich zusammen. Es handelte sich um ein Tötungsdelikt. Stöckle stand der zuständigen Ermittlungsabteilung im Stuttgarter Polizeipräsidium als Chef vor. Zusammen lösten sie den aufsehenerregenden Fall um ein kriminelles Netz. Anschließend bot der Polizeipräsident dem ehemaligen Leutnant einen Posten bei der Polizei in Stuttgart an. Ab diesem Zeitpunkt versah Frank zunächst als Kriminalkommissarsanwärter, dann als Kommissar unter dem Kriminalrat Stöckle in der Abteilung *Tötungsdelikte* seinen Dienst.

Stöckle lehnte sich auf der Bank zurück, ließ die Sonnenstrahlen, die durch die Bäume fielen, auf sich einwirken und atmete tief ein und aus. Seine braunen Augen waren wohlwollend auf

Frank gerichtet. Stöckles leichte Knollennase, die einen schwachen Sonnenbrand aufwies, schimmerte rötlich in dem Sonnenlicht, und auf seiner hohen Stirn vertieften sich die Falten.

Frank setzte sich stumm neben ihn und wartete.

»Ich weiß, dass du nur Bereitschaft hast für dringende Fälle. Ich habe dich trotzdem angerufen, weil ich denke, dass mit dieser Toten größere Probleme auf uns zukommen. Einen Menschen in einem Grab zu verbergen, das ist nichts für Kleinkriminelle. Die junge Frau kann nicht eines natürlichen Todes gestorben sein. Wäre der Sarg nicht gerutscht und das kleine Mädchen nicht neugierig gewesen, hätten wir diese Frau nie gefunden. Verdammt, meine Nase juckt, ich ahne Schwierigkeiten.«

»Ich denke, du hast recht. Hier versucht jemand, etwas zu vertuschen. Hast du dir das Gesicht des Mädchens angesehen? So jung! In eine Plastikfolie gepackt und verscharrt. Ich verspreche dir, ich knie mich in diesen Fall hinein.«

»Kümmere dich darum! Frank, du bist mein bester Mann für rätselhafte Fälle. Halte dich bitte an die Dienstvorschriften. Ich spüre in deiner Stimme den Zorn auf die illegalen Totengräber. In diesem Gefühlszustand arbeitest du zwar effektiv, aber als Polizist oft grenzwertig. Für mich gilt allein, es scheint ein schwieriger Fall zu werden. Ich lasse mich nicht von Emotionen leiten, obwohl mir die junge Frau auch leidtut. So, und nach dieser langen Rede wenden wir uns an den Chef des Friedhofsamtes und lassen uns über besondere Vorkommnisse berichten. Falls es solche auf einem Friedhof überhaupt gibt.«

Eine frische Windböe ließ die beiden auf der Bank schaudern. Stöckle strich sich über sein kurz geschnittenes, hellbraunes Haar, um es wieder zu glätten, wobei zwei widerspenstige Haarwirbel sich diesem Versuch widersetzten.

3

Nach Dienstschluss legte Frank Buck die Strecke vom Polizeipräsidium über den Westen Stuttgarts und die Wildparkstraße
bis zu seiner Wohnung in der Leonberger Altstadt zügig zurück.
Feierte doch seine Freundin Alina Efimenko den vorklinischen
Abschluss ihres Medizinstudiums.

Bei seinem ersten größeren Fall hatte er sie kennengelernt. Alina reiste aus der Ukraine an, um ihren verschollenen Vater zu
suchen. Dieser arbeitete schwarz und ohne die nötigen Papiere
in Deutschland. Zufällig wandte sie sich an den Privatermittler
Buck, der gerade eine Detektei in Leonberg eröffnet hatte. Diese Klientin entwickelte sich im Laufe der Ermittlungen zu einer
Freundin. Als sie ein Auslandsstipendium für ein Studium der
Medizin in Tübingen erhielt, zog sie zu Frank. Nach mehreren
Deutschkursen sprach sie inzwischen fließend deutsch. Aufgrund der Nachbarschaft und den gemeinsamen Freunden wies
ihre Aussprache nun eine leichte schwäbische Färbung auf.

Für die Feier zum bestandenen Physikum hatten sie bei ihrem
Freund Sid in dessen Lokal *Am Alten Stadttor* einen Tisch re-
serviert. Das Lokal lag nicht weit entfernt von ihrer gemeinsamen Wohnung.
Als Frank die Gaststätte betrat, begrüßten ihn die Anwesenden
mit lautem Hallo. Am Kopfende des Tisches saß Alina, umge-

ben von Blumensträußen. Sie strahlte ihn an und umarmte ihn überschwänglich.

Neben ihr saß Franks Vorgesetzter und Freund Ernst Stöckle. Er hatte nach Frank das Büro verlassen und begrüßte ihn fröhlich mit den Worten: »Hallo langsamer Hase. Ich bin der Igel. Jeder weiß: Der Igel ist schneller als der Hase.« Dabei strich er seine kurzen Haare nach vorne, sodass sie wie die Stacheln eines Igels abstanden.

Zwei befreundete Ehepaare am Tisch, Bewohner der Leonberger Altstadt, lachten laut auf. Der runde Schädel des Kommissars und seine abstehenden kurzen Haare erinnerten wirklich an einen Igel.

Frank schüttelte allen die Hände. Schon stand Sid mit einer Flasche Sekt bereit und goss die Gläser voll. Frank erhob sein Glas und verbeugte sich vor der strahlenden Alina.

»Dein Hase gratuliert. Es lebe Alina. Es lebe unsere neue Medizinfrau. Jetzt im klinischen Teil ihrer Ausbildung lässt man sie auf die armen Kranken los.«

Er küsste sie herzlich und überreichte ihr ein kleines Päckchen.

»Meine herzlichsten Glückwünsche zum bestandenen Examen.«

Sie riss ungeschickt das Geschenkpapier auf. Es fiel eine feinziselierte Silberkette auf den Tisch. Begeistert umarmte sie Frank.

»Danke! Danke, mein Schatz!«

Als die Gratulationen der anderen abebbten, servierte die aus China stammende Frau von Sid, Thanh, ein Festmenü, bei dem sie chinesische und schwäbische Spezialitäten auf eine gewagte, aber gelungene Weise in mehreren Gängen anbot. Fleisch in Teigtaschen ist nicht nur eine schwäbische Spezialität, auch Chinesen entwickelten bei der Entwicklung solcher Taschen Kreativität und Fantasie.

Nach dem Essen verabschiedeten sich die Gäste früh. Schließlich war der folgende Tag ein Werktag und damit ein Arbeitstag. Alina und Frank bummelten wie häufig durch die Leonberger Altstadt. Nach ihrem Abendspaziergang saßen sie noch gemütlich im Wohnzimmer. Frank fragte nun genauer nach dem Verlauf der Prüfung. Alina strahlte und schilderte den Ablauf. Sie fing mit den Fragen an, wiederholte ihre Antworten und berichtete stolz von dem zustimmenden Nicken der Prüfer. Einen Professor schien sie besonders beeindruckt zu haben.

»Stell dir vor, fragt der mich tatsächlich: ›Frau Efimenko, können Sie sich vorstellen, in meiner Abteilung an der Klinik anzufangen?‹ Ich war so verblüfft, dass ich nicht reagieren konnte. Ich starrte ihn nur mit offenem Mund an. Er lachte und meinte, ich könnte mir das in aller Ruhe überlegen.«

Frank stand von dem Sessel auf.

»Da gibt es eine Menge zu feiern.«

Mit diesen Worten zog er die zierliche Alina vom Sofa hoch, legte sie über die Schulter und trug die wild Zappelnde in das Schlafzimmer.

Am nächsten Morgen saßen sie spät am Frühstückstisch, als das Telefon läutete. Frank griff zum Hörer, meldete sich, lauschte, schüttelte den Kopf und verabschiedete sich.

»Na ja. Das ist keine gute Nachricht. Wir sehen uns später. Tschüss Ernst.«

Alina sah ihn mit großen dunklen Augen fragend an. »Schlechte Nachrichten?«

»Ja. Gestern fand man eine tote Frau auf dem Waldfriedhof. Ernst hat mir den Obduktionsbericht vorgelesen. Wir verstehen nur Bahnhof. Das heißt, momentan ist uns der Fall völlig rätselhaft. Die Leiche wies eine Operationswunde in der Nierengegend auf. Eine Niere fehlte. Vielleicht litt sie an einer Schrumpfniere oder an Krebs. Darüber hinaus wies sie eine Lungenentzündung auf. Gestorben ist sie an einer generalisierten Sepsis. Was darunter auch immer zu verstehen ist. Den konkreten Verursacher der Sepsis suchen sie noch. Sie haben Bakterienkulturen angelegt, und das dauert.«

Alina unterbrach: »Generalisierte Sepsis ist eine Blutvergiftung, die den ganzen Körper befällt. Sie wird in der Regel durch Bakterien verursacht.«

Frank nickte dankend für ihre Erklärung und fuhr fort: »Außerdem stellten sie fest, dass es sich um keine Europäerin handelt. Zumindest die Pigmentierung der Haut und die Haare lassen darauf schließen. Der Zahnstatus ist schlecht, sie weist kariöse Zähne und eine Zahnlücke auf. Keine Hinweise auf Zahnhygiene oder auf eine Behandlung bei einem Zahnarzt. Sie besitzt keine Plombe. Diese hätte uns einen Hinweis gegeben, aus welchem Land die Frau stammt. Die Pathologin versucht nun, ihre Herkunft zu bestimmen.

Ach, wie ich das Ganze hasse! Es erinnert mich an einen anderen Fall. Da nervten mich Leute aus Spanien, Rumänien und Weißrussland. Warum können Verbrecher nicht in ihrem Land bleiben und dort Kriminelle spielen? Wir besitzen doch genügend Deutsche, die vom Pfad der Tugend abweichen.«

Alina schüttelte den Kopf und lächelte ironisch. »Tu doch nicht so. Es bereitete dir Spaß, in der Gegend herumzufahren. Außerdem … So hast du mich kennengelernt! Ein kleines, unschuldiges, harmloses Mädchen aus der Ukraine, das jetzt eine Ärztin ist.«

Frank wirkte niedergeschlagen. »Und dann nimmt die eigene Freundin meine Wünsche und Vorstellungen nicht ernst.«

»Da habe ich heute Nacht aber andere Erfahrungen gemacht.«
Alina lachte laut auf, beugte sich über den Tisch und gab ihm
einen Kuss auf die Stirn.

Frank lehnte sich glücklich und entspannt zurück. War er doch
froh, dass seine gut aussehende Alina, mit den lebhaften braunen, leicht schräg stehenden Augen, den hohen Wangenknochen
und der makellosen Haut und vierzehn Jahre jünger als er, sich
im Studium nicht von jüngeren Kommilitonen hatte umgarnen
lassen.

»Ich muss nach Tübingen fahren. Der Professor wartet auf eine
Antwort. Du, Faulpelz, solltest ins Büro. Nicht jeder besitzt
einen so verständnisvollen Vorgesetzten wie du. Ein Chef, der
seinen Angestellten zu Hause kontaktiert, um Ergebnisse der Ermittlung durchzugeben. Außerdem könntest du dich mal wieder
rasieren. Du kratzt fürchterlich.«

Sie streckte ihm die Zunge heraus und verschwand.

Frank sah ihr lange nach, der sportlichen, gertenschlanken Gestalt mit den langen, ins Gesicht fallenden schwarzen Haaren,
die sie häufig mit einer nervösen Geste nach hinten schob.

Langsam stand er auf, um in das Polizeipräsidium nach Stuttgart zu fahren.

4

Frank betrat das Präsidium und wartete am Aufzug. Eine Kollegin eilte die Treppen hoch, drehte sich suchend um und schritt ebenfalls zum Aufzug. Es war die ehrgeizige, abenteuerlustige Tina Schrayer, mit der Frank früher oft und gerne zusammengearbeitet hatte. Sie war vor zwei Jahren befördert worden und hatte eine Stelle bei Europol in Brüssel erhalten.

Frank stellte schmunzelnd fest, dass die oberen Knöpfe ihrer Bluse immer noch nicht geschlossen waren: Diese Angewohnheit hatte sie wohl auch in Brüssel nicht abgelegt. Ihr makellos gebräunter Brustansatz war sicher ein Ergebnis vieler Besuche im Solarium.

Ohne nachzudenken, breitete er seine Arme aus und drückte sie an sich. Sie löste sich nicht aus der Umarmung, bis er verlegen einen Schritt zurücktrat. Dieser Überschwang schien unangemessen, das war mehr als eine rein kollegiale Begrüßung.

»Schau an, die hübsche Tina. Was machst du hier in Stuttgart? Haben sie dich bei Europol entlassen, weil die männlichen Polizisten in deiner Gegenwart keinen klaren Gedanken mehr fassen konnten?«

Ihre großen grünen Augen strahlten ihn an, die nach oben geschwungenen Augenbrauen verstärkten ihren intensiven Blick.

»Weißt du die Neuigkeit noch nicht? Hat Ernst es dir nicht mitgeteilt? Man ernannte mich zur Leiterin des Stuttgarter Dezernats 2.1. Ich wurde zur EKHK, der Ersten Kriminalhauptkommissarin dieses Dezernats, ernannt.« Sie fügte lachend hinzu: »Außerdem sehnte ich mich nach Stuttgart, nach meinem Chaoten-Kollegen Frank. Mit dem wurde es mir nie langweilig. Auf eine gute Zusammenarbeit, auch in der Zukunft.«

Mit diesen Worten küsste sie den verdutzen Frank auf die Wange und zog ihn in den gerade ankommenden Lift.

Als Frank sein Büro betrat, saß Stöckle auf dem Besucherstuhl. Er hatte die Beine weit von sich gestreckt, beide Hände in die Westentasche gesteckt, sodass sein leichter Bauchansatz sichtbar wurde. Er lachte verschmitzt.

»Ich muss dir ein Geheimnis verraten. Deine Kollegin und Freundin Tina arbeitet wieder im Haus. Sie ist jetzt Chefin vom …«

»Ich weiß! Sie leitet die Abteilung *Organisierte Kriminalität*. Ich traf sie in der Eingangshalle. Ich freue mich für sie. Sie ist ehrgeizig und kompetent. Die schwäbische Mafia muss sich in Acht nehmen. Andererseits stellt sie auch für ineffektiv arbeitende Vorgesetzte in allen anderen Abteilungen eine echte Herausforderung dar. Nicht wahr, Chef?«

Stöckle ging nicht auf Franks Stichelei ein. Sofort kam er auf ihren Fall zurück. Seine Augen fixierten Frank nachdenklich, als wollte er sich überzeugen, dass Frank ihm auch wirklich zuhörte und in Gedanken nicht bei der überraschend aufgetauchten Kollegin weilte.

»Was die Leiche auf dem Waldfriedhof betrifft: jede Menge DNA-Spuren auf der Plastikhülle. Ich nehme an, sie reichen vom Lageristen über den Transporteur bis zum Verkäufer der Plastikhülle. Vielleicht stammen die Spuren von den Totengräbern, den legalen wie den illegalen. Die Plastikplane ist ein Produkt, das man in jedem Markt für Heimwerker kaufen kann. Die Kleidung der Leiche bringt uns auch nicht weiter. Nicht nur Krankenschwestern, jeder kann sie bestellen. Man wusch die Kleider, bevor man sie der Leiche anzog. Die Tote gibt uns keinen Hinweis auf ihre Herkunft. Die Hautfarbe, die kariösen Zähne und ihre schlechte Ernährungslage weisen auf ein Land hin, in dem Armut und Hunger verbreitet sind. Handelte es sich um eine Asylantin? Um eine illegal eingereiste Südamerikanerin? Stammte sie aus Nordafrika, war sie ein Bootsflüchtling, der es bis nach Deutschland geschafft hat? Anfragen bei unserer Ausländerbehörde blieben ohne Erfolg. Sie war nicht gemeldet. Damit ist auf diesem Weg keine Identifikation möglich. Reiste sie illegal ein? Lebte sie im Untergrund? Warum operierte man sie? Und vor allem: Wer tat dies? Wie kam es zur Blutvergiftung? Warum musste man sie heimlich vergraben? Mehr Fragen als Antworten. Knifflige Sachen sind doch dein Steckenpferd. Frank, häng dich in diesen Fall rein!«

Stöckle stand auf, schob eine dünne Akte über den Tisch und verließ das Büro. Zurück blieb ein geschmeichelter, jedoch ratloser Kommissar.

Bei dieser Sachlage! Wo könnte er nachforschen?

Er schlug die Akte auf und sah sich die Fotos an. Eine junge Frau. Die Haut im Tod mehr grau als braun. Sehr mager. Rippen deutlich sichtbar. Brüste ausgebildet. Hatte sie gestillt? Sonst keine Auffälligkeiten. Außer einer Operationsnarbe.

Wer bist du? Woher kommst du? Wo soll ich nach dir suchen? Was ist dir passiert?, sinnierte Frank.

Als Erstes wollte er bei den Krankenhäusern anfragen, ob jemand diese Frau als Patientin behandelt hatte. Er nahm die Großaufnahme des Gesichts der Toten und ging in den Vorraum, um der Sekretärin den Auftrag zu geben, alle Krankenhäuser in Stuttgart und Umgebung anzufaxen. Frau Schiller reagierte zurückhaltend. Eine vierzigjährige Frau mit blonder Haarmähne, immer in Jeans und weiten Pullovern.

»Ich muss doch die Berichte von letzter Woche tippen und möchte heute pünktlich nach Hause.«

Seitdem ihre zwei Töchter pubertierten, fühlte sie sich permanent überlastet. Frank hoffte, dass die stürmische Phase bei den zwei jungen Damen bald abgeschlossen sein würde, sodass seine Schiller sich wieder auf die Arbeit konzentrieren konnte.

»Ich erledige Ihren Auftrag morgen früh«, versprach sie Frank und konzentrierte sich auf ihre Schreibarbeit am Computer, ohne auf seinen Abschiedsgruß einzugehen.

»Arrivederci, Signora diligente.«

Frank schüttelte den Kopf. Fleißig war sie schon, die Signora Schiller, aber zurzeit ein wenig neben sich stehend.

5

Zwei Tage später saß Frank in seinem Stammlokal *Am Alten Stadttor*, trank ein Viertel seines bevorzugten Weines, einem Spätburgunder, Kabinett trocken, aus Oberkirch. Er berichtete Sid ausführlich von der Frau auf dem Friedhof.

Sid dachte nach und schüttelte den Kopf: »Das ist eine harte Nuss. Haben alle Krankenhäuser in Stuttgart mitgeteilt, dass sie die Frau nicht operiert haben? Hm … dann musst du die Anfrage auf alle Kliniken Baden-Württembergs ausdehnen. Mit dem Auto lässt sich eine Leiche weit transportieren. Andererseits kannten sich die Typen auf dem Friedhof aus. Das spricht für Stuttgarter als Totengräber.«

Frank zuckte mit den Schultern. »Ich glaube, wir schließen die Akte. Die Todesursache der Frau ist die Blutvergiftung. Eine Sepsis gilt nicht als Tötungsdelikt. Also keine Sache für uns. Das ist kein Fall für unser Dezernat.«

»Nun mal langsam mit den jungen Pferden«, wandte Sid ein. Er hievte seinen voluminösen Körper aus dem Stuhl und stellte sich breitbeinig vor Frank auf.

»Ich erinnere mich noch gut an einen Fall, da hast du den Tod eines Gastarbeiters untersucht. Dieser starb an einem Blinddarmdurchbruch. Ebenfalls kein Tötungsdelikt. Trotzdem hast du nachgeforscht und bist dabei auf eine große Verbrecherorganisation gestoßen. Wenn du Witterung aufgenommen hast, dann lass dich nicht von kleinlichen Bedenken abhalten, um weiterzusuchen. Und kleinlich ist es, wenn du überlegst, welches Dezernat zuständig ist. So kenne ich dich gar nicht. Das entspricht nicht deiner Mentalität. Außerdem vernehme ich eine unterdrückte Wut in deiner Stimme, wenn du von der vergrabenen Frau sprichst.«

Sids Frau, Thanh, näherte sich ihrem Tisch und bestimmte: »Sid, setzt dich wieder hin und reg dich ab. Hört mit euren Fachgesprächen auf. Ich habe eine neue Essenskreation ausprobiert. Ihr seid die Versuchskaninchen.«

Sie stellte ein Tablett mit zwei tiefen Tellern, Besteck und einer Terrine auf den Tisch. In der Terrine duftete und lockte eine Art Gaisburger Marsch. Thanh verschwand in der Küche, während Frank und Sid es sich schmecken ließen.

»So ein Leben als Versuchskaninchen lässt sich aushalten. Nicht wahr, Sid?«

»Wenn ich dabei nur nicht so zunehmen würde. Aber für diese Wohltat müssen wir uns bei Thanh bedanken. Sie vermisst unsere Musikabende. Wenn du fertig gegessen hast, setz dich ans Klavier und hämmer auf die Tasten. Ich hole inzwischen mein Saxofon, und dann legen wir los. Ich hoffe, die wenigen noch vorhandenen Gäste teilen unseren Musikgeschmack. Wenn nicht, sollen sie zahlen und gehen. Ich lechze nach einer ausgedehnten Jamsession. Für dich sind die nächsten Getränke frei.«

Die Gäste erduldeten nicht nur das Take Five von Dave Brubeck, sondern begeisterten sich an den weiteren Stücken, die an Sidney Bechet erinnerten. Der Saxofon-Spieler Sid spielte sie furios. Franks Begleitung am Piano steigerte sich mit jedem neuen Musikstück und jedem zusätzlichen Viertel Spätburgunder.

Sehr spät kam er musiktrunken und weingefüllt nach Hause. Um Alina nicht zu wecken, schlief er auf dem unbequemen Sofa im Wohnzimmer, eingewickelt in einer leichten Decke. Dieser Jazz-Abend hatte ihn begeistert und so erschöpft, dass er rasch einschlief.

6

Eine Woche später schlenderte Stöckle in Franks Büro.

»Stell dir vor, ich habe weitere Laborergebnisse zu unserem Waldfriedhof-Fall erhalten. Es hat sich bestätigt, dass die junge Frau an einer Blutvergiftung gestorben ist. Die Zahl ihrer weißen Blutkörperchen war extrem hoch. Jedoch ging die Entzündung nicht direkt von der Operationswunde aus. Die Operation wurde professionell durchgeführt. Die Wunde schien am Abheilen. Es gibt keinen direkten Bezug zwischen Operation und Tod. Damit sind wir in dem Fall außen vor. Für die Identifizierungen unbekannter Toter sind wir nicht zuständig.

Ach ja. Einen Gruß soll ich von der Ärztin der Pathologie ausrichten. Frau Doktor Halm fragte mich, ob *jemand* von unserer Abteilung bei ihr vorbeischauen könnte. Es bleiben für sie einige Unklarheiten. Ich bin mir sicher, mit diesem *jemand* meinte sie dich. Sie hat ein Auge auf dich geworfen. Ich habe festgestellt, bei den Fällen, die du bearbeitest, will sie uns beeindrucken, strengt sie sich besonders an.«

Frank erhob sich sofort, ging zur Tür und fragte seinen Chef: »Kommst du als Anstandswauwau mit?«

Als sie beide in den Sezierraum traten, befiel Frank wie immer in diesen Räumen eine starke Beklemmung, während Stöckle so tat, als wäre es ein Besuch in einem benachbarten Büro. Er konnte seine Gefühle gut abschalten.

Sie begrüßten die Ärztin, die erfreut war, Kriminalrat Stöckle zu sehen, den sie lange kannte und dessen Art sie mochte. Frank, den sie ja mit ihren Untersuchungen beeindrucken wollte, zog sie mit einem Wortschwall zu der Leiche auf dem Seziertisch.

»Schauen Sie sich das an. Wir haben zuerst die hellen Veränderungen an der Haut als Totenflecken, Druckflecken oder Pilzinfektionen abgetan. Die ungenaue Diagnose stellte mich nicht zufrieden. So blätterte ich gestern Abend Abbildungen in Fachbüchern durch.«

Sie machte eine Pause, um die Spannung zu steigern.

»Was denken Sie, was ich fand? Sie glauben es nicht. Die Tote litt an indeterminierter Lepra.«

Stolz blickte sie die zwei Polizisten an.

Frank sah sie fragend an. »Lepra? Hm, Lepra. Gab denn das Blutbild keinen Hinweis auf diese Krankheit?«

»Ich vergaß, Sie sind keine Mediziner. Das Frühstadium der Lepra äußert sich darin, dass die Haut unscharf abgegrenzte Flecken aufweist. Bei Dunkelhäutigen sind sie heller als die gesunde Haut. Schauen sie her!« Damit wies sie auf die Flecken an der Brust und an den Schenkeln der Toten.

»Eine Blutuntersuchung gibt in diesem Stadium keine klaren Hinweise.«

Stöckle mischte sich ein. »Kann man Lepra nicht über den Erreger nachweisen?«

Die Ärztin lächelte und gestand. »Da musste ich nachschauen. Es gibt einen Lepromintest. Für diesen brauche ich aber den lebenden Menschen. Man injiziert ihm den Stoff unter die Haut. Nach 24 bis 48 Stunden schaut man sich die Reaktion an. Sie kennen dies vielleicht vom Tuberkulintest. Das Verfahren ist vergleichbar. Um Lepra im Blut nachzuweisen, benötige ich einen Test auf den Serumantikörper. Es handelt sich um ein spezifisches 85B-Eiweiß.«

Frank wandte ein: »Die Frau ist schon länger tot. Da wird es wohl nichts mehr mit einem spezifischen Eiweißnachweis.«

Die Ärztin wischte den Einwand mit einer Handbewegung weg. »Wo ein Wille ist, findet sich immer ein Weg. Das Problem faszinierte mich. So las ich, dass 2009 Anthropologen in einem 4 000 Jahre alten indischen Skelett eine Leprainfektion nachgewiesen haben.« Sie sah Frank erwartungsvoll an und wartete auf ein Lob.

Frank hob anerkennend die Augenbrauen und murmelte: »Donnerwetter, was Sie alles herausfinden. Nicht nur hübsch und blond ist unsere verehrte Frau Doktorin, sondern blitzgescheit.« Mit leicht geröteten Wangen setzte die Ärztin ihre Unterrichtsstunde fort.

»Nun kommt der zweite Schlag. Wir untersuchten akribisch das Gewebe im Nierenbereich. Die Frau hatte weder an Nierenkrebs noch an einer anderen Veränderung der Nieren gelitten. Meine Schlussfolgerung ist: Ihr wurde eine gesunde Niere entnommen. Nun, meine Herren, zu welchem Zweck entnimmt man einem Gesunden die Niere?«

Frank zögerte nicht mit der Antwort: »Für eine Transplantation!«

»Genau. Jetzt folgt die nächste Überraschung. Den Verursacher der Blutvergiftung konnten wir in den von uns angelegten Bakterienkulturen identifizieren. Es handelt sich um einen multiresistenten Keim. Gesunden Menschen schadet die Besiedlung mit diesen Keimen nicht, da das Immunsystem die Erreger in Schach hält. Doch wehe ein Betroffener erkrankt, oder die Keime gelangen in eine Wunde. Als die Niere der Frau entnommen wurde, gelangten Keime in ihren Bauchraum. Danach folgte die Sepsis. Dann der Exitus. Da hilft das beste Antibiotikum nichts.«

Die beiden Kriminalpolizisten fuhren zurück ins Büro. Sie waren bestürzt, wirkten ratlos. Würde der Hinweis auf die Lepra-Erkrankung oder die Entdeckung der multiresistenten Bakterien weiterhelfen, um das Geheimnis um die Tote zu lösen?

7

Frank fand heraus, dass die Lepra in Entwicklungsländern der Tropen und Subtropen ein ernsthaftes Problem darstellt. Ein Großteil der Erkrankten lebt in Indien. Jedoch gibt es in Afrika ebenso wie in Brasilien immer wieder neue Leprafälle. In Europa liegt das letzte, speziell für die Behandlung gegen Lepra einge- richtete Sanatorium in dem spanischen Dorf Fontilles im Hin- terland der Costa Blanca. Im Sanatorio San Francisco de Borja lebten früher bis zu 400 Leprakranke.

Frank rief dort an und ließ sich mit der Leitung verbinden. Der Chef des Sanatoriums teilte ihm mit, dass man eine Frau mit dem im Fax abgebildeten Aussehen nie behandelt habe. Zurzeit betreue man 60 akut Kranke oder von der Krankheit gezeichne- te Personen. Keiner von ihnen werde vermisst.

Frank fuhr sich mit den Fingern durch das Haar. Wieder keine Spur zu der Identität der Toten.

Neue Fälle beschäftigten ihn.

Eine Leiche wurde aus dem Neckar gezogen. Der Mann war nicht ertrunken, sondern erstochen und ins Wasser geworfen worden. Seine Identität stellte man rasch fest. Er trug Ausweis- papiere bei sich. Es handelte sich um einen der Polizei bekann- ten Drogendealer. In Zusammenarbeit mit dem Dezernat 2.4, zuständig für Rauschgiftdelikte, klärte sich der Fall schnell auf. Ein Kunde des Dealers zeigte sich mit der Ware unzufrieden. Es gab Streit, und als der Dealer die Pistole zog, stach der Kunde mit dem Klappmesser zu. So entwickelte sich aus einem Streit über mangelhafte Ware ein Totschlag.

Bei einem anderen Fall ging es um eine Selbstmörderin. Sie stürzte in der Heidehofstraße aus dem Fenster ihrer Wohnung. Die misstrauischen Rettungssanitäter riefen aufgrund der vielen blauen Flecken im Gesicht der Toten die Polizei. Man brachte sie in die Gerichtspathologie. Der Pathologe stellte fest, dass sie am ganzen Körper Spuren von Schlägen aufwies. Ihr festgenommener Ehemann erklärte, dass sie aus Angst aus dem Fenster gesprungen war. Für ihn war es Selbstmord, da seine Frau an Depressionen litt. Der Mann blieb inhaftiert. Die Spurensicherung fuhr in die Wohnung, um akribisch nach Hinweisen für die Schuld oder Unschuld des Mannes zu suchen.

8

Jeden Abend erzählte Frank Alina von Fällen seines Alltags, um mit der Bemerkung zu schließen: »Mich beschäftigt nach wie vor die Tote auf dem Waldfriedhof. Keine Spur, kein Hinweis zur Herkunft der Leiche.«

Alina berichtete von ihrer Arbeit in der Klinik. Frank verstand nicht viel von ihrer Fachsprache und den medizinischen Problemen. Doch ließ er sich von ihrer Begeisterung anstecken und fragte nach Kollegen und Patienten. Sie erzählte von einem Jungen, dem eine Niere transplantiert worden war und der auf der Station lag, in der sie arbeitete.

»Stell dir vor, eine Entzündung zerstörte seine beiden Nieren. Was brauchte er? Die Transplantation einer neuen Niere. Das Gewebe seiner älteren Schwester stimmte gut überein. Ihre MHC-Eiweiße waren ähnlich. Sie schenkte ihrem Bruder eine ihrer zwei gesunden Nieren. Trotzdem müssen wir seine Abstoßungsreaktion unterdrücken. Es sind nämlich nur Geschwister und keine eineiige Zwillinge.«

»Ich glaube nicht, dass ich mir eine Niere transplantieren ließe«, reagierte Frank überraschend schroff.

Nach längerem Nachdenken fügte er hinzu: »Ich denke, ich sollte dir erzählen, wie eine gute Freundin von mir gestorben ist.«

Er zögerte, ob er weitersprechen sollte.

»Erzähl schon«, forderte Alina ihn auf. »Ich merke, diese Geschichte bedrückt dich doch offensichtlich.«

»Es scheint lange her zu sein. Für mich ist es wie gestern. Wir beide kannten uns schon. Du warst noch in der Ukraine bei deinen Eltern, und ich lebte mich als Anwärter bei der Kriminalpolizei in Stuttgart ein. Vieles bei meiner Arbeit war mir neu. Manches kannte ich aus der Zeit bei der Militärpolizei. Jede freie Minute saß ich hier in der Wohnung. Ich büffelte, denn ich wollte die Polizei-Fachhochschule besuchen.«

Alina lächelte. »Die Prüfungen an dieser Hochschule hast du ja mit Bravour bestanden.«

»Eines Sonntagmorgens läutete das Telefon. Marita, Kollegin und Freundin, meldete sich. Ich hatte sie bei der Militärpolizei kennengelernt. Sie war eine der wenigen Militärpolizistinnen. Sie erzählte mir, dass sie nach Stuttgart kommen würde, weil sie operiert werden müsste. Ihre Nieren funktionierten nach einer Entzündung nicht mehr richtig. Seit einem Jahr musste sie regelmäßig zur Dialyse. Die Abstände verkürzten sich. Eine Privatklinik in Stuttgart bot ihr überraschend eine Transplantation an, da eine zu ihrem Gewebetyp passende Spenderniere vorlag.«

Alina reagierte erstaunt: »Da hat sie Glück gehabt. Normalerweise kommt sie auf eine Warteliste und muss lange auf eine Spenderniere warten.«

»Marita nannte mir die Klinik. *Jungbrunnen*. Es ist eine Privatklinik. Sie hat einen hervorragenden Ruf und ist spezialisiert auf Nierentransplantationen. Sie erzählte mir, dass der Chefarzt internationales Ansehen genoss. Jedoch dürfe ich sie nicht besuchen, da Krankenbesuche in der Klinik nicht erlaubt seien, weil äußerst sterile Bedingungen einzuhalten seien und jeder Besucher Keime einschleppen könnte. Ihr Ehemann Kurt könnte sie in einer Woche besuchen, müsste aber im Hotel Graf Zeppelin übernachten.«

Alina schüttelte den Kopf. »Man spricht über diese Klinik. Sie verlangen Mondpreise, weisen andererseits gute Erfolgsquoten auf.«

»Ich hörte nichts mehr von Marita, nichts von ihrem Ehemann Kurt. Wenn ich anrief, meldete sich der Anrufbeantworter. Meine Bitte um einen Rückruf erfüllte sich erst nach drei Wochen. Ein völlig aufgelöster Kurt war am Telefon. Er schilderte mir, dass die Operation gut verlaufen sei. Der Heilungsprozess schritt anfangs rasch voran, bis die Ärzte bei Marita eine aggressive Hepatitis B-Infektion diagnostizierten. Ich fragte Kurt, wie so etwas möglich sein könnte. Die Ärzte hatten doch sicher vor der Operation das Blut von Marita untersucht.«

Alina versuchte, eine Erklärung zu finden. »Bekam sie eine Bluttransfusion? Steckte das Virus in der Blutkonserve? Hepatitis B wird zwar bevorzugt durch sexuelle Kontakte übertragen. Es gibt aber auch andere Infektionsmöglichkeiten. Hat man das Blut deines Freundes untersucht?«

Frank nickte. »Das war ja das Perfide. Der Chefarzt stellte die Behauptung auf, dass Marita sich vor der Operation infiziert haben musste. Sie hätte sich in einem so frühen Krankheitsstadium befunden, dass man keine Antikörper im Blut feststellen konnte.

Daraufhin ließ sich Kurt ebenfalls auf Hepatitis testen. Sein Test war negativ. Als er diese Fakten dem Chefarzt vorlegte und darauf beharrte, dass auch er infiziert sein müsse, da er bei seiner Ehefrau nie ein Kondom benutzt habe, brach der Arzt das Gespräch ab.«

Alina schien fassungslos. »Das gibt es doch nicht. Der Mann ist möglicherweise eine Koryphäe beim Operieren, aber psychologisches Feingefühl geht dem Mann völlig ab.«

»Nach einer weiteren Woche besuchte Kurt seine Frau in der Kur. Ihre neue Niere versagte. Die aggressive Leberentzündung ließ sich nicht stoppen. Sie nahm Gift, beging Selbstmord. Ihr Ehemann blieb als gebrochener Mann zurück.«

Alina legte tröstend den Arm um Franks Schulter. Seine Augen verdunkelten sich vor Schmerz. Er erinnerte sich, wie er die Beerdigung von Marita miterlebt hatte. Er hatte die trauernden Eltern kennengelernt.

»Es ist schlimm, wenn man das eigene Kind überlebt«, hatte der Vater gemurmelt.

Die weinende Mutter hatte hinzugefügt: »Wir haben uns so darauf gefreut, dass alles wieder gut wird.«

Nachdem Frank den Kloß in seinem Hals nicht mehr spürte, erzählte er weiter.

»Die verbitterten Eltern baten mich nachzuforschen, ob in der Klinik alles mit rechten Dingen zugegangen war. Sie hatten ein ungutes Gefühl. Sie haben einen großen Betrag für die Operation im Voraus bezahlt und haben nie eine korrekte Abrechnung bekommen. Außerdem kam die Ankündigung, dass die Klinik ein passendes Spenderorgan gefunden habe, zwei Wochen vor der Operation. Woher wussten die Ärzte, dass da ein Mensch mit dem passenden Gewebetyp sterben würde? Für die Eltern schien das alles ein böses Omen. Voller Zorn und zugleich traurig verließ ich die Beerdigungsgesellschaft, stieg in mein Auto und fuhr nach Leonberg. Auf der Fahrt fielen mir viele Erlebnisse ein. Erinnerungen an fröhliche Tage mit Marita und Kurt tauchten auf. Dazu kam mein schlechtes Gewissen, dass ich den Kontakt zu ihnen hatte schleifen lassen. Ging ich doch damals völlig in der Arbeit auf.

Am folgenden Tag programmierte ich das Navigationsgerät mit

der Adresse der Privatklinik und fuhr über die Wildparkstraße Richtung Stuttgart. In einer Seitenstraße am Killesberg hatte ich das Ziel erreicht. Ich stand vor einer hohen, grellweiß gekalkten Steinmauer, hinter der sich ein großes Gebäude ausbreitete, die Klinik *Jungbrunnen*. Ein schmiedeeisernes Tor versperrte den Zugang. Ich betrachtete kritisch das Krankenhaus. Die Fenster waren bis auf eines geschlossen, überall blickdichte Vorhänge vorgezogen. Mir fiel bei dem Anblick ein: ›Totes Glas wie tote Augen‹. Bei dem einzigen offenen Fenster wehte der Vorhang heraus.«

Frank unterbrach seine Schilderung. Wie einen Film sah er seinen nutzlosen Besuch vor sich abrollen.

Er drückte auf den Knopf an der Säule neben dem Tor. Es ertönte eine metallische Stimme.

»Sie wünschen bitte.«

»Könnte ich den Direktor der Klinik sprechen!«

»Tut mir leid, der Herr Direktor ist beschäftigt. Melden Sie sich bitte telefonisch an«, kam die prompte Antwort.

Ohne ein weiteres Wort hielt er seinen Polizeiausweis in die Kamera, die sich oben an der Säule befand. Daraufhin ertönte ein schwaches Summen. Das Doppeltor öffnete sich. Vor der schweren Glastür der Klinik musste er wieder warten.

»Öffnen Sie. Ich möchte meine Zeit nicht mit Warten verschwenden.«

»Der Herr Direktor gab mir die strikte Anweisung. Er holt Sie an der Eingangstür ab.«

Als sich nach einiger Zeit die Tür öffnete, schlug ihm ein Schwall von süßlichem Rasierwasser entgegen. Er erblickte einen breitschultrigen Mann im weißen, flatternden Arztkittel. Dieser grüßte, ohne ihm die Hand zu reichen. Er murmelte undeutlich seinen Namen. »Doktor Toran.«

Der Mann bat ihn einzutreten und führte ihn zu einer kleinen Sitzgruppe neben der Pforte. Sie nahmen in den viel zu kleinen, unbequemen Sesseln Platz. Der Direktor beugte sich mit fragend hochgezogenen Augenbrauen vor.

»Sie wünschen, äh, Herr Inspektor?«

»Ich komme wegen Marita Holm. Sie bekam bei Ihnen vor Kurzem eine Niere eingesetzt und erkrankte anschließend an Hepatitis B. Könnte ich Einblick in ihre Krankenakte bekommen?«

»Warum sollten Sie? Die Akten fallen unter das Arztgeheimnis. Für die Herausgabe brauchen Sie einen richterlichen Beschluss. Einen Polizeiausweis vorzeigen, das reicht nicht. Überhaupt, warum und gegen wen recherchieren Sie?«

»Das ärztliche Schweigegebot gilt eingeschränkt. Frau Holm ist tot. Sie hat Selbstmord begangen. Ich bin Kommissar bei der Mordkommission und möchte Genaueres über diese Hepatitis-Infektion erfahren. Zum Beispiel wäre es interessant zu wissen, ob ein Fremdverschulden denkbar ist.«

»Das ist ja entsetzlich. Selbstmord? Die arme Frau!«

Dann nach einer angemessenen Pause: »Nein, Fremdverschulden ist ausgeschlossen. Wissen Sie, es kommt äußerst selten vor, dass Blutkonserven mit Viren verseucht sind. Selbstverständlich prüfen wir das Blut nochmals, ehe wir die Infusion anlegen. Tragisch, tragisch. Wie sagten Sie, hieß die Frau?«

»Marita Holm«, wiederholte Frank geduldig.

Der Klinikchef notierte sich den Namen. Er schrieb den Dienstgrad und den Namen von Frank sowie die Telefonnummer seiner Dienststelle auf.

»Selbstverständlich schicken wir Ihnen die Krankenakte zu, obwohl wir dazu nicht verpflichtet sind. Wir wollen Ihnen bei Ihrer Arbeit keine Steine in den Weg legen.«

Danach brachte er Frank an die Türe und verabschiedete sich hastig.

Frank wandte sich aufgebracht an Alina.

»Kannst du dir vorstellen, dass ich mir damals vorkam wie ein Volltrottel? Schickt der mich einfach fort, ohne mich einen einzigen Blick in die Krankenakte werfen zu lassen.«

Alina unterbrach Frank: »Das mit den verseuchten Blutkonserven könnte stimmen. Ein Restrisiko bleibt. Nicht immer spricht der Test an. Wie ging die Geschichte aus?«

Frank knirschte mit den Zähnen. »Als Erstes bekam ich einen Anschiss von Staatsanwalt Heyer. Dieser Direktor hatte ihn sofort angerufen, um sich über einen neugierigen und unhöflichen Kommissar zu beschweren, der in der Klinik *Jungbrunnen* herumschnüffelte. Heyer kanzelte mich vor der gesamten Mannschaft ab. ›Sie können nicht auf eigene Faust eine Ermittlung durchführen, nur weil sich eine Ihrer vielen Freundinnen möglicherweise in der Klinik mit Hepatitis infiziert hat.‹ Trotzdem überreichte er mir den Ausdruck der Krankenakte, die er zugemailt bekommen hatte. ›Lesen Sie diese Akten. Jagen Sie danach die Papiere durch den Reißwolf und geben Sie sich damit zufrieden! Diese Klinik besitzt einen hervorragenden Ruf.‹«

»Was stand in den Akten?«

Frank lachte böse auf. »Schwachsinn. Aber nicht widerlegbar. Die Zeugin war tot. Operation erfolgreich von dem Chefarzt Professor Doktor Glomm persönlich durchgeführt. Operationsprotokoll einwandfrei. Spenderniere verursachte geringe Reaktionen einer Abstoßung. Patientin bekam Medikamente zur Unterdrückung der Immunabwehr. Atypische Reaktionen darauf. Daher erneute und intensivere Untersuchung des Blutes. Feststellung, dass die Patientin an Hepatitis B litt. Erneute Überprüfung des restlichen, noch vorhandenen Konservenblutes. Eindeutiges Ergebnis. Keine Hepatitis B-Erreger darin vorhanden. Die Klinik wäscht sich die Hände in Unschuld. Ich aber glaube dem Mann meiner Freundin.«

Alina schüttelte den Kopf. »Diese Hepatitis kann man auf vielen Wegen bekommen. Zwar äußerst selten, aber möglich.«

Sie fuhr ihm tröstend über das Haar. Plötzlich löste sich Frank aus der Umarmung und sprang auf.

»Diese Geschichte erinnert mich an einen Hinweis der Frau Doktor Halm, unserer Pathologin. Moment, was hatte sie gesagt ...«

Er schritt unruhig im Zimmer auf und ab und grübelte vor sich hin.

»Sie vermutet, dass man der Toten auf dem Waldfriedhof keine kranke oder zerstörte Niere entfernt, sondern ihr eine gesunde Niere für eine Transplantation entnommen hat. Vielleicht hat Marita ihre Niere auch von einer Lebendspenderin bekommen, die an Hepatitis erkrankt war.«

Alina wandte ein: »Das ist schwer vorstellbar. Lebendspender sind meist enge Verwandte. Außerdem checkt man Spender vor einer Transplantation nach allen Regeln der Kunst im Labor durch. Genauso exakt wie das Blut der Konserven. Außerdem hätte das Krankenhaus den Todesfall melden müssen. Er ist meldepflichtig. Schon allein wegen der Blutvergiftung mit einem Bakterium, das sich gegen Antibiotika resistent zeigt.«

Frank gab zu, dass mit ihm die Fantasie durchging.

»Hm, du hast sicher recht, aber astrein ist das alles nicht. Es muss einen kriminellen Hintergrund geben. Wozu begräbt man sonst klammheimlich eine Tote?«

9

Am darauffolgenden Tag suchte sich Frank die Adressen der Kliniken heraus, die in Deutschland Organtransplantationen durchführten. Als die Liste vor ihm lag, staunte er über die große Anzahl. Resigniert beschränkte er sich auf Baden-Württemberg. Schließlich konzentrierte er sich auf Stuttgart. Dabei stellte er fest, dass er den infrage kommenden Kliniken das Bild der Toten und seine Anfrage schon zugesandt und negative Antworten erhalten hatte.

Frank kam ein Einfall. Rasch verließ er das Büro, klopfte bei Stöckle an die Tür und betrat den Raum, ehe dieser »Herein« rufen konnte.

»Du, Ernst, die Frau auf dem Friedhof starb wegen eines resistenten Krankenhauskeimes. Falls ihre Niere für eine Transplantation verwendet wurde, könnte es einen weiteren Toten geben, den Empfänger der Niere. Diesen Todesfall kann man nicht vertuschen, denn einen regulären Patienten kann man nicht unauffällig bei Nacht und Nebel verscharren.«

»Höchst spekulativ, lieber Sherlock Holmes. Zu viele Annahmen, zu viele ›Wenns‹ nach meinem Geschmack. Ich verlasse mich auf deinen Riecher und lasse Auskunft einholen, ob einer, der eine Niere transplantiert bekam, in den letzten Tagen gestorben ist. Du hörst von mir.«

Schon am nächsten Tag lag auf Franks Schreibtisch ein Zettel, auf dem lediglich stand: »Fehlanzeige. In den letzten zwei Wochen kein registrierter Toter nach einer Transplantation. Da du besonders die Klinik *Jungbrunnen* im Visier hast, habe ich bei deren Meldungen genauer hingeschaut. Es gab dort in den letzten Monaten einen Toten wegen einer heftigen und nicht vorhersehbaren Überreaktion auf Antibiotika. Gruß Ernst.«

Frank schüttelte den Kopf. Es wäre zu einfach gewesen, wenn seine Überlegungen so schnell zum Ziel geführt hätten.

Als sich die Tür öffnete, ohne dass angeklopft wurde, dachte Frank, es wäre Stöckle. Es war seine Sekretärin, sie überreichte ihm stolz eine Liste.

»Wenn ich genug Zeit habe, finde ich die kleinsten Sandkörner«, verkündete sie. »Sie wissen, meine Tochter Ria macht mir Kummer. Jetzt schleift sie einen Jüngling an. Sie will ihn heiraten. Nicht einmal 15 und dann so etwas. Der Knabe, stellen Sie sich vor, ist 16. Er geht zur Schule. Ria behauptet steif und fest, dass er der einzige passende Mann auf der Welt wäre!«

Frank lächelte. »Vielen Dank für Ihre Recherchen. Sie machen das großartig. Das mit Ihrer Tochter Ria ändert sich spätestens in einem Monat. Da trifft sie den nächsten Traummann.«

Er wandte sich der Liste zu, und die Schiller schloss mit einem entspannten Lächeln auf dem Gesicht leise die Tür.

Die Liste führte die Nierentransplantationen der letzten Wochen auf, die in Deutschland durchgeführt worden waren.

Alle Achtung, das war eine Heidenarbeit, die Frau Schiller geleistet hat.

Frank nahm sich vor, ihr als Dank für die Mühe eine Schachtel Pralinen zu schenken. Oder besser einen Blumenstrauß? Aber keine roten Rosen, das könnte sie falsch auffassen.

Auf der Liste fiel ihm die kleine Privatklinik mit dem Namen *Jungbrunnen* ins Auge. In ihr führte man in den letzten zwei Wochen mehrere Nierentransplantationen durch. Alle waren erfolgreich verlaufen.

Frank stutzte. Erstaunlicherweise wiesen große Kliniken weniger Transplantationen auf, bedingt durch den Mangel an Organen. Dieses Problem schien an dieser Klinik nicht zu bestehen. Er loggte sich ins Internet ein und erfuhr, dass die Deutsche Stiftung Organtransplantation (DSO) bundesweit für die Organisation von Organspenden verantwortlich ist. Sie setzt sich zum Ziel, allen Patientinnen und Patienten so schnell wie möglich eine notwendige Transplantation zu ermöglichen. Spende, Entnahme, Vermittlung und Übertragung von Organen unterliegen dem Transplantationsgesetz. So ist die Entnahme von Organen oder Geweben nur unter strengen Auflagen zulässig. Der Spender muss der Entnahme schriftlich zugestimmt haben. Der Tod des Spenders muss nach den Regeln der Medizin festgestellt und der Eingriff von einem Arzt vorgenommen werden.

Frank griff zum Telefon und ließ sich mit der Zentrale der DSO verbinden. Die Vermittlung leitete ihn an einen zuständigen Sachbearbeiter weiter.

»Guten Tag, Moers hier. Wie kann ich Ihnen behilflich sein?«

»Kommissar Buck. Ich bitte Sie um eine Auskunft über die Zahl der nach Stuttgart gesandten Nieren durch Ihre Organisation.«

»Tut mir leid, das geht nicht. Auskünfte erteilen wir nur schriftlich. Da könnte ja jeder anrufen.«

»Ich bin nicht ein jeder. Ich bin Kommissar bei der Mordkommission Stuttgart. Es eilt. Ich gebe Ihnen die Telefonnummer vom Polizeipräsidium und bitte Sie, dass Sie mich umgehend zurückrufen. Ich möchte wissen, wie viele Nieren die Privatklinik

Jungbrunnen in Stuttgart von Ihrer Organisation zugewiesen bekam. Bis in Kürze! Danke im Voraus für Ihre Mühe. Ich bitte um eine klare und unmissverständliche Auskunft!«

Eine halbe Stunde später rief Herr Moers zurück. Er teilte Frank mit, dass die DSO der Privatklinik mit dem Namen *Jungbrunnen* in den letzten Monaten keine Nieren zugewiesen hatte.«

»Das kann nicht sein. Vor mir liegt der Bericht der Klinik über mehrere erfolgreich durchgeführte Transplantationen.«

»Herr Kommissar, das ist möglich. Wir vermitteln nur Organe verstorbener Spender. Bestimmte Organe oder Organteile können von Lebenden gespendet werden. So kann ein Mensch mit zwei gesunden Nieren eine spenden, ohne eine Beeinträchtigung durch das Fehlen des Organs befürchten zu müssen. Die verbliebene Niere kompensiert den Ausfall. Das Gleiche gilt für die Entnahme eines Teils der Leber. Jedoch muss eine Lebendspende immer sorgfältig überlegt werden. Es handelt sich um einen chirurgischen Eingriff an einem gesunden Menschen, ausschließlich zum Wohle eines anderen. Der Eingriff stellt für den Spender immer auch ein medizinisches Risiko dar. Zwang, psychische Abhängigkeit oder finanzielle Anreize müssen eindeutig ausgeschlossen sein. Nach dem deutschen Transplantationsgesetz sind Lebendspenden nur unter nahen Verwandten oder einander persönlich verbunden Personen, wie Ehepartnern, zulässig.«

»Ich verstehe Sie doch richtig? Das heißt, dass in dieser Privatklinik *Jungbrunnen* ausschließlich Organe von Lebendspendern transplantiert wurden.«

»Nach der Aktenlage muss es so sein. In den letzten Jahren nahm die Zahl der Lebendspenden deutlich zu. Einmal gibt es eine rechtliche Sicherheit durch das Gesetz. Zum anderen erzielen die Ärzte immer bessere Ergebnisse. Schließlich steigt auch der Bedarf. Zur Bereitschaft zum Spenden ermuntern schlagzeilenträchtige Artikel über einen bekannten Politiker, der seiner Frau eine Niere gespendet hat. Diese Berichte führten zur Nachahmung, sind Werbung für Lebendspenden.

Auf der anderen Seite nimmt die Bereitschaft zum postmortalen Spenden ab. Bundesweit warten zurzeit 12 000 Patienten auf ein lebensrettendes Organ. Davon benötigen 8 000 Patienten eine Niere. Interessant ist, dass nirgendwo in Deutschland der Anteil der Organspender an der Bevölkerung so gering ist wie bei Ihnen in Baden-Württemberg. Das Bundesland stellt das Schlusslicht dar hinsichtlich der Bereitschaft, ein Organ nach dem Tode zur Verfügung zu stellen.«

Frank bedankte sich für die umfassende Auskunft und legte den Hörer auf. Es war ihm klar, dass er der Klinik *Jungbrunnen* einen Besuch abstatten musste. Er wollte klären, ob dort alles mit rechten Dingen zugegangen war.

Über seine Sekretärin ließ er sich bei dem Chefarzt der Klinik anmelden und einen Termin geben.

10

Frank fuhr mit seinem alten Golf die Birkenwaldstraße hoch Richtung Höhenpark Killesberg. Er war früh dran und stellte das Auto an der Stelle ab, an der die Panoramastraße in die Birkenwaldstraße einmündet. Dort befindet sich der Chinagarten. Diese Anlage spiegelt die Welt im Kleinen wieder, gemäß der chinesischen Vorstellung, dass in einem Park das Wesen der Welt mit ihren vielfältigen Gegensätzen erfahrbar wird. Frank betrachtete das aus Kieselsteinen gepflasterte Yin und Yang-Symbol am Eingang, dann die hochgezogenen Dachenden der Gebäude, die den Blick hoch zu den hellen Cumulus-Wolken lenken. Er setzte sich auf die Bank, genoss die Ruhe und die Aussicht auf den gesamten Talkessel der Stuttgarter Innenstadt. Der Anblick des verstümmelten Hauptbahnhofs mit dem abgerissenen Nord- und Südflügel machte ihn melancholisch. Er dachte darüber nach, was Politiker und Industrielle heute als Fortschritt verkauften. Der Bahnhof und die Bäume des anschließenden, nun gerodeten Areals hatten den Bombenangriff des Zweiten Weltkrieges überstanden, und fielen jetzt »diesem Fortschritt« zum Opfer.

Das Klingeln des Handys riss ihn aus den Überlegungen. Seine Sekretärin meldete sich, um ihm mitzuteilen, dass sich der Termin bei dem Chefarzt der Klinik, Professor Glomm, wegen einer dringenden Operation verschieben würde. Frank dankte für die Mitteilung. Er ärgerte sich nicht, sondern freute sich über die verlängerte Arbeitspause, lehnte sich zurück und schloss die Augen. Beinahe wäre er eingenickt. Der Klingelton des Handys ließ ihn wieder hochschrecken. Diesmal war es der Signalton des Handyweckers, der ihn an die Verabredung erinnerte.

Er stand gähnend auf und fuhr zur Klinik.

Hier schien es für ihn wie die Wiederholung in einer filmischen Endlosschleife. Er erkannte das breite, schmiedeeiserne Tor mit Doppelflügeln. Die hohe Mauer umschloss den riesigen gepflegten Garten. Er läutete. Die Kamera schwenkte auf ihn zu. Eine blecherne Stimme fragte: »Was wünschen Sie bitte.«

Er zeigte seinen Kriminalausweis in Richtung Kamera. »Ich habe einen Termin bei Professor Glomm.«

Das Tor öffnete sich wie von Geisterhand bewegt. Er betrat den Garten. Der breite Weg, geeignet für überdimensionale Luxusautos, führte zum Klinikportal. Die Glastür war geschlossen. Erneut richtete sich die Kamera auf ihn. Dann öffnete sich die Tür mit einem leisen Surren. Eine junge, gut aussehende Frau, in der Kleidung einer Krankenschwester, eilte ihm entgegen.

»Sie haben einen Termin beim Chef. Leider befindet er sich noch in der OP. Darf ich Sie bitten, dort solange Platz zu nehmen.«

Sie deutete auf die Sitzgruppe mit einem kleinen Tisch, die sich gegenüber dem Fenster der Pforte befand.

»Darf ich Ihnen etwas zu trinken anbieten?«, fragte ihn die Schwester höflich. Er verneinte und setzte sich. Sie drehte sich um, stieg die Treppen hinauf und verschwand hinter einer zweiten Sicherheitstür. Diese schloss sich automatisch hinter ihr.

Nach einer haben Stunde öffnete sich die Tür mit einem Surren vor einem großen, hageren Mann. Unter dem geöffneten weißen Mantel trug er einen dunkelblauen Geschäftsanzug, ein weißes Hemd und eine silbergraue Krawatte.

»Hallo, Herr Buck oder soll ich sagen, Herr Kommissar. Was führt Sie zu uns?«

Der kommt bestimmt nicht aus dem Operationssaal. Der hat mich einfach warten lassen. Na, ich habe auch ein paar Spitzen auf Lager, dachte Frank.

»Guten Tag, Herr, äh, wie war Ihr Name?«

»Professor Doktor Glomm«, reagierte der Arzt unwirsch und gereizt.

»Herr Glomm, ich bin von der Mordkommission und ermittle im Fall einer unbekannten Toten. Ihr markantestes Kennzeichen: Es fehlt ihr eine Niere. Und die suche ich. Da ich weiß, dass Sie Nieren gut gebrauchen können, frage ich bei Ihnen nach.«

»Ach! Deswegen die Anfragen einer Frau, hm, Schiller aus dem Polizeipräsidium wegen Nierentransplantationen. Herr Buck, ich versichere Ihnen, bei uns geht alles mit rechten Dingen zu. Keine unerlaubten Eingriffe. Alles streng nach den gesetzlichen Vorschriften. Im Rahmen des Zulässigen. Und weil wir nichts zu verbergen haben, ließ ich Ihnen die Liste der Namen unserer Patienten zusammenstellen. Weiterführende Details verweigern wir aufgrund der ärztlichen Schweigepflicht. Sie müssten jeden Patienten einzeln überzeugen, dass er uns von der Schweigepflicht entbindet, falls Sie Details erfahren wollen.«

Er drückte auf einen Knopf auf seinem iPod, den er aus der Manteltasche zog, und sprach leise, aber in befehlendem Ton hinein: »Frau Doktor Maierdsai! Bringen Sie bitte umgehend die bereitgelegte Patientenliste. Sie liegt auf meinem Schreibtisch.«

Er wandte sich wieder Frank zu. »Meine Oberärztin bringt Ihnen die Liste. Ich betone, diese Liste ist ausschließlich für den Dienstgebrauch. Sie finden in der Liste einige prominente Namen. Wir wünschen weder Aufsehen noch Reklame. Unsere Warteliste für Patienten ist auch so schon viel zu lang.«

Eine Frau, die aussah wie ein Model, trat durch die sich automatisch öffnende Tür. Sie trug eine Bluse mit großem Ausschnitt, einen eng anliegenden Designerrock, darüber einen schicken, weißen, halb geöffneten Arztkittel. Sie schritt die Stufen herab, grüßte Frank mit einem herablassenden Kopfnicken und legte Papiere auf den Tisch. Frank bedankte sich, nahm die Seiten und rollte sie zusammen. Die mit viel teurem Schmuck behangene Dame verschwand wortlos.

Frank fragte neugierig: »Kann ich Ihre Klinik besichtigen?«

»Nein, wo denken Sie hin. Hinter der Tür beginnt der sterile Bereich. Dort befinden sich die Krankenzimmer mit Patienten. Wir achten sehr auf sterile Bedingungen. Das ist nämlich ein Teil des Geheimnisses unseres Erfolges. Nicht nur der OP-Saal ist steril. Nein, alle Räume weisen bei uns die geringstmögliche Belastung an Keimen auf. Deshalb dürfen unsere Patienten in der Klinik nur in Ausnahmefällen Besuche empfangen. Außerdem müssen diese ausgewählten Besucher, meist nur die nächsten Angehörigen, sterile Überschuhe, Mäntel und Handschuhe anziehen. Das ist hart, für den optimalen Heilungserfolg jedoch unumgänglich.«

Frank beugte sich vor und wies auf die zusammengerollten Papiere. »Herr Glomm, eine letzte Frage. Ich habe mich bei der DSO erkundigt und erfahren, dass diese Organisation Ihrer Klinik in letzter Zeit keine Organe zugesandt hat. Wie erklären Sie mir die doch beträchtliche Zahl Ihrer Transplantationen?«

»Schau, schau, der Herr Kommissar ist gründlich. Er macht sich kundig und erledigt seine Hausaufgaben.«

Der Arzt versuchte es mit Ironie. Er kramte in den Taschen nach einer Zigarettenschachtel, zog diese heraus und bot Frank eine

Zigarette an. Als dieser ablehnend den Kopf schüttelte, griff er sich mit spitzen Fingern eine Zigarette heraus, zündete sie betont langsam an und blies versonnen den Rauch nach oben in Richtung Decke.

»Wir befinden uns in der glücklichen Lage, dass unsere Patienten über freiwillige Lebendspender verfügen. Die Erfolgsrate bei Lebendspenden liegt einfach höher.«

»Aber ...«, wollte Frank ihn unterbrechen.

Glomm winkte ab. »Ich weiß, was Sie sagen wollen. Wir kennen die Bedingungen des deutschen Transplantationsgesetzes und halten uns strikt daran. Das beinhaltet, als Spender kommen nur enge Angehörige der Patienten infrage, es darf für sie keine finanziellen Vorteile geben und so weiter und so weiter ...«

Der Professor schaute auf seine Rolex Uhr.

»Ich muss los. Meine Patienten warten.«

»Eine Frage noch!« Frank bremste den Arzt.

»Können Sie mir Angaben über den einzigen dokumentierten Todesfall der letzten zwei Wochen in Ihrer Klinik machen?«

»Ich weiß nicht, was dieser Fall Sie angeht. Zu Ihrer Information, ohne die ärztliche Schweigepflicht zu brechen, es handelte sich um einen Mann, den wir mit Antibiotika behandelten. Der heftige allergische Schock überraschte uns alle. Er starb, trotz der von uns umgehend eingeleiteten Maßnahmen.«

»Könnte ich den Namen des Mannes erfahren?«

»Nein. Das fällt unter die ärztliche Schweigepflicht. Außerdem nützt Ihnen der Name nichts. Die Familie bestand auf der Einäscherung des Mannes. Sie könnten höchstens die Urne betrachten. Und bei allem kriminalistischen Scharfsinn, da dürfte selbst für einen erfahrenen Kriminaler, wie Sie es sind, wenig zu holen sein.«

Er lachte keckernd, stand abrupt auf und eilte die Treppen hinauf. Wie von Geisterhand öffnete sich die Tür und schloss sich hinter ihm. Zurück blieb ein eigenartiger Duft nach einem leicht süßlichen Herrenparfüm gemischt mit einem Desinfektionsmittel.

Frank blieb sitzen und blätterte nachdenklich in den Papieren. Er bemerkte, dass ihn von der Pforte her ein Mann mit der Figur eines Gewichthebers beobachtete. War dies derselbe Pförtner, den er das letzte Mal beim Besuch der Klinik gesehen hatte?

Gemächlich stand Frank auf und verließ die Klinik mit den automatischen, geräuschlos sich öffnenden und schließenden Türen. Vor dem Tor betrachtete er prüfend die Klinik. Er ließ seine Blicke über die Fenster schweifen und stellte fest, dass das einzige Gesicht, das er entdecken konnte, das des Mannes mit den breiten Schultern in der Pforte war. Dieser starrte ihm neugierig nach.

Nachdenklich kehrte Frank ins Präsidium zurück.

11

Die Schwester klopfte zaghaft an das Fenster der Pforte.

»Herr Mezahn, der Chef möchte mit Ihnen sprechen. Könnten Sie bitte in sein Zimmer kommen?«

Der breitschultrige, groß gewachsene Mann mit dem grimmigen Gesichtsausdruck erhob sich von dem Stuhl und murmelte. »Ja, ja, ich komme.«

Er pochte an die Tür des Besprechungszimmers des Professors Glomm, riss die Tür auf und marschierte hinein.

Der Chefarzt sah auf, lehnte sich zurück und sagte: »Da bist du ja, Herbert. Nimm Platz.«

Der Hüne setzte sich, murmelte »Hallo Doc« und wartete.

»Welchen Eindruck hast du von dem Kommissar?« Glomm blickte seinen Pförtner an. Fragend hob er seine buschigen Augenbrauen.

»Ich glaube, das ist kein Weichei. Der gräbt tiefer. Er zeigte einen unzufriedenen Gesichtsausdruck, als er in den Papieren blätterte. Ich denke, wir bekommen sicherlich mit diesem Mann Ärger.«

»Ganz meiner Meinung. Er hat uns schon einmal besucht. Unser Klinikleiter hat ihn damals ins Leere laufen lassen. Der Kommissar hat beim ersten Besuch ein persönliches Motiv gehabt, um bei uns aufzukreuzen. Probleme nach einer Operation. Es betraf eine Freundin von ihm. Der Kommissar war zornig, wollte Genaueres wissen. Wir haben erfahren, dass er sich über uns erkundigt hat. Erfolglos. Sicherheitshalber haben wir ein Dossier über ihn angelegt. Wir haben ihn außerdem von einem Detektiv für ein paar Wochen beschatten lassen.

Jetzt haben wir den Salat. Er kann offiziell gegen uns ermitteln, wenn er eine Verbindung zu der Toten auf dem Waldfriedhof nachweisen kann. Auf jeden Fall beißt er sich an uns fest. Für den ist das nicht bloß ein Job. Als persönliches Motiv kommt Rache für den Tod seiner Freundin dazu.

Zu allem Unglück soll der Mann auch noch super sein. Er hat als einzelner Privatdetektiv eine ganze Mafia-Organisation auffliegen lassen, und jetzt steht ihm ein ganzer Polizeiapparat zur Verfügung.«

Glomm runzelte die Stirn und schüttelte so heftig den Kopf, dass sich eine weiße Haarsträhne aus der korrekt geföhnten Frisur löste.

»Er scheint zu ahnen, dass mit unseren Spendern nicht alles legal läuft. Er hat sich nach dem Tod eines Mannes erkundigt, der nach einer Transplantation eine Lungenentzündung bekam, bei der kein Antibiotikum ansprach. Wir nahmen eine riskante Behandlung mit einem nicht zugelassenen Medikament vor. Er starb an den Nebenwirkungen. Als wir den Fall meldeten, strichen wir die Operation aus den Akten, sodass nur die Infektion übrig blieb. Todesursache: nicht beherrschbarer Schock nach Gabe von Antibiotika.«

Der Pförtner folgerte: »Also kennt der Kommissar momentan die genauen Abläufe nicht. Bohrt er weiter, wird er für uns gefährlich. Doc, was würdest du davon halten, wenn dem Kommissar ein Unglück zustößt? Irgendetwas Spektakuläres, sodass es aussieht, als wäre es ein Racheakt der Mafia-Organisation an dem Kommissar. Also eine Geschichte aus seiner Vergangenheit. Ich könnte das erledigen.«

Mit zusammengekniffenen Augen und mit Widerwillen in der Stimme willigte der Chefarzt ein. »Ja, ich denke, das wäre nicht die schlechteste Lösung. Der Mann erinnert mich an einen Pitbull. Wenn der sich in eine Sache verbeißt, lässt er nicht mehr los. Ich weiß, einige seiner Vorgesetzten sind nicht glücklich mit ihm. Man hat ihn in den Polizeidienst übernommen, da er ein unheimliches Gespür für komplizierte Fälle besitzt. Außerdem läuft er als Polizist an einer kurzen Leine. Er kann sich keine Eskapaden leisten. Mein Bundesbruder, der Polizeipräsident, sagte mir, dass er die Staatsanwälte mit seinen eigenwilligen Handlungen am Rande der Legalität wiederholt auf die Palme brachte.«

Nach kurzem Nachdenken schloss Glomm die Besprechung: »Egal was ihm passiert. Sorge dafür, dass keine Spur zu uns führt. Details der Aktion will ich nicht wissen. Was ich nicht weiß, belastet mich nicht und kann ich unter Folter nicht gestehen.«

Nach diesen Worten stand der Pförtner auf und verließ schweigend den Raum.

12

Den ganzen Tag brütete Frank über der Liste, die er von Glomm erhalten hatte. Alles schien korrekt zu sein. Bei jeder Operation erklärte sich ein naher Angehöriger bereit, eine Niere zu spenden. Die handschriftlich unterzeichneten Erklärungen lagen als Kopien bei. Einmal unterschrieb die Ehefrau, einmal der Neffe oder die Nichte, dann der Lebenspartner eines Patienten. Erwin Holzer, ein reicher Banker, der in Sillenbuch wohnte, hatte die Niere der Ehefrau transplantiert bekommen. Frank hatte über ihn schon Artikel in der Stuttgarter Zeitung gelesen. Er war Bankier im Ruhestand und trat häufig als Mäzen der schönen Künste auf und besaß eine berühmte Sammlung mit teuren Gemälden.

Sillenbuch ist vom Präsidium aus leicht erreichbar. Frank entschloss sich, die Holzers aufzusuchen. Er schaute auf die Uhr und stellte fest, dass es 16.30 Uhr war. Zeit für einen frühen Feierabend. Er übergab die Liste aus der Klinik der Sekretärin, damit sie diese wegschloss.

»Frau Schiller, machen Sie heute früher Feierabend, Ihre Kinder werden sich freuen.«

Er verließ das Vorzimmer und fuhr mit dem Aufzug ins Erdgeschoss. In der Tiefgarage stieg er in seinen Golf und fuhr zügig zur Ausfahrt hinaus. Die drückende Hitze des Spätsommernachmittags schlug ihm entgegen. Schwer lag die Luft über der flimmernden Straße. Sein Hemd klebte sofort schweißnass am Rücken.

Auf der anderen Straßenseite startete ein Mann einen silbernen BMW. Frank fuhr die Pischekstraße hoch, bog Richtung Sillenbuch ab und erreichte nach mehreren Stopps an roten Ampeln schließlich die Villa der Holzers. Er hielt vor dem Haus und läutete. Eine Überwachungskamera richtete sich auf ihn. Er zückte seinen Polizeiausweis. Eine ältere Dame eilte durch den Vorgarten auf ihn zu.

»Was kann ich für Sie tun?«

Frank wischte sich den Schweiß von der Stirn.

»Routinefragen, Frau Holzer. Könnte ich Ihren Gatten sprechen?«

»Ich bin nicht Frau Holzer. Ich bin nur die Hausangestellte. Der Hausherr befindet sich zurzeit in der Kur. Er brauchte nach der schweren Operation unbedingt eine Auszeit.«

»Können Sie mir bitte die Kuradresse geben?«

»Ja. Die muss ich aber erst heraussuchen. Gehen Sie solange hinter das Haus. Dort treffen Sie auf die Frau des Hauses. Bei der Hitze hält sie es nur am Swimmingpool aus. Diese Nervenbelastung mit der überraschend angesetzten Operation ihres Gatten hat sie geschafft. Eigentlich müsste sie sich ebenfalls erholen. – Ich bringe Ihnen eine Erfrischung. Mögen Sie mit oder ohne Alkohol?«

»Danke. Nur ein Mineralwasser. Für Alkohol ist es zu früh.«

Frank ging in die angegebene Richtung, umrundete die Villa und erblickte einen riesigen Pool. Die Frau des Hauses zog darin mit großen Schwimmzügen ihre Bahnen. Sie schien jung. Keine 30. Lange, schwarze, hochgesteckte Haare. Sie trug einen knappen, hellroten Bikini. Ihr Körper, von der Sonne gleichmäßig gebräunt, sah sportlich aus.

»Hallo, ein überraschender Besuch? Was führt Sie hierher?«

Sie wendete am anderen Beckenrand und schwamm zügig in seine Richtung.

Donnerwetter, dachte er, so kurz nach der Operation und so fit. Da erblasse ich vor Neid mit meinen fast vierzig.

»Ich wollte Ihren Mann sprechen. Ihre Hausdame sucht gerade seine Kuradresse heraus.«

Mit einem eleganten Schwung sprang die Frau aus dem Wasser. »Reichen Sie mir doch bitte das Badetuch.«

Frank hob das Tuch vom Boden auf und reichte es ihr. Dabei musterte er ihren Bauch. Straff, faltenfrei und von einer kaum sichtbaren Blinddarmnarbe gezeichnet. Sie drehte sich um, wohl genervt von seinem indiskreten Anstarren, und trocknete sich sorgfältig ab. Als sie ihre Beine trocken rieb und sich dabei weit nach vorne beugte, rutschte ihre Badehose bis an die Pobacken.

Keine Narbe, die auf eine Operation, auf die Entnahme einer Niere hinwies, registrierte er verwundert. Wie ist so etwas möglich?

Frank drehte sich weg, als die Hausdame erschien. Sie überreichte ihm ein Glas Mineralwasser und gab ihm einen Zettel.

»Hier bitte, die Kuradresse des Herrn Holzer.«

Frank überlegte, sollte er Frau Holzer sofort fragen, warum sie trotz attestierter Organspende keine Narbe hatte, oder würde er dabei in ein Wespennest stechen?

Die Entscheidung fällte Frau Holzer, denn sie verschwand eilig im Haus. Sie rief ihm zu: »Ich muss mich umziehen. Ich habe einen Termin. Frau Garsky begleitet Sie nach draußen.«

Als Frank in das Auto stieg, startete er den Motor nicht sofort. Er überlegte, was er mit seiner Beobachtung anfangen konnte. Von wem stammte die Niere des Herrn Holzer? Die implantierte Niere konnte nicht von der Ehefrau stammen. Aber wer war dann der Spender? Er wusste, hier stank es gewaltig. Die Angaben der Klinik waren eindeutig falsch. Konnte sich Glomm herausreden, wenn er behauptete, dass die Person, der er die Niere entnahm, sich als Ehefrau von Holzer ausgegeben hatte? Wie konnte er weiter vorgehen?

Er beugte sich vor, steckte den Schlüssel ins Zündschloss und ließ den Motor an. In diesem Augenblick bemerkte er, wie Frau Holzer, mit heller Bluse und sportlichen Jeans bekleidet, das Haus verließ. Sie stieg nicht in ihren Mercedes Sportwagen, sondern eilte die Straße hinunter. Frank riss den Zündschlüssel aus dem Schloss, sprang aus dem Auto und lief hinter ihr her.

Eine gewaltige Detonation schleuderte ihn auf den Gehsteig. Er rappelte sich auf, sah zu seinem Golf zurück und erblickte die kläglichen Reste des geliebten Wagens. Zitternd stand er auf. Aus den Augenwinkeln registrierte er, wie sich ein silbern glänzender BMW mit hoher Geschwindigkeit entfernte. Er bemerkte, wie sich überall die Fenster in den angrenzenden Häusern öffneten und verschreckte Bewohner hinausblickten. Eine unheimliche Stille lag über der Straße. Wie unter Watte hörte er erste Schreie und ein Sirenengeheul, das sich schnell näherte. Seine Hörfähigkeit nahm langsam wieder zu. Er überquerte die Straße und schaute traurig die Reste seines brennenden Autos an. Im Stillen beglückwünschte er sich, dass er aus dem Wagen gesprungen war, um Frau Holzer zu folgen. Anhand der Autotrümmer konnte er folgern, dass er die Explosion nicht überlebt hätte. Neben der herausgerissenen Autotür entdeckte er einen kleinen, angesengten Zettel.

Die Organisation rächt sich, las Frank die Druckbuchstaben. Er schaute sich um, ob jemand ihn beobachtete, und schob das Papier rasch in die Jackentasche.

Schrill quietschten die Bremsen, als Polizeiautos neben ihm hielten.

»Hände über den Kopf, keine Bewegung!«

Mit vorgehaltenen Pistolen näherten sich von zwei Seiten Polizisten.

»Der Anschlag galt mir. Ich bin Kommissar. Nehmen Sie meinen Ausweis aus der linken Brusttasche.«

Einer der Polizisten griff ihm von hinten in die Tasche, die Pistole auf seinen Kopf gerichtet, und holte den Ausweis heraus. Er verglich das Bild mit Franks Gesicht und bestätigte dem Kollegen:

»Ja, es stimmt. Er ist Kommissar. Arbeitet beim Dezernat 1.«

Frank übernahm das Kommando.

»Ruft die Spurensicherung. Dieser Anschlag galt mir.«

Mit dem Handy rief er Stöckle an.

»Hallo, Ernst. Man hat mich gerade umbringen wollen und eine Bombe in meinem Auto platziert. Diese wurde ferngezündet. Ich bin mit dem Leben davongekommen, weil ich in dem Augenblick aus dem Auto gesprungen bin, um eine Verdächtige zu verfolgen.«

»Verdammt, Frank. Was soll das? Wem bist du auf die Füße getreten? Du ziehst Gefahren geradezu magisch an. Ich habe gehofft, dass du diese Anziehungskraft mit den Jahren verlierst. Aber nein! Du scheinst der einzige Kommissar in ganz Deutschland zu sein, der es wert ist, dass man ihn mit einem Bombenattentat beseitigt.«

Inzwischen rückte die Spurensicherung an. Polizisten riegelten den Ort der Explosion weiträumig ab.

Viele Neugierige versammelten sich hinter den Absperrbändern. Frank bat einen Mann der Spurensicherung, die Leute mit einer Digitalkamera zu fotografieren. Wenn sie Glück hatten, kamen der oder die Täter zurück, um sich vom Erfolg des Anschlags zu überzeugen.

Danach ließ er sich von einem Polizeifahrzeug in die Innenstadt bringen. Auf diesen Schrecken musste er unbedingt etwas essen. Dafür war der *Ratskeller* der beste Ort. Maultaschen und ein Bier waren die beste Arznei, um seine Nerven zu beruhigen. Er bestellte ein großes Glas Bier und eine doppelte Portion seines Lieblingsessens, geröstete Maultaschen mit Kartoffelsalat. Als das Flattern der Nerven mit dem schnell getrunkenen Bier und dem sich langsam leerenden Teller nachließ und die Krämpfe in der Magengegend verschwanden, öffnete sich die Tür der Gaststätte und ein aufgeregter Stöckle eilte herein.

»Ich habe mich, so schnell es ging, aus dem Präsidium abgeseilt. Ich weiß von früher, wie und wo du dich von solch einem Schrecken erholst. Kannst du dir vorstellen, dass es bei uns im Präsidium zugeht wie in einem Bienenhaus? Reporter belagern uns. Der Polizeipräsident hat sich eingeschaltet. Fernsehen und Rundfunk stehen vor der Tür. Diese Explosion ist für das beschauliche Stuttgart eine Sensation. Ihre Aufklärung besitzt oberste Priorität. Ich fürchte nur, wir werden nichts finden.«

Wortlos holte Frank den Zettel heraus, den er neben dem zerstörten Auto gefunden hatte, und legte ihn auf den Tisch.

Stöckle starrte ungläubig auf das Schreiben. »Die Organisation wurde doch völlig zerstört. Sie existiert nicht mehr.«

»Ja, genau. Und was du nicht wissen kannst, Ernst. Der Chef der Organisation, Sokolow, ist tot. Ein bezahlter Killer erschoss ihn. Diese Information ist inoffiziell, kam nicht auf dem Dienstweg. Schweige also bitte darüber.« Frank fügte den letzten Satz leise hinzu.

Stöckle runzelte die Stirn. »Dann stellt sich für uns die Frage:

Wer spielt mit falschen Karten? Wer versucht, die Kollegen auf eine falsche Fährte zu lotsen? Wer wusste über diese Geschichte so gut Bescheid, dass er sie bei dieser Gelegenheit passend ins Spiel bringen konnte, um eine falsche Spur zu legen?«

Er machte eine längere Pause und sah seinem Gegenüber in die Augen. »Frank. Warum hast du das Papier vom Tatort entfernt?«

»Ich wollte nicht, dass die Spurensicherung in diese Falle tappt. Mit der abgeschlossenen, alten Geschichte verschwenden wir Zeit. Verwertbare Fingerabdrücke oder DNA-Spuren sind sicherlich auf diesem Papier nicht zu finden. So dumm stellen sich Bombenattentäter nicht an. Ich bin mir sicher, die Explosion hängt mit der Toten auf dem Waldfriedhof zusammen.«

Verblüfft starrte ihn Stöckle an. »Wie kommst du denn auf diese verrückte Idee?«

»Ich habe die Privatklinik *Jungbrunnen* besucht, die mir nicht sauber erscheint. Ich kenne sie von früher. Es steht bei mir eine private Rechnung offen. Also, ich war dort. Ich bekam die Liste der Operierten ausgehändigt. Alle Spender erwiesen sich als Lebendspender. Alle Empfänger entpuppten sich als reiche Leute. Ich besuchte einen der Operierten, einen Herrn Holzer. Er befindet sich momentan in Kur. Die von der Klinik benannte Spenderin, die Ehefrau, schwimmt fröhlich mit einem winzigen Bikini bekleidet in ihrem eigenen Swimmingpool. Ich sah bei ihr keine Narbe, kein Anzeichen einer Operation. Also war die Nierenspende der Ehefrau getürkt! Als ich ihr Haus verließ, ging mein Auto in die Luft. Dass ich überlebt habe, verdanke ich nur einem glücklichen Zufall.«

Stöckle fragte: »Was machen wir als Nächstes?«

»Ich denke, wir laden den Chefarzt vor. Wir befragen ihn gezielt auf diese eine Nierentransplantation hin. Doch zunächst bestellen wir uns ein paar Bierchen.«

»Gut. Feiern wir dein Überleben. Anschließend fahren wir mit dem Taxi nach Hause. Die Behörde bezahlt die Fahrt, da dein Auto im Dienst sein Leben gelassen hat.«

13

Als Frank am Abend nach dem Genuss mehrerer Biere heimkam, lag Alina im Bett und schlief tief. Ihre neue Tätigkeit in der Klinik hatte sie erschöpft. Frank weckte sie nicht auf.

So erfuhr sie erst am nächsten Morgen, in welcher Gefahr sich Frank befunden hatte und dass er seinen heiß geliebten Golf nicht mehr besaß. Alina bot ihm spontan ihr Auto an. Dieses Angebot lehnte er ab.

»Ich komme schon ins Präsidium. Mit den Nahverkehrsmitteln nach Stuttgart zu fahren ist einfacher als eine Fahrt nach Tübingen mit S-Bahn und Zug.«

Sie verließ die Wohnung mit einem schlechten Gewissen und mit der Beteuerung: »Hätte ich gewusst, was dir passiert ist, wäre ich wach geblieben. Pass bitte gut auf dich auf!«

Wenig später läutete es stürmisch an der Tür. Frank öffnete und stand der Kollegin Tina gegenüber. Sie umarmte ihn impulsiv.

»Geht es dir gut? Stöckle hat mir erzählt, was los war. Er hat mich beauftragt, dir einen Dienstwagen zu bringen.«

»Ist das eine der Aufgaben einer Hauptkommissarin?«, fragte Frank betont harmlos.

»Aber sicherlich, vor allem, wenn diese Hauptkommissarin einen Narren an dem Beinahe-Explosionsopfer gefressen hat.«

»Das ist lieb. Aber das Opfer ist liiert, wie die Hauptkommissarin als gute Kriminalistin längst herausgefunden hat. Herzlichen

Dank für dein Mitgefühl, den Dienstwagen und die Umarmung. Komm Tina, wir fahren!«

Nach einer halben Stunde erreichten sie das Präsidium. Auf Franks Schreibtisch türmten sich Zeitungen, die über die Explosion berichteten. Er warf sie ungelesen in den Papierkorb. Seine Inspektorin, Karina Moos, schlenderte ins Büro.

»Frank, du entwickelst dich zu einer Berühmtheit.«

Sie überreichte ihm mit devoter Verbeugung einen Stapel Zeitungen und ein Bündel Faxe mit Anfragen von Reportern, die ihn interviewen wollten.

Beiläufig bemerkte sie: »Frau Doktor Hochnäsig rief aus der Pathologie an. Sie besitzt Neuigkeiten für dich. Sie will unbedingt mit dir reden. Deine persönliche Erscheinung wird von ihr ausdrücklich gewünscht.«

»Du meinst die Frau Doktor Halm von der Pathologie. Sie ist nicht hochnäsig, sondern klug. Sie wird nur schnell ungeduldig, wenn man ihr Fachchinesisch nicht versteht. Und bitte keine Eifersüchtelei, wenn sie den bestaussehenden Mann der Abteilung anfordert.«

Frank lachte auf, als er sah, dass die Kollegin ihre blauen Augen weit aufriss und ihn übertrieben bewundernd anschaute.

»Karina, reiß deine Augen nicht so auf. Du schielst ja. Wenn du willst, kannst du als Anstandsdame mitkommen. Dann traut sich die Frau Doktor nicht, mir unzüchtige Anträge zu machen.«

Karina nahm das flapsige Angebot an und begleitete Frank zur Pathologin.

»Hallo, der Kommissar mit dem hübschen Nachwuchs der Abteilung *Tötungsdelikte*! Was fand ich über die Tote heraus? Sie werden staunen, Herr Buck. Eigentlich erledige ich Ihre Arbeit.

Ohne mich ständen Sie auf verlorenem Posten. Ich weiß jetzt, woher diese Frau stammt.«

Mit diesen Worten schlug sie das Leinentuch zurück, das die Leiche bedeckte. Karina sah zur Seite, um die Tote nicht betrachten zu müssen. Ungerührt deutete die Ärztin auf einzelne, kaum sichtbare Hautveränderungen.

»Diese Flecken deuteten auf Lepra hin. Ich rief die WHO-Seite im Internet auf und stellte fest, dass es in vielen Ländern Lepra gibt. In Indien tritt sie gehäuft auf. Daraufhin untersuchte ich die Herkunft der Frau unter dem Gesichtspunkt, dass sie aus Indien stammen könnte.

Folglich betrachtete ich ihr Gesicht genauer. Der linke Nasenflügel wies ein winziges Loch auf. Es sah aus wie eine größere Pore. Im Ohrläppchen fand ich ebenfalls eine Perforation, etwas größer und länglich nach unten verzogen. Diese Löcher entstehen, wenn man Schmuck durch die Haut sticht. Dieses Piercing ist eine Form der Verschönerung des Körpers, bei der Schmuck in Form von Ringen oder Stäben an verschiedenen Stellen durch die Haut und darunter liegendes Fett- oder Knorpelgewebe gestochen wird. Bei den Ureinwohnern Amerikas, Afrikas und Asiens sind Perforationen der Ohrläppchen, der Nasenflügel, der Nasenscheidewand, der Lippen und der Genitalien überliefert. In Indien tragen viele Frauen traditionell Stecker in den Ohrläppchen und in den Nasenflügel. Gemäß dem hinduistischen Glauben sticht man Kindern im Rahmen des Karnavedha-Rituals Löcher in die Ohrläppchen, um sie vor Krankheiten zu beschützen.«

Frau Halm betrachtete Frank kritisch, als wollte sie sich überzeugen, dass er ihren Ausführungen folgen konnte.

»Nun wandte ich mich den Haaren zu, die in Form eines Zopfes geflochten waren und einen deutlichen Mittelscheitel aufwiesen. Hier fand mein Kollege unter dem Mikroskop einen überzeugenden Beweis für die Herkunft der Toten. Im vorderen Teil des Mittelscheitels entdeckte er Spuren roter Farbpigmente in den Hautzellen. Oberflächlich entfernt eine Frau den Farbstoff bei der Haarwäsche. Wenn dieser Farbstoff jedoch oft und lange aufgetragen wird, dringt er in die oberen Zellen der Haut ein. Bei der Farbsubstanz handelt es sich um Sindur. Nach diesem Fund untersuchten wir Hände und Füße der Frau und identifizierten dort ebenfalls Spuren dieses Farbstoffs. Er stammte wohl von aufgetragenen Ornamenten. Damit bin ich sicher, diese Frau kommt aus Indien.«

Tiefstapelnd und betont nebenbei fügte sie hinzu: »Ihren Familienstand kann ich Ihnen auch verraten. Sie war verheiratet. Jetzt staunen Sie, was? In Indien tragen frisch vermählte Bräute einen breiten roten Strich dieses Sindurs auf dem Mittelscheitel. Ihr Ehemann malt ihr dies als Abschluss der Hochzeitszeremonie auf. Außerdem schmücken sich in Indien frisch vermählte Frauen die Hände und Füße, indem sie farbige Ornamente aufmalen lassen. Vergleichbar wäre das mit unserer Sitte, dass der Ehemann der Frau einen Ring über den Finger streift, als Zeichen, dass sie verheiratet sind.«

Sie schaute auf die sichtlich beeindruckten Polizisten und toppte ihren Vortrag mit einer Erklärung zu den multiresistenten Bakterien der Frau, die zu der Blutvergiftung geführt hatten.

»Wir wissen, dass mangelnde Hygiene und frei verkäufliche Antibiotika in Indien die Resistenzbildungen fördern. So schätzt man, dass bereits über 100 Millionen Menschen diese mit Antibiotika kaum zu bekämpfenden Killerbakterien in sich tragen. Es gibt ein einziges Antibiotikum, das mitunter etwas ausrichten kann. Es wird bei uns wegen der lebensgefährlichen Nebenwirkungen kaum verwendet. Vermutlich durch Medizintouristen, die ihre Schönheitsoperationen billig in Indien durchführen ließen, gelangten solche Killerkeime nach England, wo mehrere Hundert Menschen erkrankten. In Deutschland gibt es auch schon einige Fälle. Herr Buck, konnte ich Ihnen mit diesen Hinweisen behilflich sein?«

»Aber ja, Sie sind großartig. An Ihnen ist eine echte Kriminalistin verloren gegangen, eine wie Miss Marple der Agatha Christie. Nur sind Sie hübscher und klüger als die Romanfigur.«

Die Ärztin errötete, Karina schmunzelte leicht, Frank lächelte herzlich.

Nachdenklich verließen die Polizistin und Frank den Sezierraum. Die Ärztin hatte sie beeindruckt und mit ihren Ausführungen überzeugt.

Karina murmelte: »Ich nenne die Frau nie wieder Doktor Hochnäsig. Aber Frank, du musst die Komplimente nicht so dick auftragen. Die träumt jetzt jede Nacht von dir.«

Frank überlegte, woher die Ärztin diese vielen Details wissen konnte. Zum Beispiel, dass Inderinnen Schmuck am linken Nasenflügel und Ohrstecher tragen. Die Suche nach Farbstoffpartikeln in den Hautzellen an dem Mittelscheitel schien ihm ein eigenartiger Einfall der Ärztin zu sein. Dazu kam: Woher wusste sie, dass sich Frauen in Indien einen Strich am Mittelscheitel mit dem Sindur-Farbstoff anbringen? Geradezu unheimlich schien Frank das Wissen, dass sich frisch Verheiratete Farbornamente an Händen und Füßen auftragen lassen.

Frank drehte sich um und salutierte in Richtung des Sezierraumes, als er in lautes Gelächter ausbrach.

Karina starrte ihn erstaunt an. »War der Stress zu viel für den

Chef? Hat ihm die Explosion so zugesetzt? Hat ihn der Anblick der Leiche so geschlaucht?«

Frank lachte. »Gerade eben ging der Assistenzarzt der Frau Doktor Allwissend in den Sezierraum. Dem Aussehen nach ist er Inder. Daher das Spezialwissen unserer verehrten Frau Doktor Halm.«

14

Pünktlich um zehn Uhr betrat Professor Doktor Glomm das Büro von Stöckle. Ein älterer Anwalt begleitete ihn. Dieser trug einen dunkelblauen Anzug, ein weißes Hemd und eine braunblau gestreifte Krawatte. Nach kurzer Begrüßung erklärte Glomm, dass er ohne seinen Rechtsbeistand Doktor Frohmer nichts sagen werde. Außerdem sei es eine Unverschämtheit, ihm seine Zeit zu stehlen. Man halte ihn von einer wichtigen Operation ab.

Frank saß neben Stöckle und starrte betont gelangweilt auf ein Papier. Die Herren setzten sich. Nach einem kurzen Zunicken von Stöckle eröffnete Frank das Verhör.

»Herr Professor Glomm! Wir haben Sie auf das Präsidium bestellt, um in aller Ruhe, ohne Hektik und Unterbrechung durch Sekretärinnen, Krankenschwestern oder Notfälle, Unklarheiten abzuklären.«

Frank schwieg und sah beide Männer an.

Der Anwalt warf ein: »Der Herr Professor ist an seine ärztliche Schweigepflicht gebunden. Er muss Ihnen keine Details zu Operationen offenbaren. Außerdem möchte ich Sie über Ihren Irrtum aufklären, dass eine Schweigepflicht nicht automatisch aufgehoben ist, wenn ein Patient verstorben ist.«

»Interessant, Herr Frohmer, dass Sie das Wort *offenbaren* benutzen. Wir wollen keine Details zu Operationen, sondern konkrete Informationen zu den Spendern. Die sind nicht geheim.

Diese sind bei Bedarf offenzulegen. Alle Spender mussten eine Erklärung unterzeichnen. Zum Beispiel unterschrieb die Ehefrau Ihres Patienten Holzer, freiwillig und ohne Zwang ihre Niere zu spenden. Da spielt die ärztliche Schweigepflicht keine Rolle. Das Transplantationsgesetz sieht eine Offenlegung des Spenders ausdrücklich vor, um kriminelle Handlungen zu verhindern.«

Glomm nickte dem Anwalt zu, der seine Aktentasche öffnete, ein Papier herauszog und auf den Tisch legte.

»Frau Holzers Erklärung für die Bereitschaft zur Organentnahme. Hier ihre Unterschrift.«

Er schob das Papier Stöckle zu, Frank absichtlich ignorierend. Ohne einen Blick darauf zu werfen, drückte Stöckle auf eine Taste der Sprechanlage auf dem Schreibtisch.

»Frau Schiller, lassen Sie bitte Frau Holzer von den Kolleginnen hereinführen.«

Die Tür öffnete sich, und zwei Polizeibeamtinnen führten eine nervöse Frau Holzer ins Zimmer. Ein leichter Duft nach Veilchenparfüm füllte den Raum.

Die Frau sprudelte sofort los: »Warum wurde ich herbestellt? Was soll ich hier? Ich habe nichts verbrochen. Mit der Explosion vor meinem Haus habe ich nichts, absolut nichts zu tun.«

Frank unterbrach sie in freundlichem Tonfall.

»Frau Holzer! Sie kennen mich. Ich bin der Beamte, der zu Ihrem Gatten wollte. Es geht nicht um die Explosion. Darf ich Ihnen Herrn Professor Glomm vorstellen? Das ist der Arzt, der Ihren Mann operiert hat. Auch hat er Ihnen eine Niere entnommen.«

Glomm sprang von dem Stuhl auf. »Ich kenne die Dame nicht. Diese Frau habe ich noch nie gesehen. Da ist nicht die Frau Holzer, die ich operiert habe.«

Der Anwalt erhob sich ebenfalls. Er ergriff den Arm des Professors und murmelte beruhigend: »Bleiben Sie ruhig. Sagen Sie nichts mehr.«

Frau Holzer starrte verblüfft auf die Männer. Es schien offensichtlich, Sie kannte weder Glomm noch den Anwalt.

»Ich habe meine Niere nicht gespendet. Diesen Professor«, damit deutete sie auf Glomm, »habe ich in der Klinik ein einziges Mal gesehen, als ich meinen Mann kurz besuchen durfte. Er hat sich mir nicht vorgestellt, sondern verließ sofort das Krankenzimmer.«

Frank zeigte ihr die Erklärung zur Bereitschaft, eine Niere zu spenden, und deutete auf ihre Unterschrift. »Ist das Ihre Unterschrift?«

Sie nahm das Papier in die Hand und schüttelte ungläubig den Kopf.

»Das ist meine Unterschrift. Solch eine Erklärung habe ich aber nie und nimmer unterschrieben. Ich bin doch nicht dumm. Ich weiß, was ich unterschreibe.«

»Warten Sie bitte im Nebenraum.«

Stöckle gab den Beamtinnen einen Wink, worauf diese Frau Holzer aus dem Zimmer geleiteten.

»Was sagen Sie dazu, Herr Professor? Neue Fakten, die für Sie sicherlich sehr überraschend sind.« Frank konnte sich einen ironischen Unterton nicht verkneifen.

Glomm vernahm ihn, sein Gesicht rötete sich vor Zorn, aber er schwieg eisern, dem Ratschlag des Anwalts folgend.

»Der Herr Professor steht vor einem Rätsel. Er kann Ihnen keine Erklärung dafür geben. Vielleicht führte Herr Holzer ihn hinters Licht. Der Patient brachte diese Erklärung und eine junge Dame mit, die sich als die Ehefrau ausgab. Nach der Typisierung des Gewebes stellte sich heraus, dass die Gewebeverträglichkeit der beiden zufriedenstellend hoch war. Wenn Sie die Sache aufklären wollen, müssen Sie mit Herrn Holzer sprechen und nicht meinen Mandanten beschuldigen und ihn von der Arbeit abhalten.«

»Das werden wir, sobald wir Herrn Holzers Aufenthaltsort kennen. Die Hausdame gab uns eine Kuradresse. Leider ist Herr Holzer dort nicht anzutreffen. Die Ehefrau kann oder will uns nicht weiterhelfen. Könnten Sie uns die Adresse geben? Sie haben doch sicher den Kurort empfohlen?«

Glomm schüttelte empört den Kopf. »Was glauben Sie, um was sich ein Chefarzt kümmert. Ganz sicher nicht um die Kur eines Patienten, und sei er noch so hochgeschätzt.«

Frank konnte die Sticheleien nicht lassen. »Hochgeschätzt kommt von Schatz. Das bedeutet viel Geld. Der Herr hat die Niere teuer bezahlt. Ich frage mich, woher die Niere stammt.«

Mit hochrotem Kopf entgegnete Glomm: »Diese Unterstellungen muss ich mir nicht bieten lassen! Nicht wahr, Herr Doktor Frohmer?«

Dieser erklärte mit eisiger Miene: »Wenn Sie etwas juristisch Handfestes vorweisen können, wenden Sie sich an mein Büro. Ich glaube, wir können gehen, Herr Professor. Es gibt nichts mehr zu sagen.«

Stöckle mischte sich ein. »Sie können gehen. Wir suchen nach Herrn Holzer und hoffen, dass wir ihn rechtzeitig finden. Wir wollen keine Leiche befragen müssen.«

Beide Männer verließen sichtlich erregt den Raum. Glomm warf die Tür mit lautem Knall ins Schloss.

»Contenance, Herr Professor! Wer wird denn die Fassung verlieren?«, rief Frank ihm hinterher und wandte sich sogleich an Stöckle: »Bekommen wir einen Durchsuchungsbefehl für die Klinik und für das Haus des Professors?«

Dieser schüttelte bedauernd den Kopf. »Ich kann mit dem Staatsanwalt Heyer sprechen. Ich denke, es ist zwecklos. Der Anwalt
hat recht. Wir haben zu wenig harte Fakten, zu wenig juristisch
Verwertbares.«

15

Die Spurensicherung untersuchte intensiv die Überreste der Explosion. Jede kleinste Spur wurde aufgenommen und untersucht. Nichts.

Man identifizierte den Sprengstoff. Über dunkle Kanäle konnte beinahe jeder ihn jederzeit beschaffen. Man fand keine verwertbaren Fingerspuren. Nur die von Frank, seiner Freundin Alina und andere nicht identifizierbare Abdrücke.

Fehlanzeige.

Nachbarn wurden befragt. Keiner hatte etwas Auffälliges bemerkt. Ein kleiner Junge beschrieb ein Auto, das kurz gehalten hatte. Es war ein BMW oder Golf oder …

Der Mann, der ausgestiegen war und ein Päckchen unter dem Auto angebracht hatte, war 30 oder 40 oder …

Sein Gesicht war länglich oder mehr rund oder …

Eine junge Frau hatte ein Auto mit hoher Geschwindigkeit davonbrettern sehen. Es war ein BMW gewesen, silbern, die Scheiben getönt. Das Nummernschild hatte sie nicht beachtet.

Es meldete sich ein Postbote. Ein Auto habe ihn beinahe in der Dreißiger-Zone angefahren: »Stellen Sie sich vor, da braust so ein Idiot die enge Straße entlang, als ich mit dem Postsack die Straße überquere. Natürlich habe ich mir die Nummer gemerkt. Es war eine Stuttgarter Nummer. Der Typ wusste genau, dass in der Gegend die vorgeschriebene Geschwindigkeit bei 30 Stundenkilometern liegt.«

Frank gab die Nummer an die Kfz-Anmeldestelle weiter und erhielt den Namen des Halters. Es handelte sich um ein Fahrzeug der Klinik *Jungbrunnen*.

Frank und Stöckle eilten mit dieser Information zum zuständigen Staatsanwalt Heyer. Frank bat diesen, beim Richter eine Durchsuchung der Klinik zu beantragen.

»Das müsste reichen, um der Klinik einen offiziellen Besuch abzustatten.« Frank beendete mit dieser Forderung die kurze Schilderung der Vorkommnisse.

Der Staatsanwalt wollte offensichtlich nichts unternehmen.

»Muss das sein? Wenn wir in der Klinik nichts finden, verklagen die uns wegen Rufschädigung. Es könnte sich um einen dummen Zufall handeln, dass zum Zeitpunkt der Explosion ein Auto der Klinik in dieser Gegend auftauchte. Also, auf die Schnelle bekomme ich keinen Richter dazu. Es handelt sich nicht um Gefahr im Verzug. Warten wir bis morgen. Überschlafen wir das Ganze.«

Stöckle stimmte entspannt zu. »Auf einen Tag mehr oder weniger kommt es nicht an.«

Mit großer Mannschaft rückten sie am nächsten Tag in der Klinik an. Trotz der wilden Proteste des Chefarztes und des herbeigerufenen Rechtsanwaltes durchsuchte die Spurensicherung die Büroräume. Alle klinikeigenen Autos fuhr man zur Überprüfung in die Polizei-Werkstatt. Bei der gesamten Aktion zeigte sich kein Patient auf den Fluren, kein neugieriges Gesicht presste sich an die Fenster, um zu sehen, was dieser Aufmarsch der Polizei bedeuten sollte.

Frank fragte Glomm. »Wo steckt Ihr Pförtner mit der Bodybuilder-Figur?«

Patzig kam die Antwort: »Der ist im Urlaub.«

»Können Sie mir sagen, wo er wohnt?«

»Woher soll ich das wissen? Wissen Sie, wo der Pförtner des Polizeipräsidiums wohnt?« Der Chefarzt reagierte offensichtlich gereizt.

Frank ließ sich nicht aus der Ruhe bringen. »Sicher finden wir die Adresse in den Personalunterlagen.«

»Wenn von dieser Durchsuchungsaktion etwas in der Zeitung steht, verklagen wir Sie auf Schadensersatz wegen Rufschädigung«, empörte sich der Rechtsanwalt.

Frank wandte sich ungerührt zum Gehen, um die Spurensicherung zu begleiten, und ließ die Herren einfach stehen.

Vier Stunden später betrat ein zufriedener Kriminaltechniker Stöckles Büro.

»Wir identifizierten Spuren von Sprengstoff in einem Auto der Klinik, einem BMW. In dem Auto fanden wir unter vielen anderen Fingerabdrücken auch die eines Herrn Mezahn. Der Mann ist wegen verschiedener Gewaltdelikte vorbestraft. Es erstaunt uns, dass es keine Personalakte in der Klinik über ihn gibt, obwohl er als Pförtner arbeitet. Da wir keine Akte vorgefunden haben, liegt uns auch keine Adresse vor, wo wir diesen Mann finden könnten.«

»Schreiben wir ihn zur Fahndung aus.«

Stöckle stand auf und lief in seinem Büro hin und her.

»Das gibt es nicht. Der Mann arbeitet als Pförtner. Es gibt keine Personalakte, kein Hinweis auf Lohnüberweisung. Ich muss sagen, das ist nicht nur ein Schlamperladen. Es stinkt kräftig in dieser Klinik. Hetzen wir das Finanzamt darauf. Nehmen wir uns die Verwaltung der Klinik zur Brust. Ja, und den ach so rechtschaffenen Glomm laden wir nochmals ins Präsidium vor.«

16

Am anderen Morgen fauchte ein grimmiger Frank im Verhörraum los. »Herr Professor, was können Sie uns über den verschwundenen Herrn Mezahn mitteilen?«

»Nichts, absolut nichts. Ich bin nicht das Mädchen für alles in
der Klinik, sondern der Chefarzt. Ich kümmere mich um Patienten und nicht um das Personal. Ein Pförtner ist für mich ein
Nichts, ein Niemand.«

»Das ist eigenartig. Ihr Klinikdirektor kündigte vor einiger Zeit.
Ihr für Personalangelegenheiten zuständiger Angestellter Kayser
behauptet, dass er Mezahn nicht eingestellt hat.«

»Das kann nicht sein. Der Angestellte Kayser muss sich irren.
Mit solchen Dingen wie Personalfragen befasse ich mich doch
nicht. Das wäre ja noch mal schöner, wenn ich jede Krankenschwester überprüfe, ob sie in unsere Klinik passt. Das überließ
ich früher dem Klinikdirektor und jetzt der Personalabteilung.
Dafür ist Herr Kayser zuständig.«

»Echt unbefriedigende Antwort. Es steht Aussage gegen Aussage. Herr Kayser weiß nicht, wo Mezahn wohnt. Eine Personalakte über ihn gibt es nicht. Herr Glomm, Sie müssen zugeben,
dass dies höchst verdächtig erscheint. Hat Ihr ehemaliger Klinikdirektor die Akte von Mezahn entfernt? Wozu? Dazu kommt,
dass Leute den Mann mit einem Auto der Klinik in der Nähe
der Stelle gesehen haben, an der mein Auto in die Luft geflogen
ist. Als weiteres belastendes Indiz fand die Spurensicherung in

diesem Auto Reste von Sprengstoff. Was sagen Sie dazu, Herr Professor?«

»Ich bin sprachlos. Ich wiederhole, damit habe ich nichts zu tun. Ich operiere Menschen und sprenge sie nicht in die Luft. Außerdem möchte ich meinen Anwalt sprechen. Ohne diesen verweigere ich jede weitere Aussage.«

»Nun zum Anwalt. Es ist für mich interessant, dass Sie gerade diesen Anwalt als Beistand gewählt haben. Ist er doch für das internationale Konsortium tätig, das große Kapitalanteile an Ihrer Klinik besitzt. Können Sie uns darüber etwas erzählen?«

»Ich weiß nicht, wovon Sie sprechen. Ich bin als Arzt Angestellter und beziehe ein Gehalt. Das Aufsichtsratsgremium hat mich zum Chefarzt bestellt. Das ist alles, mehr sage ich nicht.«

»Können oder wollen Sie nicht? Erstens sind Sie nicht nur angestellt, Sie besitzen einen Kapitalanteil an der Klinik. Zweitens müssen Sie die Leute des Aufsichtsrates kennen. Sie mussten sich bei Ihrer Bewerbung vorstellen. Nennen Sie uns die Namen.«

»Die meisten Aufsichtsräte kenne ich nicht persönlich. Der Vorsitzende ist ein Bankier aus der Schweiz mit Namen Urs Ruebli. Er schlug mir eine Kapitalbeteiligung vor. Er meinte damals scherzhaft, wenn ich selbst Kapital investiere, würden sich meine Leistungen besser lohnen, und ich würde bei der Arbeit nicht auf die Uhr schauen. Vorgeschlagen hatte mich dem Aufsichtsratsgremium der ehemalige Klinikdirektor. Ich musste mich nicht auf die Chefarztstelle bewerben. Er ist an mich herangetreten. Heute ist der Mann Ministerialbeamter im Gesundheitsministerium in Berlin.«

Es klopfte an der Tür. Frank lehnte sich zurück, als Stöckle eintrat und ihm ins Ohr flüsterte.

»Das Gesundheitsministerium hat angerufen. Man sei verwundert, dass wir den Herrn Professor Glomm illegaler Machenschaften verdächtigen. Ein Ministerialdirektor Toran bürge für die Integrität des Mannes. Außerdem wütet Glomms Rechtsanwalt in meinem Büro. Ich musste ihm eine hohe Dosis Beruhigungsmittel geben, das heißt anschnauzen, damit er ruhig blieb und nicht den Polizeipräsidenten aktivierte.«

Frank resignierte. »Herr Glomm, Sie können gehen. Aber ich bin sicher, man sieht sich wieder.«

Zornig schlug Frank die Akte mit dem neuesten Bericht der Spurensicherung auf und vertiefte sich darin.

Stöckle setzte sich kopfschüttelnd auf den Besucherstuhl.

»Ein Mann wie Glomm ist nicht so einfach festzunageln. Wenn wir nur Mezahn zu fassen bekämen.«

Frank schreckte hoch. »Hör dir das mal an«, forderte er Stöckle auf und las vor: »Nicht zu klären ist der Fund eines Stoffrestes, der im Kofferraum des BMW lag. Es handelt sich möglicherweise um ein Stück eines Kleides mit kleinen, eingenähten Spiegeln. Handelt es sich um eine Requisite aus einem Zirkus oder einem Theater? An einem der winzigen Spiegel konnten wir einen Fingerabdruck der Toten vom Waldfriedhof nachweisen. Damit ist dieser Stoffrest möglicherweise der Frau zuzuordnen.«

Stöckle schüttelte den Kopf. »Fängst du mit diesem Fund etwas an?«

»Nein«, sagte Frank frustriert. »Im Zweifelsfall schiebt der Glomm alles auf den Mezahn. Der ist der ideale Sündenbock. Ich bin sicher, den Mann finden wir nicht. Der sitzt schon längst an einem sicheren Ort. Egal, wo der sich befinden sollte.«

17

Am Abend schlenderte Frank mit Alina durch die Altstadt von Leonberg. Sie hängte sich bei ihm ein, während er ihr von den neuen Erkenntnissen über die unbekannte Tote berichtete. Die anheimelnde Atmosphäre, die von den Fachwerkhäusern ausging, versetzte beide in eine lockere und entspannte Stimmung. Mit starrer Miene schaute ihnen der Wäppner, eine Figur auf dem Marktplatzbrunnen, nach. Was hatte dieses Standbild, 1566 vom Bildhauer Leonhard Baumhauer erschaffen, nicht schon alles gesehen? In seinem Schild führt er die Wappen des Herzogtums Württemberg und der Stadt Leonberg. Zum Wäppner aufschauend fragte sich Frank, wie im Zeitalter der Globalisierung eine tote Inderin auf einen Friedhof in Stuttgart kam. Der Wäppner hätte den Kopf geschüttelt. »Indien, wo befindet sich das?«, hätte er gefragt und lapidar festgestellt: »Ich kenne nur das weit entfernte Indien, das Land der Gewürze und des sagenhaften Reichtums der Maharadschas.«

Nach einigen Schritten standen sie vor dem Haus Marktplatz 11, dem Wohnhaus der Familie Kepler. Hier wuchs der Astronom Johannes Kepler auf. Frank erklärte Alina die Bedeutung des Mannes für die Entwicklung des abendländischen Weltbildes. Was hätte dieser Mann gesagt, wenn Frank ihm von der toten Frau erzählt hätte?

Als sein Magen vernehmlich knurrte, fasste ihn Alina an der Hand und zog ihn Richtung *Altes Stadttor*.

»Ehe der Herr Kommissar verhungert, gehen wir zu Sid.«

Der Wirt empfing sie begeistert. »Frank, hast du Zeit? Sollen wir eine Runde Dixieland spielen?«

»Zuerst hat der Kommissar einen Bärenhunger«, stoppte Alina den Begeisterungsausbruch von Sid.

»Natürlich, das geht vor. Ich sage meiner Frau Bescheid, dass unser Hungerleider Frank Futter benötigt. Und du, Alina, willst du mitessen? Aber zuerst bringe ich euch einen Spätburgunder Kabinett aus Oberkirch. Ich weiß, der schmeckt euch.«

Mit diesen Worten verschwand er in der Küche.

Nachdem Alina und Frank den gröbsten Hunger gestillt hatten, lehnten sie sich zurück und warteten, dass sich Sid zu ihnen setzen würde.

In diesem Moment öffnete sich die Wirtshaustür und herein kam ein Freund von Frank, Wolfgang, genannt »Der Tandoori«.

»Hallo! Du kommst wie gerufen«, rief Frank. »Setz dich an unseren Tisch. Ich habe Fragen an unseren Indien-Spezialisten.«

Wolfgang lebte jahrelang in Indien. Er hatte Labore geleitet und sich im Ruhestand in ein kleines Dorf zurückgezogen. Von dort führte er eine Leprastiftung, war aktiv in einer deutsch-indischen Kulturgesellschaft tätig und betrieb nebenbei einen Teehandel für Freunde und Bekannte, ohne einen Cent daran zu verdienen. Er achtete streng darauf, dass der von ihm gehandelter Tee frei von Pestiziden war. Dazu reiste er einmal im Jahr nach Indien, um in Assam die von ihm ausgewählten Teeanbaugebiete aufzusuchen und Kontrollen durchzuführen. Durch seine ausgesprochene Vorliebe für indische Tandoorigerichte bekam er seinen Spitznamen.

Er setzte sich an den Tisch von Frank und Alina, bestellte ein Bier und sagte: »Schieß los. Was hast du auf dem Herzen?«

Frank schilderte die Erkenntnisse, die sie über die tote Frau besaßen, und schloss: »Die Pathologin behauptet, sie käme aus Indien. Dafür bist du der Spezialist.«

»Zur Klarstellung: Ich bin nicht der Spezialist für indische Frauen. Ich bin, wie du wissen solltest, mit Renate glücklich verheiratet.«

Alina schmunzelte. Solch eine Reaktion hatte sie bei Wolfgang erwartet. Aber es kam noch besser.

»Wenn ich dir als Freund über Indien erzähle, kostet das nichts. Wenn du als Polizist Fragen stellst, bestehe ich auf Bezahlung meiner Denkvorgänge, und die sind kostbar. Schließlich bezahle ich auch Strafzettel an euch. Dieses Geld muss wieder reinkommen.«

Frank lachte laut auf. »Ich frage dich als Freund, spuck dein Wissen aus.«

»Eure Frau Doktor kann recht haben. Das Mädchen stammt mit großer Wahrscheinlichkeit aus Indien. Dieses beinahe zugewachsene, winzige Loch im linken Nasenflügel, spricht dafür. Indische Frauen tragen an dieser Stelle kleine Anstecker, die je nach Kaste und Vermögen unterschiedlich groß sein können. Ebenso weist das Loch im Ohr auf den Schmuck hin, den indische Frauen am Ohr tragen. Ihr müsst wissen, dass der Schmuck, den die Frauen tragen, ihr einziges Vermögen ist. Bei wirklichen Notfällen können sie diesen verkaufen. Das trifft besonders auf den Ohrschmuck zu. Hier werden häufig schwere Goldringe getragen, die aufgrund ihres Gewichtes das Loch im Ohr nach unten ausdehnen. Als eindeutiger Beweis gilt das jedoch nicht, denn Mädchen in Europa, wie auch in Leonberg, tragen inzwischen an allen möglichen oder unmöglichen Stellen Schmuck und lassen sich sogar die Zunge durchstechen. Man stelle sich das vor. Sie lassen sich freiwillig die wirkungsvollste und wertvollste Waffe einer Frau durchlöchern.« Wolfgang nickte traurig.

Alina schmunzelte und murmelte: »Das petze ich deiner Renate!«

Davon völlig unberührt fuhr Wolfgang fort: »Einen weiteren starken Beweis stellen die roten Sindur-Spuren dar. Vor allem, wenn sie vorne am Mittelscheitel zu finden sind. Eine derartige Bemalung ist mir von keinem anderen Kulturkreis bekannt.«

Nach einer Zeit des Nachdenkens fügte er hinzu: »Wenn man den Kleidungsrest im BMW dem Mädchen zuordnet, könnte die Herkunft der Toten stärker eingeschränkt werden. Mir fällt dazu ein, dass Frauen in Rajasthan häufig Kleider tragen, in denen kleine Spiegel eingenäht sind. Damit hast du, Sherlock Frank Holmes, nur noch ein Gebiet abzusuchen, das ungefähr zehnmal so groß ist wie Baden-Württemberg und 68 Millionen Einwohner hat. Für dich, alter Profi, ein Kinderspiel.«

Frank bedankte sich für die ausführlichen Erläuterungen. Nach mehreren Vierteln Rotwein, deren Bezahlung Frank übernahm, verließen sie alle drei zufrieden das Lokal.

18

Die Polizei verdankte einem Zeitungsartikel die heiße Spur, die zur Wohnung von Mezahn führte. In diesem wurde über die Explosion berichtet und das Bild des verschwundenen Pförtners gezeigt. Ein Reporter hatte bei einer Krankenschwester der Klinik das Foto einer Weihnachtsfeier gesehen, an der Mezahn teilgenommen hatte. Zwar setzte er eine Bierflasche an den Mund, um zu trinken, wodurch ein Teil des Gesichts verdeckt war, doch der findige Reporter retuschierte mit einem Bildbearbeitungsprogramm die Flasche weg, sodass er ein gut erkennbares Abbild des Mannes erhielt. Dieses Foto fügte er seinem Artikel bei. Da Frank den Artikel in der Zeitung nicht gelesen hatte, überraschte ihn der Anruf.

»Bin ich mit der Stelle bei der Kriminalpolizei verbunden, die den Herrn Mezahn sucht?«, fragte ihn eine weibliche Stimme am Telefon.

»Ja. Da sind Sie richtig. Sie sprechen mit Kommissar Buck.«

»Ich heiße Mohn, Melanie Mohn. Ich weiß, wo der gesuchte Mann, der Herr Mezahn, wohnt.«

»Woher wissen Sie, dass wir diesen Mann suchen?«

»Ich las heute einen Artikel in der Stuttgarter Zeitung. Ich wusste nicht, dass der Mann Mezahn heißt. Auf dem Bild ist er aber gut zu erkennen. Der Gesuchte wohnt in unserem Haus. An seiner Tür steht kein Name und an dem Briefkasten auch nicht. Vorgestellt hat sich der Herr bei keinem Mieter im Haus. Außerdem grüßt er nie, und die Kehrwoche macht er auch nicht. Das war mir schon immer verdächtig.«

Frank ließ sich die Adresse geben, bedankte sich und rief Stöckle an. Zur Absicherung baten sie zwei Kollegen mitzukommen. Mit Blaulicht fuhren sie zu der Adresse im Stuttgarter Westen. In der Reinsburgstraße hielten sie bei der angegebenen Hausnummer an. Vom Balkon im zweiten Stock schaute eine ältere Dame, wohl Frau Mohn, ihnen neugierig zu.

Aufgrund der hier üblichen Parkplatznot stellte in diesem Augenblick eine Querstraße entfernt ein muskulöser, groß gewachsener Mann sein Auto ab. Er wollte gerade aussteigen, doch als er die Polizeiwagen sah, lehnte er sich in den Sitz zurück, wartete kurz, wendete unauffällig und fuhr betont langsam die Straße hinunter.

Stöckle klingelte an der Tür, an der kein Namensschild hing. Niemand öffnete. Frank holte einen Dietrich aus der Tasche. Stöckle und die Kollegen zogen ihre Pistolen und richteten diese auf den Eingangsbereich. Nur wenige Sekunden benötigte Frank, dann sprang die Tür auf. Sich gegenseitig absichernd und laut »Polizei« rufend, betraten sie nacheinander die Zimmer.

»Niemand zu Hause.«

»Dann rufen wir die Spurensicherung.«

Frank zog Plastikhandschuhe an, streifte Plastiküberzieher über die Schuhe und durchsuchte systematisch die Räume. Er fand edle, teure Möbelstücke, einen riesigen Schreibtisch und einen Plasmafernseher neuester Technik vor. Das Schlafzimmer wirkte unordentlich, die Bettdecke auf dem Boden, das Kopfkissen zerknüllt. Die Küche unaufgeräumt, schmutziges Geschirr stapelte sich neben der Spülmaschine, der Eisschrank war leer bis auf eine angebrochene Flasche Milch, die schon etwas säuerlich roch.

Frank ging zum Schreibtisch. Er hoffte, hier eine Spur des Verschwundenen zu finden. Er zog die Schubladen heraus. Außer unbezahlten Rechnungen, Mahnungen und Reklame für technische Geräte fand er keine Hinweise. Ein zerknülltes, fettes Einwickelpapier, das er sorgfältig auseinanderfaltete und glatt strich, wies ihn darauf hin, dass Herr Mezahn eine Schwäche für Fast Food hatte. In der unteren Schublade lag ein Laptop. Frank öffnete ihn und schaltete ihn ein. Die Aufforderung, das Passwort einzugeben, erschien. Frank tippte auf gut Glück den Vornamen ein, den er in der Akte mit den Vorstrafen des Mannes gelesen hatte. Passwort falsch! Er gab dessen Geburtsdatum ein, das er sich gemerkt hatte. Passwort falsch! Ein Warnhinweis tauchte auf dem Bildschirm auf: *Sie haben noch einen Versuch.* Er klappte den Laptop zu und hoffte, dass die IT-Spezialisten das Codewort knacken könnten.

Stöckle traf nach der peniblen Untersuchung des Badezimmers, des Schlafzimmers und der Küche auf Frank.

»Unglaublich. Wie zugemüllt der Haushalt ist. Eine Putzfrau beschäftigt der Typ sicher nicht. Er scheint ein echter Messie zu sein. Hinweise auf seinen Aufenthaltsort oder eine Bezugsperson gibt es leider nicht. Lassen wir die Spurensicherung die Wohnung durchsuchen und hoffen, dass die Leute etwas finden.«

Beim Hinausgehen stutzte Frank.

»Schau mal. Was hängt da an der Wand? Der Bursche ist schlampig, aber schlau. Er hinterlässt keine Spuren, aber Müll. Er räumt alle Hinweise auf seine Person weg. Aber das Alltägliche, immer Sichtbare, vergisst er.«

Er deutete auf die Bildergalerie an der Wand im Flur. Neben gerahmten Fotos von Landschaften und Straßenbildern aus Indien hing das Foto einer Jacht. Frank nahm die Fotos von der Wand, holte sie aus den Rahmen und schmunzelte, als er sie umdrehte. Nicht nur Jahreszahlen, mit Bleistift hingekritzelt, sondern auch Namen fand Frank. Bei dem Meeresbild stand auf der Rückseite *Gulf of Kutch*, bei einer Brücke über einen Fluss *Rukmavati Bridge*, bei der Straßenszene *Jodhpur Town* und bei dem Bild eines Sonnenuntergangs über einem traumhaften Sandstrand mit einem einsamen Kamel *Kasi Vishvanath Beach*.

Frank staunte, als er das nicht beschriftete Jachtbild betrachtete. Er konnte den Namenszug des Schiffes auf dem Foto entziffern. Mühselig buchstabierte er *Shadi*. Mit diesem Begriff konnte er nichts anfangen.

Im Büro setzte er sich mit dem genervt wirkenden Tandoori in Verbindung.

»Ja, könnt ihr auf dem Polizeipräsidium nicht einen Inder auftreiben? Ich verlange jetzt eine Auskunftsgebühr. Bin ich denn dein deutsch-indisches Nachschlagewerk?«

Er erklärte Frank, dass Shadi das indische Wort für Heirat sei. Nach kurzem Nachdenken schob er nach, dass es in Rajasthan eine Stadt mit dem Namen Jodhpur gebe und dass ganz im Süden des Staates Gujarat ein Touristengebiet mit schönen Sandstränden liege, der Golf von Kachchh. In den Atlanten finde man häufig die englische Schreibweise Gulf of Kutch.

Frank telefonierte als Nächstes mit dem Seeamt in Hamburg, um sich nach einer Jacht namens Shadi zu erkundigen. Er hegte keine große Hoffnung auf Erfolg. Ein deutsches Seeamt besaß sicher keine Aufzeichnungen über den Besitzer einer indischen Jacht. Der Sachbearbeiter auf dem Seeamt überraschte ihn positiv. Er erklärte ihm, dass die Jacht Shadi einem Konsortium gehörte und momentan in Bremen zur Generalüberholung auf dem Trockendock lag. Bei dem deutschen Vertreter des Konsortiums handelte es sich um einen Ministerialdirektor aus dem Gesundheitsministerium in Berlin.

Bei dieser Information reagierte Frank alarmiert. Er musste sich absichern und ging in Stöckles Büro, um ihn über das Ergebnis der Nachforschung zu informieren.

»Auch Leute aus dem Ministerium sind dem Gesetz unterworfen. Wir überprüfen und durchsuchen die Jacht. Vielleicht finden wir Hinweise.«

Dies entschied Stöckle resolut, telefonierte mit einem Kollegen aus Bremen und ließ die Jacht unter polizeiliche Bewachung stellen. Er erhob sich.

»Ich fahre heute nach Bremen und lasse die Jacht durchsuchen. Ich weiß, auf was ich achten muss. Du hast genug gearbeitet, Frank. Fahr nach Hause zur Alina. Ehefrauen oder Partnerinnen benötigen manchmal verstärkte Zuwendung. Alina solltest du nicht vernachlässigen, selbst wenn du in der Arbeit ertrinkst. Geh mit ihr ins Kino oder in ein Konzert. Als altgedienter Ehemann kann ich dir sagen, wie nötig kleine Fluchten aus dem Alltag sind. Ich spüre, du solltest dich stärker um Alina kümmern. Nach dem Kraftakt ihrer Prüfung und dem Einstieg in den klinischen Teil der Ausbildung braucht Alina deine Unterstützung.«

Freundlich und mitfühlend schaute Stöckle Frank an, der sich unter diesen Blicken unwohl fühlte. Er spürte, dass sein Freund recht hatte. Er vernachlässigte Alina.

19

Das weiße Telefon auf dem Schreibtisch läutete durchdringend und ausdauernd. Die Gestalt auf der Liege im hinteren Teil des Raumes erhob sich grummelnd. Gähnend taumelte sie auf den Tisch zu und ergriff den Telefonhörer, riss ihn von der Gabel und schnauzte hinein.

»Ich wollte nicht gestört werden. Frau Gerber. Was gibt es so Dringendes?«

Am anderen Ende der Leitung ertönte ein Lachen.

»Aber, aber, Herr Professor. Wer wird denn gleich in die Luft gehen. Rauch lieber eine Zigarette. Hier spricht dein treuer Diener, dein Mann fürs Grobe.«

»Halt!«, unterbrach ihn der schlagartig wach gewordene Glomm. »Leg sofort auf! Ich rufe zurück.«

Aus den Taschen seines Arztkittels holte er ein Handy und drückte ein paar Tasten. Als sich der Angerufene meldete, reagierte Glomm zufrieden.

»So, jetzt haben wir eine sichere Leitung und ein Handy, das man nicht zurückverfolgen kann. Nun kannst du frei von der Leber weg sprechen.«

»Stell dir vor, man hat meine Wohnung gefunden. Jemand in der Nachbarschaft muss mich gesehen, mein Foto in der Zeitung entdeckt und mich an die Polizei verpetzt haben. Ich wollte gerade nach Hause, als ich vor meiner Wohnung einen Polizeiwagen stehen sah. Wer steigt aus? Du glaubst es nicht! Unser quicklebendiges Explosionsopfer, der sture Kommissar Buck. Ich fahre morgen nach Bremen und tauche bei Freunden unter. Danach geht es auf große Fahrt. Hast du noch irgendeine Aufgabe für mich in dieser schönen Stadt am Nesenbach und Neckar?«

»Es wäre gut, wenn man den Herrn von der Kripo, der hier so penetrant herumschnüffelt und so wissbegierig ist, ausschalten könnte. In meinem Gartenhaus in Fellbach findest du ein Präzisionsgewehr mit Schalldämpfer und Zielfernrohr. Es liegt im Keller. In dem Safe hinter dem Schrank, der neben der Tür steht. Das könntest du benutzen. Nach vollbrachter Arbeit kannst du es einfach liegen lassen. Die Herkunft des Gewehrs ist nicht feststellbar. Ohne Waffe fällst du bei deinem Rückzug weniger auf. Der Code des Safes besteht aus meinem Namen. Rückwärts gelesen und den Zahlen 7891. Im unteren Fach liegen für dich neue Papiere und genügend Bargeld bereit. Ich bitte dich, mach dieses Mal keinen Pfusch.«

Ohne eine Antwort abzuwarten, legte der Professor auf.

Ein groß gewachsener, muskulöser Mann stand vor der Eingangstür des Polizeipräsidiums und schien auf jemanden zu warten. Gelangweilt musterte er das gegenüberliegende Gebäude. Ab und zu warf er einen Blick auf seine Armbanduhr. Eine ältere Frau öffnete im dritten Stockwerk ein Fenster und schüttelte einen Staublappen aus. Der Mann kniff missbilligend die Augen zusammen, schüttelte empört den Kopf und entfernte sich mit raschen Schritten.

Gegen Mittag läutete es an der Wohnungstür im dritten Stock des Gebäudes, das dem Eingang des Polizeipräsidiums gegenüberlag. Eine ältere, verschlafen wirkende Frau spähte durch den Spion ihrer Tür und sah einen Boten mit einem länglichen Paket in den Armen. Als sie öffnete, murmelte der kräftige Mann »Polizei«, zeigte ihr flüchtig einen Ausweis und schob sie schnell und gewaltsam in die Wohnung.

Er stellte das Paket im Flur ab. Ehe die Frau begriff, um was es ging, zog er ihre Arme auf den Rücken und umwickelte diese mit einem Klebeband. Sie schrie um Hilfe. Da klebte er ihr eine Folie über den Mund, warf sie auf den Boden, fesselte ihre Beine und band ihr einen Schal über die Augen. Er öffnete das Paket und holte Teile eines Präzisionsgewehrs heraus. Diese setzte er zusammen, befestigte einen Schalldämpfer und schraubte ein Zielfernrohr an. Danach öffnete er das Fenster, von dem er zum Eingang des Präsidiums blicken konnte, nickte zufrieden über den Ausblick und hob die Waffe an die Wange.

Nach ein paar Minuten schaute er sich suchend im Zimmer um, entdeckte auf dem Sofa ein Kissen, holte es und legte es als Unterlage auf den Fensterrahmen. Erneut hob er die Waffe an, diesmal den Ellbogen auf dem Kissen abgestützt und visierte mit dem Zielfernrohr die gegenüberliegende Eingangstür an. Er schien zufrieden, als er das Gewehr sacht hin und her schwenkte. Die am Boden sich windende und wimmernde Frau beachtete er nicht.

Nach über einer Stunde des Wartens, in der er ein reges Kommen und Gehen im Präsidium registriert hatte, sah er den Kommissar, auf den er gewartet hatte, auf die gläserne Tür zugehen. Die Tür öffnete sich, der Zielpunkt des Gewehrs lag auf dem Herzen des Mannes. Er stellte sich dessen überraschtes Gesicht vor, wenn die Kugel ihn treffen würde. Was würden seine letzten Gedanken sein? Diesmal gab es keinen Pfusch wie bei der Explosion. Diesmal ging er auf Nummer sicher. Er drückte ab.

Er hob das Gewehr etwas an und sah den überraschten, dann entsetzten, dann verzerrten Gesichtsausdruck des Kommissars in dem Zielfernrohr.

Schnell und ohne einen weiteren Blick auf den Mann zu werfen, schloss er das Fenster. Er hatte genug gesehen und war sich sicher, dass er ins Schwarze getroffen hatte. Achtlos warf er das Gewehr auf den Boden und verließ eilig die Wohnung. Vor der Tür zog er sich die Operationshandschuhe aus, nahm die Paketbotenmütze ab, zog sich die Jacke aus und steckte alles in eine Plastiktüte.

Als die am Boden liegende, hilflose Frau die ersten Sirenentöne eines sich nähernden Krankenwagens hörte, stieg er schon in eine S-Bahn ein und verschwand in der Menge der Fahrgäste.

In einem Dorf in Indien führte zur gleichen Zeit ein Arzt, in Begleitung von zwei jüngeren Krankenschwestern eine kostenlose Impfung gegen Kinderlähmung bei den Kindern der Dorfbevölkerung durch. Der Dorfälteste dankte ihm, und der Arzt erklärte allen auf dem Dorfplatz mithilfe von Schaubildern die Wirkung der Impfung.

Nebenbei wies er darauf hin, dass sich junge Frauen freiwillig für medizinische Untersuchungen melden könnten. Ihre Familien bekämen dafür einen größeren Geldbetrag. Ihre Abwesenheit würde allerdings mehrere Monate betragen, da die Untersuchungen langwierig wären.

Einige Familien meldeten sich zögernd. Sie brauchten das Geld dringend. Der Arzt hörte die ihm angebotenen Frauen mit dem Stethoskop ab. Er wählte drei der jüngeren von ihnen aus und verhandelte mit den Ehemännern oder den Eltern, je nach Familienstand der Frauen. Diesen übergab er einen Geldbetrag als Anzahlung. Anschließend fuhr er mit seiner Limousine weg, während Krankenschwestern die ausgewählten Frauen in einem Kleintransporter mitnahmen.

Die Frauen staunten, als sie in Jodhpur ankamen. Sie durften in dem luxuriös ausgestatteten Trakt eines Labors schlafen und wurden mit bestem Essen verwöhnt. Sie trafen Frauen aus anderen Dörfern. Alle ließen klaglos Gewebeentnahmen, EKG- und Röntgenuntersuchungen sowie Blutabnahmen über sich ergehen. Suryakanti, ein Mädchen mit Englischkenntnissen, kam nach einer Untersuchung aufgeregt zurück. Sie erzählte, dass sie ein Telefongespräch des Doktors habe mithören können, als man sie einem Belastungs-EKG unterzogen habe. Der Arzt habe die Tür des Untersuchungsraumes nicht geschlossen, wohl in der Annahme, dass sie sein Englisch mit medizinischen Fachausdrücken gespickt nicht verstehen würde. Der Arzt habe am Telefon über eine Frau namens Chamelie gesprochen, der man eine Niere entnommen und die danach gekränkelt habe. Er habe aufgebracht gewirkt, weil ihm der Anrufer vorgeworfen habe, die Blutuntersuchungen nicht korrekt durchgeführt zu haben.

»Wenn Chamelie stirbt, dann nützt das aus. Entnehmt ihr Herz, Leber und Lunge. Dann hat sich der Aufwand mit dieser Frau mit dem seltenen Gewebetypus gelohnt.«

Die Frauen hörten erstarrt dem Bericht Suryakantis zu. Sie fürchteten sich vor dem, was die Zukunft für sie bereithielt. Alle beherrschte ein Gedanke: Flucht. Doch sie stellten fest, so luxuriös die Zimmer waren, am Ende der Gänge fehlten an den verschlossenen Türen die Klinken, und die Fenster ließen sich nicht öffnen.

20

Frank eilte durch die Vorhalle des Präsidiums, als er Tina Schrayer sah. Freundin und Kollegin, mit der er Abenteuer und eine kurze Romanze erlebt hatte.

»Ich freue mich, dich zu sehen. Frank, lass uns zusammen ein Bier trinken und über alte Zeiten plaudern, ja?« Sie strahlte ihn an.

»Aber gerne. Wer kann bei einer so hübschen Frau Nein sagen? Außerdem müssen wir deine Beförderung begießen, Frau Hauptkommissarin.«

Frank schritt zur Ausgangstür und riss sie weit auf, um ihr höflich den Vortritt zu lassen. Spontan umarmte sie ihn und schmiegte sich kurz an ihn. Plötzlich ging ein Ruck durch ihre schlanke Gestalt. Tina fiel schwer gegen ihn.

Frank reagierte überrascht, dann entsetzt. Er ging in die Knie. Die Tür schloss sich automatisch. Frank starrte auf seine blutigen Hände und beugte sich über die in sich zusammensinkende Tina. Sie stöhnte leise. Als er sie abstützten wollte, schrie sie auf. Durch den Schmerzensschrei alarmierte Kollegen eilten herbei. Einer verlangte mit seinem Handy nach einem Krankenwagen.

Frank legte Tina behutsam auf den Boden, drehte sie in Seitenlage und sah, dass ihre dünne Bluse ein Loch aufwies und sie aus einer Wunde an der rechten Schulter blutete. Ihr Gesicht war blass. Ihre Augen vor Schmerz geweitet. Frank hielt hilflos ihre Hand. Sein erster Gedanke war: Dieser Anschlag galt doch mir und nicht ihr.

Ein Polizist beugte sich zu Tina hinunter, versuchte, die Blutung zu stoppen, indem er seine Faust mit einem Taschentuch umwickelte und auf die Wunde presste.

»Ich bin für Notfälle ausgebildet. Versuchen wir, die Blutung zu stoppen. Es ist eine Schusswunde.«

Den wie erstarrt herumstehenden Beamten rief er zu: »Schaut euch vor dem Präsidium um. Es hat jemand auf unsere Kollegin geschossen. Schaut nach, wer dort herumballert. Da wir keinen Schuss gehört haben, haltet Ausschau nach einem Pistolen- oder Gewehrschützen, der einen Schalldämpfer benutzt.«

Mehrere Kollegen zogen ihre Pistolen, rannten zur Tür hinaus und suchten die Straße ab.

Frank kniete noch immer erstarrt auf dem Boden und hielt Tinas Hand fest. Insgeheim machte er sich schwere Vorwürfe.

Seine geliebte Kollegin. Der Anschlag galt nicht ihr. Der Schuss galt ihm. Tina hatte ihre Arme um ihn gelegt. Ein Scharfschütze, der es auf sie abgesehen hätte, würde auf die Stelle schießen, an der sie kurz zuvor noch gestanden hatte. Der Anschlag galt eindeutig ihm. Tina war das unschuldige Opfer. Sie bekam den Schuss in die Schulter, genau in der Höhe seiner Brust. Zog er Unheil an?

Als die Sanitäter hereinstürzten und ihn von der inzwischen bewusstlosen Tina wegschoben, rissen sie ihn aus seinen nutzlosen Überlegungen.

»Sauerstoffmaske«, befahl einer.

»Spritze zur Stabilisierung des Kreislaufs« ein anderer.

Ein dritter: »Blutersatzmittel.«

Ein weiterer klebte ein straffes Tape über die Wunde, um die Blutung zu stoppen.

Der Notarzt fragte Frank: »Zeigte sich blutiger Schaum auf den Lippen der Frau?«

Frank schüttelte den Kopf und blickte auf die vollen, vor Schmerz verzerrten Lippen.

»Ein gutes Zeichen. Dann hat die Kugel nicht die Lunge verletzt.«

Die Sanitäter legten Tina auf die Bahre und trugen sie im Laufschritt zum Sanitätswagen.

Frank starrte ihr bewegungslos nach, als Stöckle zu ihm trat und den Arm auf die Schulter legte. Er sprach tröstend auf den wie gelähmt Dastehenden ein.

»Du konntest sie nicht beschützen. Du konntest nicht ahnen, dass sie so gefährdet war. Du kannst nichts dafür. Mach dir keine Vorwürfe. Niemand von uns konnte vorhersehen, dass die Ernennung von Tina eine derartige Reaktion auslöst. Ich kann es nicht glauben, die schießen vor dem Präsidium auf die Leiterin der Abteilung *Organisierte Kriminalität*.«

Frank schüttelte störrisch den Kopf. »Dieser Schuss galt mir!«

Er erklärte Stöckle penibel, warum er sich dessen so sicher war. Eine Stunde später besaßen sie Gewissheit. Kollegen schätzten über den Schusswinkel, dass der Schuss aus einer Wohnung des gegenüberliegenden Hauses gekommen war. Sie klingelten an den Wohnungen, und da keine Reaktion erfolgte, öffneten sie gewaltsam die Türen. Stöckles Begründung überzeugte sie alle.

»Keine Zeit für juristische Absicherung. Gefahr im Verzug.«

So fanden sie eine gefesselte und geknebelte Frau. Nach ihrer Befreiung beschrieb sie genau Größe und Aussehen des Täters. Nach diesen Angaben musste es sich um Mezahn handeln. Bei der vorgefundenen Waffe waren Herkunft und Besitzer nicht zu ermitteln. Es befanden sich auch keine Fingerabdrücke auf dem Gewehr.

Frank fragte sich: War Mezahn dumm? Er musste doch wissen,

dass man ihn über die Bewohnerin identifizieren könnte. Warum hatte er die Zeugin nicht umgebracht? War er sich so sicher, dass man ihn nicht fassen würde? Er musste über gute Beziehungen verfügen, um spurlos unterzutauchen. Denn nach diesem Anschlag würde sein Konterfei in jedem Polizeirevier hängen. Der Fahndungsdruck würde ansteigen. Morgen würden die meisten großen Zeitungen sein Foto abbilden. Andererseits hatte es sich erst vor Kurzem bei kriminellen Rechtsradikalen gezeigt, dass bei einem intakten Netzwerk ein jahrelanges Untertauchen möglich ist. Besaß Mezahn so ein Netzwerk?

Tatsächlich war der Mann nicht auffindbar. Keine Spur trotz intensiver Suche. Hatte er sich ins Ausland abgesetzt?

Tina Schrayer kämpfte im Krankenhaus mit den Folgen der Schussverletzung. Die Ärzte entfernten die Kugel aus der Schulter. Die Verletzung heilte gut. Glücklicherweise war die Lunge nicht verletzt.

Drei Tage später besuchte Frank Tina mit einem großen Rosenstrauß. Sie lächelte ihn schwach an und flüsterte: »Es ist wie immer. In deiner Nähe lebt man gefährlich. Ich wollte ein aufregendes Leben. Deshalb bin ich zur Polizei gegangen. Dies war beinahe ein wenig zu viel des Guten.«

Schon nach diesen wenigen Sätzen schlief sie erschöpft ein. Frank sah schuldbewusst zu Boden. Ihn plagte sein schlechtes Gewissen, dass er die Ursache des Anschlags war, dass er Tina in Gefahr gebracht hatte. Er verabschiedete sich nach einer Stunde stillen Dasitzens von ihr. Hilflos fühlte er sich. Der gesamte Polizeiapparat lief auf Hochtouren und keine Ergebnisse, nichts, nichts …

Stöckle teilte ihm telefonisch mit, dass er die Jacht Shadi auf dem

Trockendock von der Spurensicherung untersuchen ließ. Viel zu viele Fingerabdrücke. Zu viele wechselnde Besatzungsmitglieder und viele Gäste. Dazu Spuren der Arbeiter des Docks und des Reinigungspersonals. Der Jachtkapitän beschwerte sich bei dem Besitzer Toran, einem Ministerialdirektor in Berlin. Und so bekam Stöckle eine Standpauke von dem Polizeidirektor, an den sich wiederum der Toran gewendet hatte.

21

Alina lebte sich in der Universitätsklinik gut ein. Ein Assistenzarzt ihrer Abteilung kümmerte sich intensiv um sie und stand ihr
mit Rat und Tat zur Seite. Sie kam häufig spät nach Hause, oft
erst nach Mitternacht. Die Arbeit bereitete Alina Freude. Das
Lob des Professors und die Unterstützung durch Kolleginnen
und Kollegen fachten ihren Ehrgeiz an. Bei den Patientinnen und
Patienten war sie beliebt, da sie sich viel Zeit für sie nahm, oft
nach dem regulären Dienst.

Frank sah sie kurz beim Frühstück, wenn sie ihr Müsli hinunter-
schlang und Kaffee in sich hineinschüttete. Ihre Gespräche be-
schränkten sich auf das Notwendigste. Als sie Frank aufforderte
zum Friseur zu gehen, gab es Streit.

»Frank, sei so gut und geh zu Georg. Dein Friseur bringt dich in
Form. Als Kommissar musst du Respekt einflößen. Mit diesen
langen, ungepflegten Haaren und deinem Fünftagebart siehst
du grauenhaft aus. Kein Wunder, dass der Staatsanwalt dich
laufend nervt und ins Leere laufen lässt. Jeder Kriminelle sieht
zivilisierter aus als du, Frank. So würde man dich bei uns im
Krankenhaus nicht einmal als Putzmann arbeiten lassen.«

»Du wirst ja richtig spießig. Früher hat dich mein Aussehen
nicht gestört. Was ist bloß in dich gefahren?«

Doch selbst zum herzhaften Streiten reichte die Zeit nicht wirklich. Es folgte ein flüchtiger Kuss von Alina, und fort war sie. Er
genoss in aller Ruhe sein Müsli und den Schwarztee.

Im Büro arbeitete er konzentriert und schnell. Seine Sekretärin beschwerte sich immer wieder bei ihm, dass sie zu viel Arbeit auf den Tisch bekam.

»Ich habe kaum noch Zeit für meine Kinder.«

Jedoch lächelte sie geschmeichelt, wenn Frank ihr gestand: »So eine dynamische Sekretärin wie sie langweilt sich ohne Beschäftigung.«

Der Staatsanwalt Heyer suchte des Öfteren die Abteilung auf. Er interessierte sich offensichtlich sehr für den Fall und hoffte auf schnelle Fortschritte. So saß er wieder einmal bei Frank im Büro, als Stöckle hereinplatzte.

»Von der Spurensicherung aus Bremen kam ein Bericht. Sie identifizierten einen Fingerabdruck. Er gehörte zu Mezahn. Er war aufgrund seiner Vorstrafen in der Polizeidatei gespeichert. Die Besitzverhältnisse der Jacht Shadi scheinen kompliziert. Stellen Sie sich vor«, wandte er sich an Heyer, »Doktor Toran ist der deutsche Vertreter eines Konsortiums, das die Klinik *Jungbrunnen* in Stuttgart finanziert. Dieses Konsortium hat seinen Sitz in der Schweiz und kaufte das Schiff. Ein Herr Ruebli, ein Bankdirektor in Bern, gilt als Sprecher und Vorsitzender. Wenn ich versuche, den Mann telefonisch in seiner Bank zu erreichen, ist er nicht auffindbar, hat keine Zeit oder verweigert die Auskunft über die Mitglieder des Konsortiums. Der Mann nervt.«

Frank lächelte. »Schweizer Bankgeheimnis. Da hast du als deutscher Kriminaler keine Chance. Nicht einmal auf ein Tötungsdelikt können wir uns beziehen. Nur solch ein Delikt könnte die Lippen des Schweizer Bankers entsiegeln.«

Heyer nickte. »Dem stimme ich voll zu. Bei der Leiche fanden wir keinen Hinweis auf ein Gewaltverbrechen. Die Frau starb an einer Blutvergiftung.«

Stöckle murrte. »Hinzu kommt, dass der Präsident strikt weitere Nachforschungen in der Klinik untersagt hat. Der Chefarzt ist ein Verbindungsbruder von ihm. Dazu gehören sie beide auch noch derselben Partei an.«

Heyer ergänzte: »Der Direktor Toran aus Berlin macht ebenfalls Druck. Ich denke, wir täten besser daran, die ganze Chose ruhen zu lassen. Es kommt außer einem Riesenärger nichts dabei heraus.«

Frank schlug zornig mit der flachen Hand auf den Tisch. »Was ist mit unserer angeschossenen Kollegin Schrayer? Ihr glaubt doch nicht wirklich, dass ich solch eine Schweinerei durchgehen lasse? Mein abgefackeltes Auto will ich nicht erwähnen, da handelt es sich um Sachbeschädigung. Ich denke, eine Menge Schmutz soll unter den Teppich gekehrt werden. Ich weise nur auf Mezahn hin. Der war als Klinikpförtner, als Scharfschütze und vielleicht auch als Bombenleger tätig.«

Wieder schlug er wütend auf die Tischplatte. Prompt öffnete sich die Tür, und die Sekretärin schoss herein.

»Brauchen Sie mich? Kann ich etwas für Sie tun?«

Frank schüttelte den Kopf.

Sie fuhr fort: »Eben bekam ich die Nachricht, dass die verdächtige Jacht Shadi, die ich für Sie im Auge behalten sollte, das Trockendock verlassen hat und Richtung Bremerhaven abgefahren ist. Soll ich an der Sache dranbleiben?«

Staatsanwalt Heyer fragte mit betont scharfem Ton in der Stimme: »Ist das wirklich nötig, äh … Frau … wie war Ihr Name?«

Frank hielt dagegen. »Hervorragend, Frau Schiller. Sie denken mit«, und fügte hinzu, sie dabei herzlich anlächelnd: »Sie sind als tüchtige Detektivin nicht mit Gold aufzuwiegen.«

Nach diesem Lob schloss eine stolze Sekretärin mit rotem Kopf die Tür von außen, während der Staatsanwalt ihr missmutig hinterhersah.

Stöckle beendete die Besprechung mit der Bemerkung: »Vielleicht bringt uns ja der Fingerabdruck auf der Jacht weiter.«

Der Staatsanwalt stand abrupt auf und warnte: »Herr Buck, verrennen Sie sich nicht. Falls es neue Erkenntnisse über diese Jacht geben sollte, informieren Sie mich sofort.«

Stöckle stand ebenfalls auf, drehte sich aber an der Tür nochmals um und bat: »Frank, mach bitte keine Dummheiten. Ich weiß, du würdest am liebsten in die Klinik gehen und den Chef in die Mangel nehmen. Lass das sein. Diese Klinik wird von einem Konsortium gesteuert. Der Chefarzt ist ein kleines, möglicherweise unbedeutendes Rad. Bis morgen versuche ich die Namen der Leute in Erfahrung zu bringen, deren Geld in dieser Klinik steckt. Vielleicht hilft uns das weiter.«

In den folgenden Tagen besuchte Frank jeden Mittag seine Kollegin Tina im Krankenhaus. Er freute sich, dass es ihr täglich besser ging. Sie sprachen lange und ausgiebig über unterschiedliche Themen, kamen aber immer wieder auf die Tote im Waldfriedhof zurück.

Nach Feierabend blieb er lange im Büro. Zu Hause in Leonberg erwartete ihn niemand. Alina verbrachte ihre Abende in der Klinik. Nach zwei Jamsession-Abenden, die er mit seinem Freund Sid musikalisch genoss, musste Frank eine Jazz- und Sid-Besuchs-Pause einlegen, damit seine Leber wegen der vielen Freigetränke nicht ernsthaft zu protestieren begann oder gar Schaden nahm.

Der zuständige Beamte des Hafenamtes in Bremerhaven bekam einen Anruf von der Sekretärin Schiller. Er nahm an, dass sie die recherchierende Kommissarin wäre. Die Sekretärin beließ ihn in diesem Irrtum und notierte sich stolz alle Einzelheiten. Sie fühlte sich plötzlich nicht mehr überlastet, sondern freute sich im Voraus auf den erstaunten Gesichtsausdruck von Frank, wenn sie ihm den Bericht vortragen würde. Der Beamte erklärte ihr die Sachlage ausführlich.

»Die Jacht Shadi avisierte als Zielorte verschiedene Hafenstädte des Mittelmeers, Arabiens und Indiens. Des Weiteren sind als Besatzungsmitglieder zehn Matrosen, ein Erster Offizier und der Kapitän gemeldet. Momentan fehlen Passagiere. Diese sollen erst in den Mittelmeerhäfen zusteigen. Also keine Auffälligkeiten. Aber«, und nun wurde die Stimme des Beamten streng, »als unser Lotse an Bord gehen wollte, hinderten ihn zwei der indischen Matrosen. Sie schienen Landratten zu sein. Hatten keine Ahnung von den Gepflogenheiten auf See. Nämlich, dass ein Lotse für eine Ausfahrt aus dem Hafen unumgänglich ist. Dem Kapitän schien das peinlich. Er entschuldigte sich beim Lotsen. Andererseits, was wollten diese Pseudoseeleute verbergen, als sie den Lotsen abhielten, die Jacht zu betreten?«

Als Schiller diese Information an Frank weitergab, nickte dieser nachdenklich.

Diese Jacht müssen wir nochmals durchsuchen, dachte er. Aber mit welcher Begründung? Vor allem, sie befindet sich in Kürze außerhalb deutscher Hoheitsgewässer, und einen Durchsuchungsbeschluss in einem französischen Hafen bekommen wir nicht.

22

Das Handy auf der Steuerkonsole der Shadi vibrierte. Der Mann am Steuer nahm es in die Hand und knurrte unwirsch, nachdem er die Verbindungstaste gedrückt hatte: »Hier Kapitän Gorden. Was soll dieser Scheißanruf zu dieser Zeit!? Funkstille war ausgemacht. Wir wollten erst wieder in Italien Kontakt aufnehmen.«

»Schon, aber es kam etwas dazwischen. Die Polizei in Stuttgart bohrt nach. Der Schnüffler Buck gibt keine Ruhe. Jetzt muss die Staatsanwaltschaft klein beigeben. Hier kann uns selbst ein Ministerialer nicht aus der Patsche helfen.«

»Das ist kein Grund, mich anzurufen. Wir sind weit vom Schuss. Zwar wird Mezahn verdächtigt, ist jedoch für die Polizei nicht greifbar. Er ist bald außer Reichweite der deutschen Polizei und damit in Sicherheit.«

»Da irrst du dich gewaltig. Stöckle, der Chef von dem Buck, hat einen Antrag beim Richter gestellt, man soll dein Schiff auf hoher See anhalten und durchsuchen. Der Buck ist im Flugzeug unterwegs. Die Seepolizei lässt die Motoren eines Schnellbootes warmlaufen. Ein Team der Spurensicherung ist auf dem Weg zum Hafen. Du weißt, was das für uns alle bedeutet, wenn man Mezahn findet. Also tu, was du für richtig erachtest.«

»Außerhalb der Seegrenzen kann ich eine Durchsuchung des Schiffes verweigern.«

»Schon, aber damit hast du nur wenig Zeit gewonnen. Sie filzen euch mit Sicherheit im ersten französischen Hafen.«

»Sind deine Informationen sicher? Ich meine jetzt todsicher, mit der Betonung auf der ersten Worthälfte! Der Mann ist für unsere Organisation ein Gewinn, eine echte Allzweckwaffe. Willig, überall und jederzeit einsetzbar.«

»Ja, ja. Ich weiß. Ich schätze ihn. Jedoch muss man Negativwerte abstoßen können. Die Nordsee ist tief an der Stelle, an der ihr euch gerade befindet. Weißt du, es ist kein blinder Alarm. Ich sitze direkt an der Quelle der Informationen. Gerade hat Stöckle mit dem Richter gesprochen. Dieser hat grünes Licht für die Durchsuchungsaktion der Shadi gegeben. Ich könnte dir sogar die Paragrafen nennen, die der Richter als Begründung für die Durchsuchung verwendet hat.«

Drei Stunden später kreuzte ein Schiff der deutschen Seepolizei vor der Jacht Shadi. Mit dem Megafon verlangte der Offizier, dass das Schiff stoppte. Auf den Funkspruch zum Beidrehen hatte niemand reagiert. An der Reling zeigte sich der Schiffskapitän. Er zuckte mit den Schultern und gab zwei Matrosen den Befehl, eine Strickleiter ins Wasser zu lassen. Vorsichtig drosselte er das Tempo der Jacht und drehte bei.

Als Erster schwang sich Frank über die Reling und fauchte den Kapitän an. »Warum haben Sie auf unseren Funkruf nicht reagiert?«

»Unser Funkgerät ist ausgefallen. Wir reparieren es gerade.«

Frank zeigte ihm den Durchsuchungsbefehl. Der Kapitän las ihn betont langsam und gründlich.

»Ich bin nicht verpflichtet, diesem Befehl nachzukommen. Wir befinden uns außerhalb der Hoheitsgewässer Deutschlands.«

»In Ordnung! Wir geleiten Ihr Schiff in den nächsten deutschen Hafen zurück.«

»Nun gut. Machen wir kein Drama daraus«, gab der Kapitän nach. »Wir haben nichts zu verbergen. Ihre Leute können das Schiff von vorne bis hinten durchsuchen. Wir schmuggeln keine Zigaretten. Wir führen kein Rauschgift mit, und ein Geschwindigkeitslimit überschreiten wir in der Regel auch nicht. Für die zwei Waffen an Bord, die sich vorschriftsmäßig im verschlossenen Safe befinden, besitze ich Waffenscheine.«

Die Leute der Spurensicherung betraten das Deck und schwärmten aus. Sie besaßen klare Anweisungen, nach was sie suchen sollten. Eine Stunde später meldete sich ein frustrierter Einsatzleiter bei Frank.

»Wir haben alles abgesucht. Keine Spur von Mezahn. Niemand von der Besatzung kennt ihn. Außer dem Kapitän und dem ersten Offizier besteht die Besatzung aus Indern. Sie verstehen kein Deutsch und sprechen nur wenig Englisch. Billigpersonal. Wir haben keine doppelten Böden oder Wände gefunden, hinter denen sich ein Mann verstecken könnte. Es gibt keinen Hinweis auf seine Anwesenheit. Außerdem wird das Schiff äußerst schlampig geführt. Aber das ist nicht strafbar.«

»Was verstehen Sie unter schlampig geführt?«

»Ich denke, der Kapitän legt wenig Wert auf Sauberkeit. Die Betten sind nicht gemacht. Die Kleider der Mannschaft liegen herum. Teller und Gläser stehen schmutzig auf den Tischen. Die Kajüten wirken verdreckt. Ich kann das kaum glauben. Professionelle Seeleute sind in diesen Dingen eigentlich penibel.«

»Zeigen Sie mir bitte die Räume!«

Nach dem dritten Raum schüttelte sich Frank.

»Also hier muss man richtig putzen, bevor Gäste aufkreuzen.

So etwas habe ich noch nie gesehen. Diese Mannschaft versteht eindeutig nichts vom Reinemachen. Hier muss dringend eine schwäbische Hausfrau das Regiment übernehmen.«

»Herr Buck! Es gibt eine Kajüte, die scheint für einen Gast vorbereitet zu sein. In der kann man erkennen, wie das Schiff gesäubert aussieht.«

Er führte ihn zu einer am Heck liegenden Kajüte. Sie war aufgeräumt. Die Decken lagen akkurat zusammengefaltet auf den Kojen. Der Tisch glänzte sauber geputzt. Die frisch gewaschenen Vorhänge hingen an den Bullaugen. Die leeren Einbauschränke standen offen, und die Regale blitzen im hereinfallenden Sonnenlicht.

Frank blieb ruhig stehen und ließ den Raum auf sich wirken. Mit einem triumphierenden Lächeln drehte er sich zu dem Einsatzleiter um.

»Rufen Sie alle Ihre Leute. Diese Kajüte müssen wir äußerst genau untersuchen. Fingerabdrücke, DNA, alles ist hier von Interesse. Ich vermute, hier hat sich Mezahn aufgehalten. Ich wette mit Ihnen, wir finden ihn nicht mehr lebend. Der Mann ist unfreiwillig untergetaucht.«

Nach einer weiteren Stunde und intensiver Beschäftigung der Spurensicherung mit dieser Kajüte suchte der Einsatzleiter Frank wieder auf.

»Sie haben die Wette gewonnen. Bei der Suche fanden wir trotz sauber gewischten Flächen an einigen Stellen Fingerabdrücke von Mezahn. Dazu kam ein relativ frischer Blutspritzer hinter der Koje. Ein Bodenbrett war gelockert. Darunter fanden wir Ausweispapiere mit unterschiedlichen Namen. Sie enthielten immer das gleiche Passbild, das Foto von Mezahn.«

Er machte eine bedeutungsvolle Pause. »Für Sie, und was Ihren

Fall des toten Mädchens betrifft, ein besonders wichtiger Hinweis: Wir fanden das Foto einer Inderin.«

Frank schaute sich das Foto an und schüttelte bedauernd den Kopf.

»Das Gesicht kenne ich nicht. Er drehte das Foto um und stellte erstaunt fest: »Schauen Sie, es gibt eine Beschriftung: Chamelie Advani. Dazu den Namen des Fotografen, eines Prakash aus Jodhpur. Aber das Gesicht ist mir völlig unbekannt. Vielleicht seine indische Freundin. Aber egal, der Kapitän muss uns jetzt einiges erklären. Mal sehen, wie er sich aus dieser Geschichte herauswindet.«

Vier Tage später saßen Stöckle und Frank im Konferenzraum des Polizeipräsidiums. Am runden Tisch versammelten sich der stellvertretende Leiter des Dezernats *Organisierte Kriminalität*, Herr Troll, die Kriminalkommissarsanwärterin Karina Moos, zwei Herren der Kripo aus Bremen und der Staatsanwalt Heyer. Ein Beamter aus Bremen übergab Kopien von Protokollen. Sein Kollege referierte über die Durchsuchung des Schiffes und über die Vernehmung der Besatzung. Am Schluss seiner Ausführungen stellte er resigniert fest: »Der Kapitän und die Besatzungsmitglieder der Shadi bleiben bei der Behauptung, niemand habe Mezahn auf dem Schiff gesehen. Der Kapitän und der erste Offizier weisen Vorstrafen wegen Körperverletzung auf. Das ist ein Grund, ihnen zu misstrauen, aber kein Anlass, sie zu verhaften. Über die indischen Besatzungsmitglieder wissen wir nichts. Die Anfrage bei Interpol brachten keine Ergebnisse. Der Kapitän stellte die von uns nicht widerlegbare Hypothese auf, der gesuchte Mann habe sich möglicherweise auf dem Schiff versteckt, als dieses im Trockendock lag. Wir müssen das Schiff freigeben. Wir können nicht nachweisen, dass es ein Tatort ist. Die Blutspur hilft auch nicht weiter. Von Mezahn haben wir keine DNA. Wir kennen nicht einmal seine Blutgruppe. Und der gute Mann ist und bleibt verschwunden. Herr Buck vermutet, er liegt auf dem Grund der Nordsee. Wo sollen wir dort suchen?«

Alle schwiegen. Auch Frank konnte keinen weiterführenden Tipp geben. Der sichtlich erregte Staatsanwalt Heyer stand auf und wandte sich an Stöckle mit den vernichtenden Worten: »Das war ein Schuss in den Ofen. So etwas nenne ich voreiliges Handeln und stümperhaftes Ermitteln. Ein Riesenaufwand, um eine Jacht zu stoppen. Herausgekommen ist nichts, rein gar nichts. Es wurden Kollegen in Bremen eingesetzt, Hubschrauber angefordert und anderes mehr. Und dann solch ein mickriges Resultat. Wie stehen wir denn da? Wir machen uns lächerlich. Wenn Sie das nächste Mal wieder so ein Aufheben machen, will ich verwertbare Ergebnisse, damit das klar ist.«

Er ging und knallte die Tür hinter sich zu.

23

Bedrückt saßen Stöckle und Frank in der Mittagspause im *Ratskeller*. Die Untersuchung schien festgefahren. Es gab keine neuen Erkenntnisse durch die Pathologin oder die Spurensicherung. Frustriert bestellte jeder eine große Portion geschmälzte Maultaschen und dazu ein Halbliterglas dunkles Bier.

Stöckle sinnierte: »Der Anschiss von Heyer nervt. Zuerst stellt er sich gegen jede Maßnahme. Nur nicht den Herren da oben auf die Füße treten. Dann rotzt er mich an und drängt beim Direktor auf Einstellung der Ermittlung. Seiner maßgeblichen Meinung nach handelt es sich bei der Inderin vom Waldfriedhof um einen bedauerlichen Krankheitsfall mit Todesfolge. Keine Angelegenheit für die Abteilung *Tötungsdelikte*. So ein Schwachsinn. Der Chef denkt über seine Argumente ernsthaft nach.«

»Nehmen wir an, Mezahn befand sich auf dem Schiff«, spekulierte Frank. »Woher wusste die Schiffsbesatzung, dass wir ihn suchten, dass wir einen richterlichen Durchsuchungsbeschluss für das Schiff hatten? Erst nachdem sie diese brisante Information erhalten hatten, brachten sie ihn um und warfen ihn und seine Habseligkeiten über Bord. Dann reinigten sie seine Kajüte. Glücklicherweise nicht gründlich genug. Auch übersahen sie das Versteck unter dem gelockerten Bodenbrett. Von wem kam die Insiderinformation unserer Durchsuchung? Das, Kriminalrat Stöckle, ist die Frage, die mich umtreibt.«

»Du verdächtigst doch hoffentlich nicht die hiesigen Kollegen?

Bei den Beamten in Bremen stochern wir erst recht im Nebel. Also was soll diese Frage?«

Sie befanden sich mit ihren Überlegungen eindeutig in einer Sackgasse.

In den nächsten Wochen erledigten sie Routinefälle. Nur ein dickes Papierpaket in einem roten Ordner, der in einem Regal in Franks Büro lag, erinnerte an den ungelösten Fall, an die unbekannte Tote. Jedes Mal, wenn Franks Blick darauf fiel, mahnte ihn das Paket, dass er die tote Inderin nicht vergessen sollte. Zuwachs bekamen die Papiere, wenn die Sekretärin negative Rückmeldungen von städtischen Meldebehörden, der Interpol oder der indischen Polizei abheftete.

In einem Büro des Gesundheitsministeriums in Berlin läutete das Telefon. Eine grauhaarige Sekretärin mit leichtem Übergewicht nahm den Anruf entgegen. »Ja, ich stelle Sie zu Herrn Toran durch.«

»Toran hier. Was gibt es Wichtiges?«

»Ich denke, wir bekommen ein Problem. Der Kommissar Buck kocht Glomm weich. Es wäre gut, wenn Sie nach Stuttgart fliegen, damit wir unsere nächsten Schritte überlegen könnten. Vielleicht sollten wir uns in nächster Zeit unauffällig verhalten und alle Aktionen einstellen, bis genug Gras über die leidige Angelegenheit gewachsen ist.«

»Eine aufgefundene, da stümperhaft beseitigte Leiche nennen Sie eine leidige Angelegenheit. Ich nenne das Pfusch. So etwas darf einfach nicht passieren.«

»Nun, der Pfuscher unterhält sich jetzt mit den Fischen in der Nordsee. Also, wie reagieren wir auf den Buck?«

»Ich lasse mir zu dem Mann etwas einfallen und telefoniere wegen dieser Sache mit dem Boss. Morgen komme ich und lande mittags mit dem Flugzeug in Stuttgart-Echterdingen. Holen Sie mich nicht ab. Nehmen Sie Kontakt mit mir in meinem Hotel auf. Sie wissen ja, wo ich absteige.«
Danach führte er ein längeres Gespräch mit dem Boss.

Frank erhielt den Anruf, als er das Büro verlassen wollte. Eine weibliche Stimme flüsterte: »Schauen Sie in Ihren E-Mails nach. Sie haben eine Nachricht von mir bekommen. Es ist lebensgefährlich, wenn ich rede. Aber mein Gewissen ...«
»Hallo, wer spricht da? Wir könnten Ihnen Zeugenschutz geben ...«
Die Anruferin legte auf. Frank setzte sich an seinen Computer und gab sein Passwort ein. Tatsächlich, er hatte eine E-Mail erhalten. Mit wachsender Verblüffung las er den Text.

Herr Buck,
ich zittere vor Angst, aber ich kann nicht gegen mein Gewissen an. Auf dem Waldfriedhof liegt eine weitere weibliche Leiche. Es handelt sich um das Grab mit der Nummer 2287 und dem Namen Maier. Unter dem frischen Grabgesteck liegt ein USB-Stick mit den Informationen zu diesem Mädchen. Verraten Sie mich nicht.

Dr. Maier

Frank rief Stöckle an, erzählte ihm von dem Telefonat und der E-Mail. Hatte ihm die Oberärztin der Klinik *Jungbrunnen* diese E-Mail geschickt? Er bat um die Entsendung der Spurensicherung. Auch würde er selbst zum Friedhof fahren. Neugierig geworden bot Stöckle an, ihn zu begleiten. Sie fuhren mit abgeschalteter Sirene und eingeschaltetem Blaulicht zum Waldfriedhof, hielten vor dem Tor und erkundigten sich bei der Friedhofsverwaltung nach dem besagten Grab. Man gab ihnen einen Friedhofsange-stellten als Wegekundigen mit. Mitarbeiter der Spurensicherung, die inzwischen eingetroffen waren, packten ihre Gerätschaften aus und folgten ihnen.

Als der Friedhofsangestellte ihnen das Grab zeigte, bat Frank ihn zurückzubleiben. Widerwillig gehorchte er und murmelte empört: »Wie im Fernsehen bei einem Tatort. Und ich darf nicht ganz vorne dabei sein!«

Vorsichtig näherten sich Frank und Stöckle dem Grab, das an einem Seitenweg lag. Alles stimmte: der Name, die Nummer und das frische Grabgesteck. Frank beschlich ein ungutes Gefühl. Er hielt seinen Chef am Ärmel fest.

»Fällt dir etwas auf?«

»Nein. Ein normales Grab. So wie in der E-Mail beschrieben.«

»Ja. Schau auf den kleinen Weg.«

»Was soll mit dem Weg sein?«

»Überall liegen Laub und Steine herum. Außer vor dem Grab. Die Stelle davor wurde gekehrt.«

»Ein Besucher des Grabes hat eben gefegt.«

»Das glaube ich nicht. Die Grabumrandung liegt voller Laub. Zuerst macht man die Grabumrandung sauber, ehe man den Weg kehrt. Oder?«

Stöckle stoppte die anrückenden Leute der Spurensicherung und unterhielt sich mit dem Leiter der Gruppe.

Frank, der bei der Militärpolizei ausgebildet und in Afghanis-tan eingesetzt worden war, erinnerte sich an den Spruch seines Ausbilders: »Bei kleinen Unregelmäßigkeiten denken Sie an das

Schlimmste. Eine verlassene Tasche auf der Straße kann eine zufällig verlorene Tasche oder eine Bombe sein. Falls Sie sich irren, denken Sie daran, bei einer Bombe irren Sie sich nur ein einziges Mal.«

Zum Erstaunen der Polizisten legte Frank sich flach auf den Boden des Weges und fixierte die gesäuberte Fläche. Dann sprang er auf.

»Direkt vor dem Grab ist der Boden leicht nach oben gewölbt. Das gefällt mir nicht. Ganz und gar nicht. Nicht näher treten.«

Frank nahm das Handy aus der Tasche und rief die Klinik *Jungbrunnen* an. Als sich die Sekretärin meldete, drängte er: »Bitte verbinden Sie mich umgehend mit der Oberärztin Frau Doktor Maier. Es ist äußerst dringend.«

»Aber die Frau Doktor befindet sich seit einer Woche auf einer Tagung in der Schweiz. Jeder von uns weiß, sie will nicht gestört werden. Außerdem schaltete sie dort ihr Handy ab.«

Frank reagierte alarmiert und telefonierte mit seiner Sekretärin Schiller. »Schauen Sie, ob Sie den Absender einer an mich gerichteten E-Mail ausfindig machen können. Es eilt.«

Stöckle schüttelte den Kopf und fragte erstaunt: »Wie kommt die Sekretärin in dein E-Mail-Programm?«

»Ganz einfach. Sie hat mein Passwort. Ich vertraue ihr.«

Kurz darauf läutete Franks Handy.

»Der Absender ist eine Adresse, die sich nicht zurückverfolgen lässt. Ich gab den Suchauftrag an unsere IT-Spezialisten weiter. Schönen Tag noch, Herr Buck. Seien Sie vorsichtig. Ich gewöhne mich gerade an Sie und an Ihre An- und Aussprüche.«

Der Leiter der Spurensicherung schnaubte ungeduldig. »Wir können nicht den ganzen Tag verplempern. Das Herumstehen hier bringt nichts.«

Frank erinnerte sich an Einsätze in Afghanistan. Er befahl allen Anwesenden, hinter den Bäumen in Deckung zu gehen. Er schritt zu einem der Abfallkörbe, hob ihn aus der Verankerung, wuchtete ihn hoch und warf ihn mit Anlauf auf die ausgebeulte Stelle des Friedhofsweges. Zugleich hechtete er hinter einen Grabstein.

»Lieber lächerlich als tot«, murmelte er und malte sich schon aus, wie die gesamte Mannschaft der Spurensicherung noch wochenlang über den Abfallkorb werfenden Kommissar spotten würde.

Es erfolgte eine Detonation. Steine, Erde und Laub schleuderten durch die Luft. Der schwere Geruch von Moder und Staub ließ die Männer den Atem anhalten. Frank stand auf, putzte sich den Schmutz von Hose und Jacke und wandte sich an die Leute der Spurensicherung.

»Ich denke, jetzt könnt ihr Spuren gefahrlos sichten. Ich vermute, das war ein weiterer Versuch, mich auszubremsen. Diese flachen Bodenminen haben wir in Afghanistan gehasst. Wer auf solch eine Mine tritt, zerplatzt in Einzelteile. Gut, dass die Typen einem Kehrzwang erlagen. Sonst würden Stöckle und ich uns ein Stockwerk höher unterhalten.«

Er deutete nach oben in den wolkenlosen Himmel, unter dem sich der Staub der Explosion langsam auflöste.

Wie zu erwarten, führte die Suche nach dem Absender der E-Mail ins Leere. Es handelte sich um eine einmal benutzte Adresse zum Absenden dieser Botschaft. Abgeschickt wurde sie aus einem Internet-Café in Berlin. Der Inhaber konnte sich an den Kunden nicht erinnern. Eine Überprüfung der Frau Doktor Maier durch die Schweizer Polizei ergab keine Neuigkeiten. Sie hatte sich die ganze Zeit bei der Tagung aufgehalten und den Tagungsort Davos kein einziges Mal verlassen. Bei der Vernehmung bestritt sie, mit Kommissar Buck telefoniert zu haben. Als sie den Inhalt des Gesprächs übermittelt bekam, lachte sie und meinte: »Das war ein Scherzbold. An unserer Klinik läuft alles ordnungsgemäß ab. Wir haben mit dem Mädchen vom Waldfriedhof überhaupt nichts zu schaffen. Wenn Herr Buck dies weiterhin behauptet, dann verklagen wir ihn wegen Rufschädigung. Er besitzt keinen Beweis, ja nicht einmal einen Hinweis, dass wir mit diesem Mädchen etwas zu tun hatten. Eine Unverschämtheit. Möglicherweise sind Anruf und E-Mail von ihm selbst getürkt, um uns in ein schlechtes Licht zu rücken.«

24

Wiederholt blätterte Frank die Vermisstenmeldungen durch. Er studierte den Lageplan des Waldfriedhofs mit der roten Markierung des Fundorts der Leiche, mit der blauen Markierung der Lage der Bodenmine. Er las die Beschreibung des toten Mädchens und durchforschte alle Informationen, die ihm über Mezahn vorlagen. Über die Klinik, über den Chefarzt und über die durchgeführten Operationen informierte er sich genauestens. Erstaunlich schien ihm, wie viele Transplantationen von Nieren vorgenommen worden waren. Er las die Zeitungsartikel über die Gemäldesammlung des nicht greifbaren Patienten Holzer und versuchte dessen Frau zu erreichen, die ebenfalls spurlos verschwunden war.

Am Abend saß Frank an seinem Schreibtisch im Büro, grübelte nach und fand keinen einzigen vernünftigen Ansatz für die Lösung seiner Fragen. Er entschloss sich, den Fundort der Leiche nochmals zu besichtigen. Mit seinem neu erstandenen Auto fuhr er hoch zum Waldfriedhof. Vor dem oberen Eingang, der um diese Uhrzeit geschlossen war, stellte er das Auto ab. Er schwang sich über die Umzäunung und schritt den Weg zu dem Fundort der Leiche hinunter.

»Halt, stehen bleiben. Nehmen Sie die Hände hoch.«

Frank drehte sich um und sah einen Friedhofswärter hinter einem Busch vortreten. Frank lachte, denn der Wärter hielt eine kleine Blumenschaufel in der Hand, die er wie eine Pistole hielt.

»Ich bin von der Polizei. Hier ist mein Ausweis.«

Frank griff in die Jackentasche, klappte das Etui auf und zeigte dem ängstlich Zurückweichenden die Polizeimarke.

»Entschuldigung. Mein Chef sagte mir nicht, dass hier auch Polizisten patrouillieren. Ich sollte aufpassen, damit keine schrägen Vögel heimlich auf dem Friedhof Tote vergraben.«

»Ist die Überwachung des Friedhofs bei Nacht nicht üblich?«

»Eigentlich nicht. Aber nach mehreren Vorkommnissen, wie Blumendiebstahl und anderes, wurden zwei Rentner eingestellt. Ein 400-Euro-Job. Sie kontrollieren dreimal in der Nacht das Gelände. Aber nach den Zwischenfällen mit der Leiche und der Tretmine reichte unserem Chef diese Maßnahme nicht mehr aus. Von uns Angestellten wollte er zusätzliche Kontrollgänge. Ich bin sicher, wenn sich die ganze Aufregung gelegt hat, führen wir keine Kontrollgänge mehr durch.«

»Könnte ich mit den Leuten vom Nachtdienst sprechen?«

»Da müssen Sie den Weg zum Ausgang gehen. Biegen Sie rechts zum Friedhofsamt ab. Die beiden finden Sie im linken Büro nach der Eingangstür. Klopfen Sie an die Scheibe. Die futtern jetzt ihr Abendessen. Ihr erster Kontrollgang beginnt um 22 Uhr.«

Frank ging in die angegebene Richtung und störte die zwei Männer bei der Abendmahlzeit, als er an die Fensterscheibe klopfte.

»Hallo, ich bin Kommissar bei der Kripo.«

Er zeigte seinen Ausweis, den die beiden misstrauisch musterten.

»Erzählen Sie mir, wie läuft Ihr Job so ab?«, wandte sich Frank an den älteren.

Anfangs zögerlich, dann bereitwillig schilderte dieser die an sich langweilige Tätigkeit.

»Gruselig sind die Kontrollgänge schon. So allein mit den vielen Gräbern. Wir haben früher hier gearbeitet, deshalb sind wir an Gräber gewöhnt.«

Frank fragte betont harmlos: »War in den letzten Monaten irgendetwas Besonderes los?«

»Nur die Schweinerei mit der doppelten Grabbelegung. Von dieser erfuhren wir erst am anderen Tag. Der Chef überschüttete uns mit Vorwürfen, obwohl er wusste, dass wir davon nichts mitbekommen hatten. Außerdem war der Anschiss ungerecht. Eine Woche zuvor erzählten wir ihm von zwei Männern, die aus dem Friedhof flüchteten. Da wiegelte er ab und sprach von Blumendieben ...«

»Stopp!«, unterbrach Frank den Redeschwall. »Wann war das genau?«

Die beiden Männer sahen sich an. Der ältere zuckte mit der Schulter, als der jüngere sich plötzlich erinnerte. »Wir trugen den Vorfall ins Kontrollbuch ein. Steht unter der Rubrik *Besondere Vorkommnisse*. Der Chef zeichnete ab. Er schrieb darunter: Blumendiebe. Zu der Explosion können wir nichts sagen. Von der wissen wir nur aus den Erzählungen der Kollegen. Die Mine könnte doch auch tagsüber vergraben worden sein.«

Sie holten bereitwillig das Kontrollbuch und schlugen die Seite auf. Frank fotografierte die Seite mit seiner kleinen Digitalkamera.

Inzwischen traf der Friedhofswärter ein. »So, ich mache Feierabend. Ihr übernehmt die Kontrollgänge«, wandte er sich an die Kollegen.

Frank deutete auf den Eintrag und fragte den Mann: »Können Sie herausfinden, ob an dem darauffolgenden Tag eine Beerdigung stattgefunden hat?«

»Unser Computer hält dies fest. An manchen Tagen erfolgen mehrere Beerdigungen. Wenn Sie wünschen, gebe ich Ihnen morgen die Beerdigungen von diesem Tag telefonisch durch. Lassen Sie Ihre Visitenkarte da. Ich melde mich bei Ihnen.«

Mit diesem Versprechen in der Tasche fuhr Frank zufrieden durch die stockdunkle Nacht auf der Wildparkstraße heim nach Leonberg. Er fühlte, er hatte eine neue Spur gefunden.

Am nächsten Morgen stand Frank früh auf. Diesmal schlang er sein Brot hinunter, trank im Stehen den Tee und verließ die Küche, als Alina verschlafen erschien. Sie staunte und verweigerte ihm den Abschiedskuss.

»Frank, was für ein Aktivitätsschub? Aber beim Friseur warst du immer noch nicht.«

Im Büro wartete er ungeduldig auf den Anruf. Als er die Namen der zwei Beerdigten, die Zeit der Grablegung und die Lage der Grabstellen erfuhr, markierte er diese auf dem Friedhofsplan. Die eine Stelle lag nahe der Straße. Sie war von dort aus schnell und leicht erreichbar. Das andere Grab lag weitab von der Straße im unteren Teil des Friedhofs.

Eine Frage stellte sich Frank. Fand er einen Befürworter für den Antrag auf eine richterliche Genehmigung, eine Grabstelle zu öffnen? Er vermutete, dass es hier eine zweite, ebenfalls tiefer gelegte Leiche gab, und wollte nachschauen lassen.

Stöckle blickte skeptisch. Der Staatsanwalt Heyer, dem er seine Bitte vortrug, zuckte mit den Schultern und reagierte ironisch und ablehnend.

»Ein neues Bauchgefühl von Herrn Buck. Ob das dem Richter ausreicht, um ein Grab öffnen zu lassen? Es ist Störung der Totenruhe. Wenn das in der Zeitung kommt. Nicht auszudenken, wie die Journalisten uns fertigmachen. Andererseits, sollte sich Ihre Ahnung bewahrheiten ... Meine Güte. Nein. Ich glaube es nicht. So etwas gibt es in Stuttgart nicht.«

Eine Stunde später erhielt Frank den negativen Bescheid des Richters Schönfelder, dem der Staatsanwalt Heyer die Angelegenheit vorgetragen hatte.

Frank reagierte frustriert. Stöckle akzeptierte die Entscheidung, schien zufrieden. Von Heyer kam kein Kommentar.

Frank gab nicht auf. Entgegen der dienstlichen Gepflogenheit suchte er den Richter Schönfelder eine Stunde später auf. Frank schilderte ihm die Sachlage aus seiner Sicht.

»Das formulierte der Staatsanwalt gänzlich anders. Er hat einige ironische Worte für Ihr Anliegen verwendet. Herr Heyer kniet sich wohl nicht so leidenschaftlich in diesen Fall hinein, wie Sie es tun. Natürlich besitze ich als Richter einen Ermessensspielraum. Ich lasse mir das Ganze durch den Kopf gehen und teile Ihnen die Entscheidung per Fax mit.«

Vier Stunden später standen Stöckle und ein widerstrebender, sichtlich wütender Heyer mit der richterlichen Entscheidung und in Begleitung von vier Polizisten an dem Grab. Vorsichtig wurde die Erde beiseite geschaufelt, der Sarg herausgehoben und tiefer gegraben. Der schwere Lehmboden hinderte ein zügiges Vorwärtskommen.

Ein euphorischer Stöckle stürmte ins Büro von Frank, dem Heyer untersagt hatte, bei der Graböffnung im Waldfriedhof anwesend zu sein. Er legte eine Digitalkamera auf den Schreibtisch. »Frank, schau selbst! Ich glaubte es ja nicht. Ich war skeptisch. Jetzt weiß ich, auf dein Bauchgefühl ist Verlass. Wir haben eine zweite Leiche gefunden. Damit gewinnt der Fall eine neue Dimension. Unsere Pathologin stellte auf die Schnelle fest, dass es sich wieder um eine Inderin handelt. Ebenso fehlt die Niere. Genaueres kommt später.«

Frank schloss die Kamera an den Computer an und speicherte die Bilder in einem Dateiordner. Als das Speichern abgeschlossen war, öffnete er den Ordner und sah als erstes Bild eine Aufnahme des Gesichts der Toten.

»Das ist doch die Frau auf dem Foto, die wir bei Mezahns Sachen fanden. Chamelie Advani. Aufgenommen von einem Fotografen Prakash aus Jodhpur.«

Stöckle strahlte. »Das Netz zieht sich zusammen. Verknüpfungen werden sichtbar. Die Tote trug diesmal nicht weiße Kleider, sondern war in einen farbigen Sari gewickelt. Dieser war mit vielen kleinen Spiegeln besetzt. Die Spurensicherung schiebt Sonderschichten. Der Chef der Friedhofsverwaltung flattert supernervös herum. Staatsanwalt Heyer rotiert und ist völlig aus dem Häuschen. Der Polizeidirektor beruft eine Sonderkommission ein. Die Soko bekommt den Namen *Indische Mädchen*. Ich soll sie leiten.«

Betrübt blickte Stöckle auf den Boden.

»Wie gerne hätte ich Tina als Leiterin der Abteilung *Organisierte Kriminalität* an unserer Seite. Sie würde sich über die Zusammenarbeit mit dir freuen. Du weißt ja, wie abenteuerlustig sie ist. Aber nach dem Aufenthalt im Krankenhaus schickt man sie in eine Rehabilitationsmaßnahme. Obwohl sie sich sträubte. Aber der Präsident bestand darauf.«

Frank nickte. »Es ist gut, dass sie in eine Reha kommt. Zwar scheint die Schusswunde unkompliziert und heilt gut, aber eine Reha schadet nie. So einen Schock und den operativen Eingriff muss sie erst verkraften. Ich habe sie jeden Tag in der Klinik besucht. Es ging ihr immer besser. Trotzdem wird sie noch für einige Zeit dienstunfähig bleiben. Andererseits, Ernst, du kennst den Willen der Frauen. Wenn Tina von der neu gebildeten Soko erfährt, kürzt oder streicht sie die Reha.«

Frank wandte sich mit entschlossener Miene an Stöckle.

»Ich denke, mit dieser zweiten Toten besitzen wir einen triftigen Grund, bei der Klinik *Jungbrunnen* vorzusprechen. Professor Glomm kann uns nicht mehr so locker abspeisen. Beziehungen hin oder her. Ich grille ihn bei lebendigem Leib.«

Stöckle zog die Stirn in Falten. »Oh, diesen dynamischen Ton kenne ich bei meinem Frank. Ich bitte dich, sei vorsichtig. Halte dich an die gesetzlichen Grenzen. Nimm Karina mit oder besser noch, warte zwei Stunden, dann kann ich dich begleiten.«

»Lass mich den Glomm allein vorknöpfen. Vielleicht singt der Vogel, wenn ich ihn mit der zweiten Toten konfrontiere.«

25

Frank läutete an der Klinikpforte. Er stellte fest, dass ein neuer Pförtner Dienst tat.

»Hallo. Ich bin Kommissar Buck von der Kripo.«

Er zeigte seinen Ausweis vor.

»Waren Sie nicht letzte Woche noch der Gärtner?«, spottete Frank.

Der Pförtner sah ihn an. »Ja. Aber die Arbeit an der Pforte erledige ich nebenher, nachdem der Mezahn ausfällt«, reagierte er unwillig.

Mein Spaß war ein Volltreffer, dachte Frank. Aber er nützt mir nichts.

»Ich möchte den Klinikchef sprechen.«

»Der ist nicht im Hause. Außerdem gab er mir die Auskunft, nicht mit Ihnen sprechen zu wollen.«

»So, so. Ein Professor rotzt sich bei einem Pförtner aus. Weiß er denn, wo Sie wohnen und wie Sie heißen?« Mit ironischem Unterton in der Stimme versuchte Frank, den Pförtner zu reizen.

»Mein Name ist Maier und ich wohne in dieser Straße. Ich habe nichts zu verbergen. Und für Sie, Kommissar, besteht Hausverbot. So hat es der Herr Professor angeordnet.«

Mit diesen Worten schloss er das Fenster und ließ Frank vor der verschlossenen Tür stehen. Dieser drehte sich um, ging unter den misstrauischen Blicken des Pförtners gemächlich um die

Klinik herum, musterte die Fenster, holte betont auffällig einen Block und einen Kugelschreiber aus der Jackeninnentasche und machte sich Notizen.

Schon nach einer Viertelstunde brauste ein Mercedes auf den Vorplatz der Klinik. Ohne den Motor abzustellen, sprang Professor Glomm heraus und ging rasch auf Frank zu.

»Ich erteile Ihnen Hausverbot und verbiete Ihnen auch das Betreten des Geländes. Wenn Sie mich sprechen wollen, dann bestellen Sie mich mit einer offiziellen Vorladung auf das Präsidium. Hier haben Sie nichts zu suchen. Ich verbiete das Herumschnüffeln auf meinem Gelände.«

Frank lächelte höflich. »Haben Sie nichts von dem Fund der zweiten Leiche auf dem Waldfriedhof gehört?«

Er packte Glomm, der verblüfft verstummte, kräftig am Oberarm und zerrte ihn zu dem Mercedes. Dann riss er die Beifahrertür auf, stieß Glomm hinein, eilte um das Auto herum, setzte sich hinter das Steuer, und da der Motor noch lief, legte er den Rückwärtsgang ein und brauste zum Tor hinaus auf die Straße. Er achtete nicht auf den wilden Protest des Arztes, sondern blockierte die Autotür am Beifahrersitz mit einem Druck auf den Verriegelungsknopf.

»Das ist strafbar. Das ist eine Entführung.«

»Aber, aber. Sie sagten doch, dass Sie auf das Präsidium mitkämen. Sollte ich Sie falsch verstanden haben?«

»Nur mit einer offiziellen Vorladung!«

»Das habe ich nicht gehört. Es steht Aussage gegen Aussage. Muss ich jetzt annehmen, Sie wollen nicht ins Präsidium?«

»Nein, und nochmals Nein. Ich will nicht ins Präsidium. Verdammt noch mal. Hören Sie schlecht?«

»In Ordnung. Beruhigen Sie sich. Ich fahre Sie als Entschädigung nach Hause. Kostenloser Fahrdienst durch einen Kriminalbeamten.«

»Ich will nicht nach Hause.«

»Das habe ich nicht gehört.«

Frank bremste vor der Villa des Professors, stellte den Motor ab, zog die Schlüssel aus dem Zündschloss, entriegelte die Türen, sprang aus dem Auto und zerrte den verdutzten Glomm heraus. Er führte ihn, fest am Arm haltend, zur Eingangstür. Dort schloss er mit einem der Schlüssel, der am Schlüsselbund mit den Autoschlüsseln hing, die Tür auf und stieß den Verdutzten ins Innere. Totenstille.

»Niemand da?«, rief Frank.

»Das wissen Sie doch. Ich lebe von meiner Frau getrennt.«

»Fein, und die Haushaltshilfe hat ihren Feierabend angetreten? Habe ich ein Glück. Pech für Sie, Herr Glomm. Wir sind alleine. Keine Zeugen. Später steht meine Aussage gegen Ihre Aussage.«

Mit diesen Worten ließ Frank Handschellen um die Gelenke des Mannes zuschnappen. In dessen Augen breitete sich langsam Furcht aus.

Diese Situation beherrschte er nicht. Was führte Buck im Schilde? Plötzlich fiel ihm auf: Warum trug der Mann die ganze Zeit über diese engen Plastik-Handschuhe? Das gefährliche Glitzern in den Augen des Kommissars ließ ihn schaudern.

Die Pathologin stand neben ihrem Assistenzarzt und beugte sich über die Tote. Karina Moos schaute an die Decke und versuchte, ihren Brechreiz zu unterdrücken. Sie war nicht abgehärtet genug, um bei einer Sektion neutral und sachlich zuzusehen. Die zwei Ärzte unterhielten sich in ihrer Fachsprache und kümmerten sich nicht um die Inspektorin, die gegen die Übelkeit ankämpfte.

Verdammt. Warum musste Frank ihr diesen Auftrag aufhalsen? Er sollte an ihrer Stelle in der Pathologie sein. Aber nein, er verschwand und befahl ihr per Handy, dass sie bei der Untersuchung der zweiten Toten anwesend sein sollte.

Karina war sauer. Zu ihrem Erstaunen ließ der Brechreiz nach. Zur Leiche blicken konnte sie trotzdem nicht. Sie bemerkte, wie der Assistenzarzt den Raum verließ, hörte die Stimme der Ärztin, die diesem nachrief: »Lassen Sie einen Schnelltest machen. In fünf Minuten haben wir ein vorläufiges Ergebnis.«

Sie wandte sich an Karina: »Ihr Chef, der charmante Herr Buck, nimmt sich zu wenig Zeit für Tote. Er liefert sie zwar reihenweise ab, dann aber überlässt der feine Herr uns das Restliche. Ich kann Ihnen versichern, bei der Toten handelt es sich ebenfalls um eine Frau aus Indien. Dieselben Hinweise an der Nase, am Ohr und am Mittelscheitel. Jetzt kommt noch das Kleidungsstück dazu, ein Sari. Wie bei der anderen Toten fehlt eine Niere. Auch hier eine saubere, professionelle Arbeit. Falls man unter chirurgischem Gesichtspunkt die Operationsnarbe betrachtet. Was mich stutzen ließ: Die Frau litt an Unterernährung und wies einen schwachen Hautausschlag und Geschwüre im Mund auf. Die Lymphknoten waren geschwollen. Mein Assistent führt gerade einen Schnelltest auf Aids durch. In wenigen Minuten erhalten wir ein vorläufiges Ergebnis. Ist es positiv, führen wir einen Bestätigungstest, den Western-Blot-Test durch und den HIV-RNA-Test. Diese bestätigen den Verdacht oder heben ihn eventuell auf.«

Karina fragte verwirrt: »Wie kommen Sie gerade auf Aids?«

»Ich gebe zu, den Verdacht äußerte zuerst mein Assistenzarzt. Er stammt aus Indien. Er registrierte bei der Toten die verfilzten Haare und die muskulösen Beine. Nach einigem Nachdenken kam er zu dem Schluss, dass es sich um eine Devadasi handeln könnte.«

»Devadasi? Was ist das für eine eigenartige Krankheit? Von der habe ich noch nie gehört.«

»Das ist keine Krankheit. Devadasis heißen in Indien Mädchen, die man im Alter von drei bis fünf Jahren an die Tempel opfert. Sie sind Dienerinnen und Tänzerinnen der Tempel. Kommen sie in die Pubertät, haben sie sexuelle Dienste zu leisten. Es handelt sich um eine, wie soll ich es bezeichnen, um eine Art von Tempelprostitution. Wenn die Mädchen älter werden und Kinder bekommen, sind sie nicht mehr attraktiv für die Arbeit im Tempel. Sie verlassen ihn und gleiten oft ab in den Straßenstrich. Über die Hälfte steckt sich irgendwann mit Aids, Hepatitis oder Geschlechtskrankheiten an. Mein indischer Kollege erklärte mir, dass man noch in Teilen von Südindien, wie Andhra Pradesh, Karnataka, Tamil Nadu diesen religiösen Brauch praktiziere. Offiziell wurde er per Gesetz verboten. Andererseits habe er gelesen, dass vor fünf Jahren dieser Brauch noch in zehn Distrikten von Karnataka und in vierzehn von Andhra Pradesh im Geheimen weiterexistierte. Nun sind diese Staaten weit entfernt von Rajasthan, dem Staat, aus dem die Mädchen stammen könnten. Es liegen beinahe tausend Kilometer zwischen den Bundesstaaten. Vielleicht wollte die junge Frau ein neues Leben beginnen, und sie reiste so weit wie möglich von ihrer Heimat weg.«

Die Inspektorin schauderte bei dem Gedanken an das Schicksal dieser Tempelmädchen und kam zu dem Schluss: »Wenn mein Chef richtig vermutet, dass es um illegale Organentnahme geht, dann hat sich auch der Organempfänger, dem man die Niere eingepflanzt hat, mit Aids infiziert.«

»Sicherlich. Nur die illegale Organübertragung ist bis jetzt eine Hypothese Ihres Herrn Buck. Warten wir ab.«

Zehn Minuten später erhielten sie das vorläufige Ergebnis. Der Verdacht des Assistenzarztes hatte sich bestätigt. Das Ergebnis hieß Aids-positiv. Vorläufig. Weitere Tests mussten folgen.

Karina eilte auf direktem Weg ins Präsidium zurück. Das musste sie Frank berichten. Als sie bei ihm ins Zimmer platzte, um die Neuigkeit anzubringen, stellte sie fest, dass das Büro leer war. Ihr Chef war nicht anwesend. Sie versuchte, ihn auf dem Handy anzurufen. Es meldete sich die Mailbox. Karina hasste es, auf eine Mailbox zu sprechen. Obwohl sie gerne Geschichten erzählte, fühlte sie sich bei einer gespeicherten Sprachaufzeichnung unwohl. Sie fürchtete, dass die Leute bemerkten, wie gekünstelt sie sprach, um ihren schwäbischen Dialekt zu unterdrücken. Karina sprach eine kurze Nachricht auf die Mailbox.

Frank kettete Glomm mit den Handschellen an das Heizungsrohr. Trotz lauter Proteste des aufgebrachten Arztes durchsuchte er in aller Ruhe das Arbeitszimmer. Er reagierte nicht auf das Klingeln seines Handys, da er gerade die Schubladen des Schreibtischs durchsuchte. In allen Laden fand er Schriftstücke, die er überflog. Keine Hinweise auf dunkle Machenschaften. Alle Rechnungen korrekt ausgestellt und abgebucht. Aus den Augenwinkeln registrierte Frank, dass sich Glomm trotz seiner unbequemen Lage entspannte. Er wandte sich vom Schreibtisch ab und betrachtete den in der Wand eingelassenen Tresor.

»Den Code!«, forderte er barsch.

»Und wenn ich mich weigere?«

»Dann dauert es länger, bis Sie freikommen.«

»Nun gut. Ich habe nichts zu verbergen. Der Code lautet 1256987.«

In dem Tresor lagen Bargeld, Schmuck, Personalausweis und ein Umschlag mit der Aufschrift: Scheidungspapiere.

Frank zuckte mit den Schultern und ging zum Schreibtisch zurück. Er klopfte leicht auf das massive Holz der Seitenwand, dann auf das der Rückwand. Er registrierte das nervöse Zucken bei Glomm und ahnte, dass die hohle Rückwand etwas verbarg, das interessant sein könnte. Er schob den Schreibtisch von der Wand weg und fuhr mit den Fingern an der Oberkante der Schreibplatte entlang. In der Mitte spürte er eine Unebenheit und drückte dagegen. Geräuschlos glitt das Holz zur Seite und gab ein Fach frei, in dem mehrere Umschläge lagen.

Das Schnauben Glomms störte ihn nicht, nicht der laute Protest, nicht das wütende Zerren an den Handschellen.

»Das dürfen Sie nicht. Dazu haben Sie kein Recht. Dafür brauchen Sie eine richterliche Genehmigung.«

Frank öffnete den ersten Umschlag und entnahm ihm den Reisepass Glomms. Als er ihn durchblätterte, las er die Einträge von Ein- und Ausreisen. Er entdeckte die Stempel zweier Länder: Indien und die Bahamas. Der nächste Umschlag steckte voller Laborberichte über Gewebetypisierungen, die für Transplantationen nötig waren. Statt Namen gab es Ziffern, sowohl bei den Geweben der Spender wie auch bei den Empfängern. Einigen wenigen Empfängern waren E-Mail-Adressen zugeordnet. Wahrscheinlich, um diese schneller informieren zu können, wenn ein passendes Spenderorgan gefunden wurde. Frank schmunzelte, als er diese überflog. Was für ein Fund. Dem nächsten Umschlag entnahm er mehrere Auszüge von Glomms Konto auf den Bahamas. Es handelte sich um größere Summen. Eine Überweisung interessierte ihn besonders. Sie erfolgte auf ein Konto nach Deutschland und ging an eine Bank in Stuttgart und ... der Besitzer des Kontos hieß Mezahn.

Diesen Auszug zeigte er Glomm, nahm diesem die Handschellen ab und erklärte dem Verdutzten: »Das ist der Beweis, dass Sie und Mezahn enger zusammenarbeiteten, als Sie zugaben. Ich biete Ihnen einen Deal an. Ich nehme den Auszug mit, Sie sehen von einer Anzeige wegen Hausfriedensbruch, Nötigung und anderem ab. Wir bleiben friedliche Feinde. Mit dem, was ich gefunden habe, komme ich weiter. Konten auf den Bahamas und dieser Auszug bringen Sie in Erklärungsnot. Ich halte sie zurück, wenn Sie mich nicht anzeigen.«

»Das ist Erpressung. Sie wild gewordener Kommissar! Ich bringe Sie um Ihren Posten. Man wird Sie mit Schimpf und Schande aus dem Präsidium jagen.«

Glomm tobte, Schweißperlen standen auf seiner Stirn, die Hände zu Fäusten geballt.

Frank setzte sich gelassen in einen Sessel, wies auf das Telefon, dann auf den anderen Sessel und lächelte.

»Sie haben die Wahl. Ich würde jetzt gerne einen Schluck Weißwein trinken, wenn Sie mir einen anbieten. Bei der Suche kam ich ins Schwitzen.«

Glomm ließ sich fassungslos in den Sesselfallen. Er ignorierte das Telefon.

Frank holte sein Handy aus der Tasche, sah, dass eine Nachricht auf seiner Mailbox war, und hörte diese ab.

Schwerfällig wie ein alter Mann, hievte sich Glomm aus dem Sessel, ging in die Küche und kam mit zwei Gläsern, einem Korkenzieher und einer Flasche Weißwein zurück.

»Herr Buck, Sie sind kalt wie eine Hundeschnauze? Übrigens, in meinen Kreisen trinkt man den Weißwein nicht mit Handschuhen an den Händen. Bei Kommissaren und Pennern gelten wohl andere Tischsitten.«

Er drückte zornig den Korkenzieher in die Flasche und zog den Korken heraus.

Frank ignorierte die Beleidigung. Er stellte sein Handy auf Lautsprecher. »Hören Sie sich die Nachricht an, die meine Assistentin auf meine Mailbox gesprochen hat.«

»Hallo Frank, stell dir vor, die Pathologin führte bei der zweiten Toten einen Aidstest durch. Sie vermutete, dass das Mädchen aus dem Milieu der Tempelprostitution stammt. Er war positiv. Gell da glotscht. Ond s'nächste Mol gehsch du in die Patho, mir isch kotzübel.«

Glomms Gesicht verlor jede Farbe. »Meine Güte, das ist eine Katastrophe.«

»Fragt sich, für wen?« Frank reagierte in sarkastischem Ton auf diesen Ausruf. »Ist es der verschwundene Patient Holzer, der ein weiteres Problem meistern muss, oder einer der anderen schwerreichen Empfänger?«

Glomm presste die Lippen zusammen und wies auf die Tür.

»Es wäre an der Zeit zu verschwinden. Meinen Sie nicht, dass Sie mich genügend genervt haben?«

Frank trank das Glas in aller Ruhe aus und ging ohne einen Abschiedsgruß.

26

Der Staatsanwalt Heyer platzte unangemeldet bei Stöckle ins Büro.

»Ich mache mir Sorgen um Ihren Kollegen Buck. Bei gewissen Kriminalfällen reagiert er in meinen Augen unangemessen. Möglicherweise lösen bei ihm weibliche Leichen ein altes Trauma aus. Sie wissen, ich rede von dem Trauma, das er als Militärpolizist bei der Steinigung eines Mädchens in Afghanistan erlitt. Ich sprach mit unserem Psychologen und der meinte, die verscharrten indischen Mädchen könnten solch ein Trauma wieder aktivieren.«

Stöckle schüttelte den Kopf. »Das glaube ich nicht. Er arbeitet streng nach Vorschrift und hält sich ans Gesetz.«

»Gut. Ich suche ihn in seinem Büro auf. Mal sehen, welche neuen Erkenntnisse er gewonnen hat.«

Heyer betrat Franks Büro und stellte fest, der Kommissar war nicht anwesend. Auch die Inspektorin Karina machte Mittagspause. Er schloss schnell die Tür, trat an den Schreibtisch von Frank, öffnete die Schubladen und prüfte flüchtig deren Inhalt. Die unterste Schublade war abgeschlossen. Mit einem Metallstift, den Heyer aus der Jackentasche zog, öffnete er das Schloss. Vor ihm lagen Kontoauszüge von einer Bank der Bahamas auf den Namen Glomm. Dazu fand er eine Überweisung von diesem Mann auf ein Konto in Stuttgart, das auf den Namen Mezahn lief. Heyer runzelte überrascht die Stirn und überlegte kurz. Er

zog alle Belege heraus, faltete sie und steckte sie in seine Jackentasche. Dann schob er die Lade zu und schloss sie sorgfältig wieder ab. Er eilte aus dem Zimmer. Auf dem Gang sah er sich nach
allen Seiten um und rannte zum Aufzug. Niemand bemerkte ihn.
Die Mittagspause bescherte ihm leere Räume und Gänge.

Glück gehabt, dachte er. Auch Polizisten sind Menschen, haben
Hunger und müssen zu Mittag essen.

Heyer schmunzelte zufrieden und verließ das Präsidium.

Das Handy des Professors läutete. Glomm fuhr nervös an den
Straßenrand, hielt an und drückte die Empfangstaste. Am anderen Ende meldete sich Heyer.

»Hallo Andreas, wie geht es dir?«

»Nicht so gut, Manfred. Der Kommissar hat mich durch die
Mangel gedreht.«

»Wie konntest du so leichtsinnig sein und ihm den Kontoauszug
mit der Überweisung an Mezahn geben?«

»Woher weißt du das? Hat der Kommissar dich informiert? Das
wäre aber gegen die Absprache.«

»Welche Absprache?«

»Er zwang mich in mein Haus, fesselte mich an den Heizkörper
und durchwühlte meinen Schreibtisch. Als er den Kontoauszug
fand, erpresste er mich mit dem Vorschlag: sein Schweigen über
diesen Kontoauszug gegen mein Schweigen über seine Gesetzes-
übertretungen.«

»Donnerwetter! Ist dieser Bursche frech. Der Kommissar glaubt
wohl, dass er damit durchkommt. Hör mal genau zu, Andreas.
Den Kontoauszug gibt es nicht mehr. Ich habe ihn gefunden und
vernichtet. Komm zur Staatsanwaltschaft. Zeige Buck an wegen
Nötigung, Hausfriedensbruch und was mir bis dahin noch so

einfällt. Lass aber deinen Anwalt in diesem Fall außen vor. Das erledigen wir unter uns Verbindungsbrüdern.«

Gegen 14 Uhr kam Karina von der verlängerten Mittagspause zurück und traf in der Vorhalle des Präsidiums auf Frank. Sie berichtete ausführlich über die Ergebnisse der Pathologie. Er umriss, wie sie weiter vorgehen könnten.

Karina staunte. Woher wusste Frank, dass Holzer die Niere von dem aidskranken Mädchen bekommen hatte? Warum wollte er unbedingt diesen Patienten sprechen? Warum vernahm er nicht den Glomm und durchsuchte die Klinik?

Als sie ihr Büro betraten, warteten Stöckle, Staatsanwalt Heyer und der Oberstaatsanwalt auf sie. Die Staatsanwälte blickten grimmig drein, Stöckle betroffen.

Heyer trat auf Frank zu und reichte ihm ein Blatt Papier.

»Dies ist die eidesstattliche Erklärung von Herrn Professor Doktor Glomm. Er beeidet, dass ein Kommissar namens Buck sich verschiedene, nicht legale Übergriffe wie Entführung und Hausfriedensbruch geleistet hat. So geht das nicht, Herr Kommissar! Wir leiten eine interne Untersuchung über die von Herrn Professor Glomm unter Eid geschilderten Vorfälle ein. Sie, Herr Buck, können schriftlich zu den Vorwürfen Stellung nehmen. Sie werden bis auf Weiteres vom Dienst suspendiert. Sollte die Untersuchung der Vorwürfe Ihre Schuld beweisen, stelle ich Sie persönlich unter Anklage.«

»Stopp, Herr Heyer. Ich besitze klare Beweise, dass Glomm in die Sache mit Mezahn verwickelt war und damit lügt.«

Frank bückte sich, schloss die untere Schublade auf und stutzte. Hastig kramte er in den Papieren. Er fand den Auszug nicht. Als er Heyer überrascht ansah, bemerke er das triumphierende

Aufblitzen in dessen Augen. Nun wusste Frank Bescheid, wer die undichte Stelle im Amt war. Nur nutze es jetzt nichts mehr.

27

Frank betrat das Haus in der Leonberger Altstadt, in dem sich im zweiten Stock seine Wohnung befand. Er besaß keine Dienstwaffe und keinen Dienstausweis mehr. In der Vernehmung durch den Oberstaatsanwalt leugnete er jeden der Vorwürfe Glomms. Damit stand Aussage gegen Aussage.

Die Spurensicherung erbrachte in der Wohnung des Chefarztes keine gegen Frank verwertbaren Ergebnisse. So fanden sie keine Fingerabdrücke von ihm. Glücklicherweise für Frank hatte Glomm die Weingläser abgespült, sodass keine DNA-Spuren an den Gläsern ausgewertet werden konnten.

Langsam stieg er die Treppenstufen hinauf und stoppte im ersten Stock. Hier hing das Schild *Frank Buck: Ermittlungen aller Art* an der Tür des Büros.

Frank hatte sich nach dem Ausscheiden bei der Militärpolizei entschlossen, als Privatdetektiv zu arbeiten. Eine Annonce in der Leonberger Kreiszeitung wies auf eine Wohnung und ein kleines Büro hin. Mit wenig Hoffnung auf eine positive Antwort schrieb Frank an den Vermieter. Er freute sich über die umgehende Zusage zu einem Treffen. Er traf auf den Besitzer, der sich mit Frank rasch über den Mietpreis von Büro und Wohnung einigte. Die Miete erwies sich als so günstig, dass Frank den Vertrag sofort unterschrieb. Der Besitzer verabschiedete sich mit den Worten: »Ich ziehe in ein Altersheim in der Nähe von Bremen. Dort verbrachte ich meine Kindheit. Hier habe ich gearbeitet, aber mich nie eingelebt. Am Schluss besaß ich kaum Kunden, denn Schwaben sparen sich Privatdetektive. Sie ermitteln lieber selbst, das kostet weniger. Wenn Ihre Mietüberweisungen pünktlich sind, sehen und hören Sie nichts von mir. Für Ihre Tätigkeit als Privatermittler wünsche ich Ihnen viel Glück.«

Frank bekam die Schlüssel für Büro und Wohnung in die Hand gedrückt und hatte seitdem nichts mehr von seinem Vermieter gehört. Schon sein erster Fall im Milieu des organisierten Verbrechens brachte Frank in Kontakt mit der Stuttgarter Kriminalpolizei und führte dazu, dass er aufgrund seiner Leistungen und seiner qualifizierten Ausbildung bei der Militärpolizei, den Feldjägern, das Angebot bekam, bei der Kriminalpolizei einzusteigen. Nach reiflicher Überlegung entschloss er sich, als Kommissarsanwärter im Dezernat *Tötungsdelikte* einzusteigen. Nach bestandenen Prüfungen und einer gewissen Dienstzeit ernannte man Frank schließlich zum Kommissar.

Frank überlegte und schloss die Tür seines ehemaligen Detektei-Büros auf. Er hatte das Büro seit langer Zeit nicht mehr genutzt. Gekündigte hatte er jedoch nicht, da der Besitzer Wohnung und Büro als preisgünstige Einheit an ihn vermietete.

Abgestandene Luft schlug ihm entgegen, überall lag Staub. Wann war er das letzte Mal hier gewesen? Nachdem er den Fall mit einer kriminellen Organisation zum Abschluss gebracht und sein Afghanistan-Trauma überwunden hatte. Damals hatte er alle Akten durch den Reißwolf gejagt, die Tür hinter sich geschlossen und danach nicht mehr das Büro betreten.

Das Handy läutete. Er drückte auf die Taste für das Lautsprechen.

»Professor Glomm hier. Ich halte mich in der Klinik auf. Die Geschichte macht mir zu schaffen. Mich quälen Gewissensbisse. Ich war Ihnen gegenüber nicht fair. Ich will die Seiten wechseln und könnte Ihnen einiges über die Machenschaften berichten. Wenn Sie hierherkommen, übergebe ich Ihnen schriftliche Informationen zu den toten indischen Mädchen.«

Nach einer kurzen Pause fügte er hinzu: »Sie erfahren von mir auch den momentanen Aufenthalt Mezahns. Es eilt, sonst taucht dieser Mann unter!«

»Gut. Ich komme sofort. Wir treffen uns in Ihrem Zimmer in der Klinik.«

Die Verbindung wurde unterbrochen, und Frank lachte laut auf. Für wie blöd hält mich der Glomm? Ich tue einen Teufel und kreuze bei dem auf. Mein Auftauchen würde so ausgelegt, dass der böse Buck den armen, harmlosen Professor bedroht, der vor Angst schlotternd die Polizei ruft. Aber der makabre Spruch imponiert mir, der Mezahn taucht sonst unter. Er weiß doch, dass der am Grund der Nordsee liegt. Der Glomm ist wirklich ein Zyniker.

Mit Schwung riss er die Fenster auf, holte Staubsauger, Staublappen und einen Eimer aus seiner Wohnung und begann fröhlich vor sich hin pfeifend mit dem Großputz des Büros.

Auf der anderen Straßenseite sah seine Nachbarin, Frau Haile, erstaunt aus dem Fenster.

»Ja, was macht denn der Herr Buck da?«, fragte sie.

Alle fünf Damen vom Kaffeekränzchen, die um ihren Tisch saßen und sich Kaffee und Kuchen schmecken ließen, sahen neugierig zum Nachbarhaus hinüber.

Frank bemerkte nicht, dass er unter den fachfraulich kritischen

Blicken von sechs älteren Damen das Büro in einen blitzblanken Zustand versetzte.

Zwei Stunden später rissen mehrere Streifenwagen mit Blaulicht die Damen des Kaffeekränzchens aus ihren vergnüglichen Beobachtungen und kritischen Kommentaren. Die Autos hielten vor dem Haus gegenüber. Mit gezogenen Pistolen stürmten Polizisten hinein und überraschten Frank, als er aus dem Büro trat, um nachzusehen, was dieser Aufwand an Polizei sollte. Ein Polizist legte ihm Handschellen an. Sie führten ihn ab.

28

Glomm fuhr nach der Abgabe der eidesstattlichen Erklärung beim Staatsanwalt in die Klinik. Heyer entließ ihn ungern, aber er konnte ihn nicht länger festhalten. Er spürte deutlich, dass Glomm sich unwohl fühlte und sich ängstigte. Er versuchte, ihm zum Abschied nochmals Sicherheit einzuflößen. Doch es war offensichtlich: Glomm fürchtete, dass der zwangsbeurlaubte Kommissar sich bei ihm melden und sich rächen würde. Der Staatsanwalt gab ihm einen abschließenden Rat.

»Wenn der Buck sich in deiner Nähe blicken lässt, ruf die Polizei und deinen Anwalt an. Am besten du gehst in die Klinik. Da bist du sicher. Dort kommt keiner ungesehen durch die Pforte.«

Buck war jedoch nicht der einzige Grund, warum sich Glomm unwohl fühlte. Er wusste, dass Heyer dem Konsortium von dem Konto auf den Bahamas berichten würde. Die würden dann wissen, dass er Geld unterschlagen hatte. Nach seiner Scheidung und den daraus entstandenen Verbindlichkeiten besaß er eben einen hohen Geldbedarf. Außerdem wollte er seinen aufwendigen Lebensstil nicht ändern. Dazu kam, dass er plante, sich ins Ausland abzusetzen, sobald er über einen gewissen Kontostand verfügen würde. Nach Südamerika würde er verschwinden. Die schmutzige Arbeit für den Verein sollte dann ein anderer Arzt ausführen.

Der mürrische Pförtner öffnete die Tür, ohne dass er klingeln musste. Das schätzte Glomm. Alles musste klappen wie am Schnürchen.

Wie hatte er bei der einen Frau die Anzeichen auf Lepra und schlimmer noch, bei der anderen die Hinweise auf Aids übersehen können? Beide waren an den Folgen ihres geschwächten Immunsystems gestorben. Sein Problem waren die Empfänger geblieben. Den einen hatte er mit Medikamenten gegen Lepra behandelt. So hatte er nach und nach die Krankheit in den Griff bekommen. Bei dem anderen Patienten hatte es größere Probleme gegeben, denn er war an Aids erkrankt. Eine Krankheit, an der man in Europa nicht mehr stirbt, andererseits aber das ganze Leben Medikamente einnehmen muss. Schlimm. Die Angelegenheit war zur Katastrophe ausgeartet, als der Patient die Diagnose erfahren hatte. Unglücklicherweise hatte er auch noch das Krankenblatt gelesen, das eine Schwester auf dem Tisch im Flur liegen gelassen hatte. Der aufgescheuchte Mann war fluchtartig aus der Klinik verschwunden. Vergebens hatte er versucht, den Aufenthaltsort des Patienten, Herrn Holzer, herauszubekommen. Es war nicht sein Fehler gewesen! Das Labor in Indien hatte gepfuscht. Sie hätten nicht nur die Gewebeverträglichkeit untersuchen, sondern auch andere Checks durchführen müssen. Aber zusätzliche Kosten vermied man tunlichst. Gewinnmaximierung hieß das Zauberwort des Konsortiums. So verwendete man Straßenmädchen als Spenderinnen. Sie waren billiger als gesunde Mädchen vom Dorf.

In seinem Zimmer ließ sich Glomm in den Sessel fallen und starrte an die Decke.

Wenn er sofort abreiste und das gesamte Geld von dem Konto auf den Bahamas abhob, wie lange konnte er damit sorglos leben?

Leise klopfte es an der Tür. Er schaute nicht auf.

Es war sicher diese blöde Tussi von Krankenschwester, die das

Krankenblatt liegen gelassen hatte. Er hatte ihr fristlos gekündigt. Sie nervte noch immer und versuchte, ihn umzustimmen, indem sie darauf hinwies, alleinerziehende Mutter dreier Kinder zu sein.

Statt der Schwester betrat die Oberärztin Maier schwungvoll das Zimmer.

»Hallo Liebling! Hast du Kummer?«

»Schon. Ich überlege, ob die Abgabe der eidesstattlichen Erklärung, die sich gegen den Kommissar richtet, eine Dummheit war.«

»Das ist doch kein Problem. Du hast seine Handynummer. Ruf ihn an. Bitte ihn, dich zu besuchen. Erkläre ihm, dass dein Gewissen dich belastet oder etwas ähnlich Melodramatisches. Wenn er auftaucht, bezeuge ich, dass er dich massiv bedrohte. Wir schießen ihn damit endgültig aus der Polizei heraus und damit aus den Ermittlungen. Damit findest du wieder deine Ruhe.«

Glomm griff nach dem Telefon. »Schatz, du bist die Klügste. Was würde ich ohne deine Ratschläge anfangen.«

»Komm nachher in mein Sprechzimmer. Wir sind dort für uns. Dann bedanke ich mich bei dir für das reizende Kompliment.«

Sie öffnete ihren Arztkittel. Er sah, dass sie darunter nur einen hauchdünnen Slip trug. Leise und mit einem vielsagenden Lächeln schloss sie die Tür hinter sich.

Beim Telefonat versuchte Glomm, überzeugend zu wirken. Er legte seine Füße auf den Fenstersims und blickte in den Garten hinaus. Als er die Bereitschaft von Buck spürte, auf sein Angebot einzugehen, lächelte Glomm maliziös und zufrieden.

Er bemerkte nicht, dass nach dem Ende des Telefonats sich die Tür hinter ihm öffnete. Er hörte nicht die lautlosen Schritte. Ein Seil legte sich um seinen Hals und wurde zugezogen. Er bäumte sich auf und wehrte sich mit allen Kräften. Doch die Kraft hinter dem Seil war stärker. War es der Kommissar, der sich rächte? Es wurde ihm schwarz vor den Augen und er verlor das Bewusstsein. Er sank nach vorne auf die Schreibtischplatte. Eine Zeitung klatschte auf den Boden, ein Blatt Papier flatterte hinterher. Die Tür schloss sich leise.

Nach einer halben Stunde rief eine hysterisch wirkende Krankenschwester den Aushilfspförtner. Dieser alarmierte die Polizei. Eine Stunde später überreichte ein Mann der Spurensicherung den anwesenden Stöckle und Heyer einen Zettel und eine Tageszeitung, die auf dem Boden gelegen hatten. Bei der Tageszeitung handelte es sich um die aktuelle Leonberger Kreiszeitung. Der Zettel war beschriftet, und auch Strichmännchen waren darauf. Der Schrift nach gehörte er eindeutig Kommissar Buck, der sich öfters beim Telefonieren derlei Notizen machte. Folglich musste er hier gewesen sein.

Heyer rief umgehend die Polizei in Leonberg an. Sie solle mehrere Streifenwagen in die Altstadt zu Herrn Buck schicken. Dieser sei zu verhaften.

»Bitte äußerste Vorsicht. Der Mann ist gefährlich.«

Er eilte zum Gericht, um bei einem Richter den Haftbefehl für Kommissar Buck unterzeichnen zu lassen. Stöckle schien fassungslos. Die Inspektorin Karina schüttelte ungläubig den Kopf. Sie konnten beide nicht glauben, dass Frank Glomm erwürgt haben sollte. So blöd konnte Frank nicht sein, dass er als Beweis für seine Anwesenheit die Leonberger Kreiszeitung und einen von ihm geschriebenen Einkaufszettel hatte liegen lassen. Jedoch sprachen die Fundstücke als Beweise gegen ihn. Und bei aller Freundschaft und Wertschätzung: Ein Beweis ist ein Beweis.

29

Noch am selben Abend wurde Frank aus der Haft entlassen und der Haftbefehl aufgehoben. Karina konnte als eindeutige Entlastungszeuginnen ein ganzes Kaffeekränzchen älterer Damen aufweisen. Sie schilderten übereinstimmend und minutiös, was dieser eigenartige Herr Buck in der Tatzeit angestellt hatte. Stöckle musste häufig das Zimmer verlassen, in dem er die Damen vernahm. Er konnte die Lachanfälle nicht mehr zurückhalten. Karina amüsierte sich bei den Schilderungen der Damen königlich. Sie stellte sich ihren Vorgesetzten vor, wie er auf den Knien rutschend als Putzfrauenersatz sein Detektei-Büro reinigte.

Heyer schien stocksauer zu sein. Sein schnell gelöster Mordfall erwies sich als Flop. Der wunderbar geeignete Täter mit einem Supermotiv entglitt ihm. Dazu kam, dass das Misstrauen des Kommissars ihm gegenüber geweckt war. Heyer wusste, er stand unter scharfer Beobachtung und konnte sich keinen Fehler mehr leisten.

Nach dem Alibi durch das Kaffeekränzchen erfuhr Frank von Karina und Stöckle Details über die Ermordung von Glomm. Alle drei standen vor einem Rätsel. Glomm schien doch die zentrale Person in diesem Geflecht von kriminellem Organhandel zu sein. Wer brachte solch einen Mann um? Damit fiel das gesamte, kunstvoll gewobene Gebäude illegaler Transplantationen zusammen. War Glomm ersetzbar? Aber von wem?

Der Generalstaatsanwalt hob die Suspendierung Franks nicht

auf. Er verlängerte sie mit der Begründung, gegen Kommissar Buck sei die interne Untersuchung noch nicht abgeschlossen. Es liege schließlich immer noch die eidesstattliche Erklärung des renommierten Chirurgen vor. Jeder Zweifel eines unrechtmäßigen Handelns des Kommissars müsse ausgeschlossen werden.

Frank fuhr enttäuscht nach Hause. Sein Büro war geputzt. Als Nächstes könnte er die Wohnung säubern. Als er diese betrat und sich umschaute, wollte er nicht mehr putzen. Was konnte er stattdessen tun?

Er entschloss sich, einen Freund, den Co-Ku, zu besuchen. Vielleicht konnte dieser ihm einen Tipp geben. Kurt-Friedrich Röckle, von seinen Freunden Computer-Kurt oder einfach Co-Ku gerufen, war ein IT-Spezialist, den große Firmen als Freelancer bei schwierigen IT-Problemen heranzogen. Frank hatte ihn vor einem Jahr bei Sid im *Alten Stadttor* kennengelernt. Sie hatten sich angefreundet. Ein weiterer Jazz-Freund in der Clique um Sid.

Frank bog in die Carl-Schmincke-Straße ein, eine der schönsten Dorfstraßen Deutschlands. Er bewunderte die hübschen Fachwerkhäuser, die die Straße säumten. Die Straße war nach Carl Schmincke benannt, einem ehemaligen Bürgermeister von Eltingen und Leonberg.

Co-Ku arbeitete wie üblich in seiner großen Werkstätte, war in Computer vertieft. Frank staunte, wie Co-Ku gleichzeitig mehrere dieser geheimnisvollen Monster laufen lassen, sich nebenbei auf eine Fragestellung stürzen, sich intensiv damit beschäftigen und sofort umschalten konnte, als Frank auftauchte.

»Hallo Frank. Will dein Computer mal wieder nicht so, wie du es wünschst?«

»Nichts da. Mich quält ein ganz anderes Thema. Wie finde ich den Aufenthaltsort eines Mannes heraus?«

»Damit befasse ich mich nicht. Das ist Aufgabe der Polizei. Du bist doch die Polizei, oder? Setz ihn auf die Fahndungsliste. Lass sein Handy orten, und du findest ihn.«

»Da stellen sich mir einige schwerwiegende Probleme in den Weg, Co-Ku. Erstens bin ich bei der Polizei beurlaubt. Zweitens kenne ich nicht seine Handynummer. Ich besitze nur seine E-Mail-Adresse. Er heißt Holzer. Wie ich vermute, wird er, egal wo er sich aufhält, seine E-Mails lesen.«

»Das kann schwierig werden. Gib mir den Zettel mit der E-Mail-Adresse. Ich schicke ihm eine Mail und hänge einen Spion dran. Wenn er den Anhang nicht öffnet, hängen wir fest. Selbst wenn er ihn öffnet, ist es nicht sicher, dass ich den Aufenthaltsort finde. Ich rufe dich an, falls ich Erfolg habe.«

Frank fuhr zur Wohnung zurück. Er langweilte sich. Er vermisste Alina. Sie hatte Bereitschaftsdienst in ihrer Klinik in Tübingen. Immer diese Einsatzbereitschaft. Er musste ein ernstes Wort mit ihr reden, sah er sie doch kaum noch.

Er könnte zu Sid gehen, aber Sid hatte seinen Ruhetag. Dann wollte er nicht stören.

Frank tigerte in der Wohnung herum und wartete auf den Anruf von Co-Ku oder von Stöckle oder von Karina. Nervös schaltete er den Fernsehapparat ein, zappte durch die Kanäle, landete bei einem Kriminalfilm. Er sah zu, ohne viel von der Handlung mitzubekommen.

Um 22.20 Uhr klingelte sein Telefon. Er stürzte sich auf den Apparat, riss den Hörer ans Ohr.

»Klasse, Co-Ku. Du bist der Cleverste. So schnell bist du fündig geworden.«

Am anderen Ende lachte eine Frau.

»Hier spricht Tina. Dein Schutzengel, deine schusssichere Weste, wie ich von Stöckle erfahren habe. Jetzt besitze ich bei dir einen riesigen Stein im Brett. Vielleicht sogar einen Edelstein?«

»Hallo Tina. Was treibt dich zu dieser Schlafenszeit an das Telefon?«

»Ich langweile mich. Die Reha am Bodensee tut mir gut. Aber außer der wunderschönen Landschaft, dem guten Essen und den netten Ärzten gibt es nicht viel. Keine kriminellen Banden, keine Verfolgungsjagd durch die Klinik. Kein Frank, der auftaucht und in dessen Schatten sich Killer tummeln. Selbst die Kurschatten sind hier weder geheimnisvoll noch gefährlich.«

»Ich besuche dich und bringe statt Blumen ein paar böse Buben mit«, versprach Frank. Ausführlich erzählte er von den letzten Vorkommnissen. Als Tina nach einer halben Stunde gähnte, entschuldigte er sich, dass er so viel geredet hatte, und wünschte ihr eine gute Nacht.

Am anderen Morgen wachte Frank früh auf und stellte fest, Alina lag nicht neben ihm. Ihre Betthälfte war unberührt. Beunruhigt ging er ans Telefon, um sie auf ihrem Handy zu erreichen. Doch schon klingelte sein Telefon. Er hob rasch den Hörer ab.

»Alina, wo steckst du?«

Es meldete sich Co-Ku.

»Hier spricht nicht deine Alina. Du bist mit dem Internet-Secret-Service verbunden. Dein Holzer hat sich aus seinem Versteck in der Schweiz eingeloggt. Es handelt sich um eine Privatklinik am Mont Vully. Sie liegt oberhalb des Dorfes Lugnorre.«

»Danke Co-Ku. Wo soll diese Klinik sein? Die Schweiz ist zwar überschaubar groß, aber von diesem Ort habe ich noch nie etwas gehört.«

»Schau in deinen Schulatlas. Den wirst du als fleißiger Schüler doch nicht weggeworfen haben. Ich habe im Internet recherchiert, der Ort liegt am Murtensee. Zu deiner Information, dies ist ein kleiner See der Schweizer-Seenplatte, idyllisch gelegen und selbst Schweizern nicht so bekannt. Die haben einfach zu viele schöne Seen, wie den Neuenburger-, den Bieler-, Genfer-, Luganer-, Zuger-, Zürichsee und last, not least den Murtensee.«

»Gut. Ich gebe den Ort in mein Navigationssystem ein. Ich will Holzer aufsuchen. Wehe, ich finde ihn dort nicht vor, dann stelle ich dir die Reise in Rechnung.«

»Dass er dort zu finden ist, dafür garantiere ich nicht. Ich sagte, jemand liest dort seine E-Mails. Das kann jeder machen, sofern er das gültige Passwort kennt. Das Risiko einer nutzlosen Reise liegt also allein bei dir. Goodbye, einsam reitender Sheriff.« Co-Ku legte auf.

Jetzt rief Frank Alina an. Der Ruf ging mehrmals ab, bis sich eine automatische Stimme meldete.

»Der Teilnehmer ist momentan nicht erreichbar. Rufen Sie später wieder an oder sprechen Sie nach dem Signalton eine Nachricht auf die Mailbox.«

Frank schlug in dem Telefonverzeichnis von Tübingen nach und wählte die Nummer der Klinik. Als sich die Pforte meldete, fragte er nach Alina. Er wurde auf die Station weiterverbunden. Eine Krankenschwester hob den Hörer ab.

»Ach, Herr Buck, Sie sind es. Alina hat gestern mit unserem Doktor Brass seine Beförderung gefeiert. Ich nehme an, so beschwipst, wie sie war, konnte sie nicht mehr heimfahren. Wenn sie kommen sollte, richte ich ihr aus, dass Sie angerufen haben. Sie kann dann ja zurückrufen?«

Frank brummte: »Auch beschwipst kann sie telefonieren.«

Er frühstückte missmutig, duschte kalt und heiß, rasierte sich, zog sich an und verließ das Haus, um zur Bank zu gehen. Er musste für die Fahrt in die Schweiz Geld umtauschen. Als er die Schweizer Banknoten in der Hand zählte, die er für sein Bündel Euroscheine erhielt, atmete er tief durch. Offensichtlich verschlechterte sich in jedem Jahr der Umtauschkurs. Auf den Schreck hin leistete er sich bei Sid ein ausgiebiges Mittagessen. Wer weiß, wann er zu einem vernünftigen Preis wieder genügend zu essen bekam.

Satt und zufrieden kehrte er zurück und stutze. Alinas Auto stand vor der Haustür, provozierend im Halteverbot geparkt. Davor stand ein Wagen mit einer Tübinger Nummer und einem jungen Mann am Steuer.

Was sollte das?

Er stürzte die Treppen hoch in die Wohnung und blieb wie angewurzelt im Wohnzimmer stehen. Auf dem Tisch lag ein einzelnes Blatt Papier. Er trat näher und las mit zunehmendem Ärger.

Frank!

Ich kann die Heimlichkeiten nicht mehr ertragen. Ich wollte dir heute sagen, dass es mit uns vorbei ist. Ich habe mich in einen Kollegen verliebt. Es traf mich wie einen Blitz.

Du machst es mir leicht. Du bist wie immer beschäftigt und nicht zu Hause. So wähle ich diesen Weg. Ich besitze nicht den Mut, dich anzurufen oder dir gegenüberzutreten und offen darüber zu sprechen. Ich hole meine Sachen.

Ich lasse das Auto zurück, das du mir gekauft hast. Ich will nichts behalten von dem, was du mir geschenkt hast. Die Haus-und Wohnungsschlüssel werfe ich in den Briefkasten. Es tut mir leid. Verzeih mir diesen Abgang.

Es war eine schöne Zeit mit dir.

Grüße von Alina

Frank schwankte leicht und setzte sich schwer auf einen Wohn-
zimmerstuhl.

Wie konnte das sein?

Noch vor Kurzem, nach dem bestandenen Physikum, feierten
sie miteinander, waren glücklich. Er schlug die Hände vor das
Gesicht.

Hatte er etwas falsch gemacht?

Gut, im Durcheinander der letzten Ermittlungen hatte er wenig Zeit für sie aufgebracht. Aber auch sie schien immer sehr
beschäftigt zu sein. Warum hatte er nichts von ihrer schwinden-
den Zuneigung bemerkt? Wie konnte sie so schnell den Partner
wechseln? Ihre Blitzeinschlagstheorie. Ging das so schnell?

Undeutlich vernahm er diffuse Geräusche aus dem Schlafzimmer. Schubladen wurden herausgezogen und nach einer kurzen
Pause hineingeschoben. Er hörte das leichte Knarren der alten
Schranktüren. Dann vernahm er Alinas leichte Schritte. Die Tür
zum Schlafzimmer öffnete sich. Sie trat heraus und stellte ihren
Koffer ab. Sie betrat das Wohnzimmer und zuckte heftig zusammen, als sie Frank am Tisch sitzen sah.

»Hast du heute früher im Präsidium Schluss gemacht? Du hast
den Brief gelesen? Es tut mir leid.«

Sie stand Frank gegenüber, senkte den Kopf und wartete auf eine
Reaktion. Beide schwiegen. Beide vermieden es, sich anzuschau-
en. Schließlich hob Frank den Kopf und fixierte die Lampe an
der Zimmerdecke.

»Ich habe deinen Brief gelesen. Das war es dann mit uns.« Ein
Anflug von Traurigkeit lag in Franks Stimme. »Verzeih mir, falls
ich etwas falsch gemacht habe. Wir haben schöne Stunden miteinander verbracht. An diese will ich denken, wenn wir …«

Frank unterbrach den Satz und versuchte, Alina in die Augen

zu sehen. Sie erwiderte seinen Blick nicht, sondern fixierte einen Punkt auf dem Tisch.

»Alina, wir wollen weiterhin Freunde bleiben, wenn es dir recht ist und es deinen neuen Freund nicht stört.«

Er wollte noch einen Satz hinzufügen, als er bemerkte, wie sich aus Alinas Augen zwei Tränen lösten und an ihrer Wange herunterkullerten. Sie drehte sich um, ging zur Tür, bückte sich, packte den Griff ihres Koffers und murmelte: »Ach Frank, sei doch nicht immer so verdammt vernünftig, und tu nicht so abgeklärt. Tobe, schreie, schlage mich, dann würde mir der Abschied leichter fallen. Mach es mir nicht so schwer!«

Dann eilte sie schluchzend die Treppen hinunter.

Der Nachhall ihrer Schritte erreichte Frank nicht mehr. Er ging benommen ins Schlafzimmer und warf sich auf das Bett. Kaum lag er auf dem Leintuch, sprang er auf. Er konnte den Geruch von Alina nicht mehr ertragen und zog eilig die Bettwäsche ab.

Vier Stunden später stand er mit völlig verschwitztem Hemd in der blitzblank geputzten Wohnung. Die Wasch- und Spülmaschine liefen auf Hochtouren. Die Kaffeetanten von gegenüber hätten ihre wahre Freude an dem putzsüchtigen Herrn Buck gehabt. Ihr Kommentar wäre gewesen: »Na schau, er wird langsam ein richtiger Schwabe.«

Nach der Putzorgie verspürte Frank einen überwältigenden Durst. Er öffnete den Kühlschrank und stellte fest, es gab kein Bier, aber auch keine anderen Getränke. Im Küchenschrank fand er zwei leere Weinflaschen. Eine Flasche mit Mineralwasser stand auf dem Fensterbrett. Nach dem ersten Schluck verzog er angewidert das Gesicht. Warm und lack schmeckte das abgestandene Wasser. Doch er wusste, Hilfe für einen Verdurstenden gab es bei Sid. Also peilte er das *Alte Stadttor* an. Der Wirt

saß wie oft an seinem Lieblingsplatz am großen Stammtisch und
aß mit Genuss ein spätes Abendmahl. Die meisten Gäste hatten
gesättigt und zufrieden das Lokal verlassen. Zwei Pärchen aus
der Nachbarschaft saßen am hinteren Ecktisch und turtelten bei
Wein und chinesischen Knabbereien.

Ohne Aufforderung brachte Sids Ehefrau Thanh Frank seinen
Spätburgunder und chinesische Teigtaschen. Frank bedankte
sich und stürzte sich auf das Essen, als hätte er seit Wochen keine Mahlzeit mehr bekommen. Zum Schluss nahm er einen großen Schluck Wein, ließ diesen im Mund kreisen, dann die Kehle
hinunter rinnen, atmete tief durch die Nase aus und lehnte sich
seufzend zurück. Sid schaute ihm schweigend zu und nippte an
einem Weißwein.

Frank begann, zögernd zu reden.

»Ich weiß nicht, wie ich es dir sagen soll …«

Er machte eine lange Pause.

»Alina ist weg …«

Seine Augen verengten sich zu Schlitzen.

»Sie hat heute mit mir Schluss gemacht …«

Sein Gesichtsausdruck wurde nachdenklich.

»Meine Gedanken kreisen um sie …«

Er griff sich einen Zahnstocher und stach sich mehrmals leicht
in die Handrückenfläche, ohne den Schmerz zu registrieren.

»Ich versuche, ihre Gründe zu verstehen …«

Empört schaute er Sid an und schüttelte den Kopf.

»Obwohl ich meine Gedanken auf einen Fall konzentrieren
müsste …«

Sid unterbrach Frank. »Du arbeitest zu viel.«

Frank ignorierte den Einwand.

»Es wird wieder eng für mich … Ich habe mich nicht dem Gesetz entsprechend verhalten … Man hat mich suspendiert … Wenn ich Pech habe, entlässt man mich …«

Er lächelte ironisch und zog die Augenbrauen hoch.

»Tja, ich weiß nicht, ob das so schlimm ist …«

Er schaute zur braun gebeizten Holzdecke hoch, den Blick in die Zukunft gerichtet.

»Ich arbeite wieder als Privatdetektiv … Kein sicheres Einkommen, dafür die Freiheit, das zu tun, was man will. Und das, was man tun will, zu tun, wann man will.«

Sid lächelte ungläubig. »Das ist Pseudo-Philosophie. Du leidest schlicht und einfach an Weltschmerz und Liebeskummer. Dein Job wackelt. Der Alina trauerst du nach. Aber von Freund zu Freund und im Klartext gesprochen. Alina passt nicht zu dir. Anfangs wart ihr beide ineinander verliebt. Euer Leben hat sich in verschiedene Richtungen entwickelt. Sie studiert engagiert Medizin und interessiert sich für andere Dinge. Du kniest dich in deinen Kriminaler-Beruf. Ihr habt euch auseinandergelebt. Und dann ist deine Kollegin Tina aufgetaucht. Sie tut zwar so, als ob sie in dir nur den Kollegen sieht, aber es steckt mehr dahinter. Und du, blinder Frank, du machst dir etwas vor, wenn du meinst, Tina stellt für dich ein Abenteuer, eine Abwechslung dar. Ich hab doch gesehen, wie es dich gequält hat, als sie verwundet ins Krankenhaus gekommen ist. Vorwürfe hast du dir gemacht, dass sie dich, ausgerechnet dich, vor einer Kugel geschützt hat. Doch genug des psychologischen Tiefsinns. Es ist Zeit, dass wir musizieren. Setz dich ans Klavier. Ich hole mein Saxofon. Getränke gehen aufs Haus.«

Sie spielten bis in die Morgenstunden. Sie spielten das ganze Repertoire des Dixieland-Jazz, das Frank aufbieten konnte. Er spürte, wie die vitale Musik bei ihm wirkte. Seine trüben Gedanken schwanden. Je näher der Morgen kam, umso fröhlicher und befreiter spielte er auf.

In der restlichen Nacht schlief er erschöpft und traumlos. Nach einigen Stunden Schlaf erwachte er mit einer inneren Dynamik, die er schon lange nicht mehr gespürte hatte. Nach einem späten, aber ausgiebigen Frühstück und dem sorgfältigen Programmieren des Navigationssystems, saß er eine Stunde später in seinem Auto.

Die Reha-Klinik am Bodensee gab er als Zwischenstation ein, um die Kollegin Tina mit einem Besuch zu überraschen. Die Oberkommissarin staunte nicht schlecht, als Frank sich mit einem fröhlichen »Herrlicher Tag heute« unangemeldet an den Mittagstisch setzte.

30

Frank berichtete Tina von der Ermordung Glomms. Er informierte sie über die Lepra-Krankheit der ersten und über die Aids-Infektion der zweiten Inderin. Er berichtete von den mysteriösen Nierentransplantationen und den geheimnisvollen Ziffern auf der Operationsliste. Er erwähnte die aufgeführte E-Mail-Adresse von Holzer, die zu seinem möglichen Aufenthaltsort führen könnte.

»Holzer bekam illegal eine Niere. Entweder stammte sie von der an Lepra Leidenden oder von der an Aids Erkrankten.«

Tina sprang auf und lief tatendurstig um den Tisch herum.

»Du willst Holzer aufsuchen. Da fahre ich mit. Das wird spannend.«

»Du bleibst, Tina. Du musst die Reha abschließen. So gern ich dich mitnehmen würde.«

»Nein, ich fahre mit. Meine Wunde heilt gut. Ich langweile mich nicht noch eine weitere Woche. Ich packe den Koffer und begleite dich.«

So kam es, dass eine Stunde später eine dynamische und fröhliche Tina in Franks Auto stieg, nachdem er ihren Koffer im Auto verstaut hatte. In der ersten Stunde auf der Schweizer Autobahn mit der starren Begrenzung der Geschwindigkeit sang sie fröhlich bei den CDs mit, die Frank in den CD-Player des Autos einlegte. Später gähnte sie, ließ die Lehne des Autositzes nach unten und schlief ein.

Die Damenstimme des Navigationsgerätes leitete Frank von der Zürcher zur Berner und von dort zur Lausanner Autobahn. Bei Murten forderte sie ihn auf, die Autobahn zu verlassen und lenkte ihn Richtung Neuchâtel. Er bog rechts ab und fuhr nach Murten, wo er von Leonberg aus telefonisch ein Zimmer mit Sicht auf den See im Hotel Bad Muntelier gebucht hatte.

Die Dame an der Rezeption empfing ihn freundlich und bestätigte seine Reservierung. Als er ein weiteres Einzelzimmer für Tina orderte, schüttelte sie bedauernd den Kopf.

»Leider sind alle Zimmer belegt. Eine Hochzeitsfeier. Aber die Zimmer mit Sicht auf den See sind alles Doppelzimmer. Damit wäre ein Bett frei, wenn es der Dame passt?«

Sie lächelte Tina fragend an.

Musste Frank diesen Vorschlag als ein unmoralisches oder einfach als praktisches Angebot auffassen? Das hätte er in der Schweiz nicht erwartet.

Als sie sein verlegenes Gesicht sah, lachte Tina. »Danke, wir haben schon zusammen in einem Zimmer geschlafen. Jeder kennt die Schnarchtöne des anderen.«

Und so saßen sie nach einem vorzüglichen Abendessen auf dem Balkon des Zimmers mit direktem Blick auf den Murtensee und genossen bei einer Flasche Wein den herrlichen Sonnenuntergang.

In dieser Nacht dachte Frank nicht mehr an Alina, sondern musste feststellen, dass sein Freund Sid ihn wirklich sehr gut kannte.

Am anderen Morgen fuhren sie nach einem ausgiebigen Frühstück auf die andere Seite des Sees. Die Dörfer Nant, Praz und Môtier zeigten in den Gärten und in den Balkonkästen eine volle

Blütenpracht. Kein Wunder, dass man diesen Uferabschnitt des Murtensees auch die Freiburger Riviera nennt. Große Rebenhänge reichen bis an die Straße. Den Abschluss bilden jeweils Rosensträucher.

Die Fahrt nach Lugnorre hinauf dauerte nicht lange, und vor der Klinik lag ein großer Parkplatz. Sie stiegen aus und genossen schweigend den Blick über den See. In weiter Ferne verschwammen die Alpen mit ihren schneebedeckten Gipfeln in den Wolken.

Frank läutete an der Klinikpforte. Als er den Namen des Patienten Holzer erwähnte, führte ihn die Krankenschwester auf die Terrasse. Ein älterer, distinguiert aussehender Herr erhob sich von dem Stuhl, die danebensitzende Dame verdeckte mit einer Papierserviette rasch ihr Gesicht und murmelte warnend: »Das ist der Kommissar, von dem ich dir berichtet habe. Was will der hier?«

»Hallo, Frau Holzer. So sieht man sich wieder. Ich nehme an, ich habe das Vergnügen, den von mir schmerzlich vermissten Herrn Holzer kennenzulernen. Darf ich Ihnen meine Kollegin, Frau Oberkommissarin Schrayer, vorstellen.«

Holzer stellte ihnen zwei Stühle zurecht und bat Tina und Frank Platz zu nehmen. Er wirkte blass und mitgenommen. In Anbetracht seines Alters, der vor wenigen Wochen stattgefundenen Operation und der laufenden Einnahme von Medikamenten gegen die Abstoßungen des Gewebes wirkte er erstaunlich fit.

Frank eröffnete das Gespräch. »Herr Holzer, wir wissen, dass zwei der aus Indien stammenden Nieren-Spenderinnen starben. Die eine litt an Lepra, die andere an Aids. Eine der Nieren erhielten Sie. Der für die Transplantation zuständige Arzt Doktor Glomm ist tot. Wir müssen Sie daher fragen, auch zu Ihrem Besten, von welcher Spenderin bekamen Sie die Niere?«

Holzer lehnte sich zurück, lächelte resigniert und müde. Seine Hände, die auf dem Tischtuch unruhig hin- und herfuhren, ballten sich zu Fäusten.

»Haben Sie ein Aufzeichnungsgerät dabei? Wenn ja, legen Sie es auf den Tisch und schalten Sie es ein. Ich erzähle die Geschichte nur einmal, denn ich ermüde rasch.«

Frank nickte, holte einen kleinen digitalen Rekorder aus der Jackentasche, stellte ihn auf den Tisch und schaltete ihn ein.

Holzer lehnte sich steif zurück und begann: »Ich will reinen Tisch machen. Die ganze Sache beginnt mit einem Männerbund, den Söhnen Wodens.«

Als er die verständnislosen Blicke von Tina und Frank sah, erklärte er: »Woden ist der althochdeutsche Name für Wodan oder Odin, der höchste Gott der Germanen. Die Kameraden treffen sich jedes Vierteljahr, und wir diskutieren über Politik, Wirtschaft und andere Themen.«

Er bemerkte den skeptischen Blick, die hochgezogenen Augenbrauen von Frank.

»Ja, ja. Ich sehe, Sie verstehen schon. In Ihren Augen sind wir die ewig Gestrigen. Aber es geht um Geschäfte, und ich bin ein erfolgreicher Geschäftsmann, wie Sie wissen.«

Er atmete mühevoll tief ein und aus.

»Als es mir schlechter ging und ich die Nierenwäsche häufiger durchführen musste, erschien einer der Kameraden bei mir zu Hause. Er erklärte mir, es gebe eine Lösung des Problems für mich.«

»War dies der Herr Glomm?«

»Da er nicht mehr lebt, brauche ich auf seinen Ruf keine Rücksicht zu nehmen. Ich kann das somit bestätigen. Er versprach mir für viel Geld eine Niere von einer jungen Spenderin.«

»Das verstößt gegen das Transplantationsgesetz. Das ist illegal!«

»Ich bitte Sie, Herr Buck. Glauben Sie, das Gesetz interessiert den, der sein Leben retten will? Ich besitze reichlich Geld und benötigte eine Niere. Die junge Frau besaß die Niere und hatte kein Geld. So dachte ich, sie verfügt danach über Geld für ein sorgenfreieres Leben, und ich kann weiterleben.«

Holzer lachte bitter auf.

»Das war der große Bluff des Herrn Professor Glomm und seiner Komplizen. Er machte mich glauben, dass ich auf der einen Seite eine gute Tat vollbringe, indem ich einem armen Mädchen im Tauschhandel mit ihrer Niere zu einem besseren Leben ohne materielle Not verhelfe und auf der anderen Seite mich selber rette. Stattdessen ging es nur um Geschäfte. So floss der größte Geldbetrag auf diverse Konten. Die Hintermänner kauften die Mädchen als Billigware ein. Oft handelte es sich um indische Straßendirnen.

Ich weiß, meine Vermessenheit wurde bestraft. Zusätzlich bin ich an Aids erkrankt. Dazuhin funktioniert die neue Niere nicht richtig. Die Medikamente gegen die Abstoßung verursachen mit den Aids-Medikamenten massive Nebenwirkungen. Ich denke, ich wurde für meinen Größenwahn, dass mit Geld alles zu managen ist, wirklich gestraft.«

Seine Ehefrau weinte leise vor sich hin. Tina blickte erschüttert auf den Murtensee. Frank sah nachdenklich Herrn Holzer an, der die Hände vor das Gesicht schlug.

»Was haben Sie bei solch einem Deal anderes erwartet?«

»Nun, wir, die Söhne Wodens, glauben, dass dieser Gott eben auch den Oski darstellt; den Gott, der die Wünsche erfüllt. Ich wollte unbedingt ein normales Leben führen. Können Sie das nicht verstehen? Wenn ich Sie ansehe, denke ich nein. Sie sind ein

Kommissar, dessen einfach strukturierte Aufgabe darin besteht, dass Sie Menschen nachspüren, die gegen das Gesetz verstoßen haben und dass Sie Beweise für ihre Schuld zusammentragen. Der Rest geht Sie nichts mehr an. Den erledigt die Justiz. Für Sie gibt es schwarz oder weiß, legale oder illegale Handlungen. Grenzwertiges Handeln in einer Grauzone kennen Sie nicht.«

»Da muss ich Sie enttäuschen. Aufgrund einer eidesstattlichen Aussage des Herrn Glomm hat man mich beurlaubt, ohne Bezüge. Ich arbeite in diesem Augenblick als freier Ermittler.« Frank baute eine Notlüge in seine Erklärung ein. »Das ist einer der Gründe, warum ich bei diesem Besuch in Begleitung der Dame Schrayer bin. Sie ist im Dienst, Oberkommissarin und im Präsidium für den Fall zuständig.«

Tina blickte ihn verblüfft an, erfuhr sie doch erst jetzt von Franks Problemen mit seiner Behörde. Sie schaltete schnell das Aufnahmegerät aus.

»Wenn Sie als freier Ermittler arbeiten, besitzen Sie einen Auftraggeber und einen Auftrag?«, hakte Holzer scharfsinnig nach.

»Nein, wozu? Ich verfolge meine eigenen Interessen. Geld spielt bei mir nicht die ausschlaggebende Rolle. Und da sich der Ausgangspunkt für die Schweinereien mit illegalen Transplantationen in Indien befindet, einem Land, in dem unsere Polizei offiziell nicht arbeiten kann, besitze ich als Privatermittler eine größere Bewegungsfreiheit. Dazu kommt, dass indische Polizisten sich sicherlich nicht für Straftaten in Europa die Beine ausreißen. Ihre Motivation, den Fall aufzuklären, wird nicht groß sein.«

»Können Sie sich diesen finanziellen Aufwand überhaupt leisten? Flugreisen nach Indien, Hotelaufenthalte, Anheuern eines Dolmetschers, eventuell Bezahlung von indischem Personal und was sonst an möglichen Kosten auf Sie zukommen wird?«

»Ich besitze Ersparnisse. Diese müssen reichen«, entgegnete Frank knapp.

»Wären Sie einverstanden, dass ich Sie für diesen Auftrag offiziell anheuere und bezahle? Das würde mein Gewissen erleichtern. Führen Sie die Schuldigen ihrer Strafe zu; Glomm war nicht der Kopf. Ich bezahle Ihnen pro Tag die Pauschale, die Sie im Rahmen Ihrer üblichen Ermittlungen verlangen. Flugreisen, Hotelkosten und sonstige Ausgaben erstatte ich nach Vorlage der Rechnungen.«

»In Ordnung, Herr Holzer. Fixieren Sie Ihren Auftrag schriftlich. Wir warten auf Sie.«

Herr Holzer verschwand mit der Ehefrau in dem Krankenzimmer. Nach kurzer Zeit kehrte sie zurück und überreichte den unterschriebenen Vertrag. Sie notierte sich auf einem Notizblock die Bank und die Kontonummer von Frank und verabschiedete sich mit den Worten: »Mein Mann musste sich hinlegen. Er ist erschöpfter und schwächer, als es den Anschein hat. Mich entschuldigen Sie bitte. Ihnen, Herr Buck, wünsche ich für Ihre Nachforschungen alles Gute. Finden Sie die Leute, die das Leben meines Mannes zerstört haben.«

31

Die neugierige Nachbarin, Frau Haile, stand an ihrem Fenster, als vor dem gegenüberliegenden Haus das Auto von Herrn Buck vorfuhr. Hinter dem Vorhang verborgen starrte sie auf die Straße. Sie hatte den Polizeieinsatz gegen ihren Nachbarn miterlebt, die Verhaftung, den überstürzten Auszug von Alina und seine schnelle Abreise. Jetzt wartete sie auf die Fortsetzung des Schauspiels in ihrer Nachbarschaft. Das nächste Kaffeekränzchen stand bevor, und sie wollte den Damen das Neueste berichten können.

Aus dem Auto stieg eine junge Frau, blass und müde. Frank sprang aus dem Wagen, holte zwei Gepäckstücke aus dem Kofferraum, schloss die Tür auf und stellte das Gepäck ab. Als Nächstes trug er die Frau ins Haus. Kurz darauf öffnete er das Fenster des Schlafzimmers und Frau Haile sah, dass er die Frau auf sein Bett gelegt hatte.

Sie schüttelte entrüstet den Kopf, wandte sich ab und ging in die Küche. Sie war tief enttäuscht von diesem Herrn Buck.

»So sind Männer. Sie finden sofort einen Ersatz. Die Alina war viel zu schade für diesen bärtigen, ungepflegten Herumtreiber. Diese gut aussehende, immer freundliche, für ein kurzes Gespräch aufgeschlossene Studentin der Medizin.«

Tina lag auf dem Bett und schloss müde die Augen. Die über vierstündige Fahrt war anstrengend gewesen und hatte sie doch sehr erschöpft. Frank reagierte besorgt und bot ihr an, bei ihm zu übernachten. Sie akzeptierte dankbar, denn zu Hause warteten nur ein leerer Kühlschrank sowie kalte und ungelüftete Zimmer. Aber sie brachte einen Einwand vor.

»Was sagt Alina dazu, wenn sie mich in deinem Bett findet?«

Frank setzte sich auf den Bettrand, schaute Tina offen in die Augen und gestand: »Alina hat sich in einen ihrer Kollegen verliebt. Sie ist vor Kurzem ausgezogen.«

»Das tut mir leid. Das muss wehtun.«

Frank zuckte mit den Schultern. »Sid sah es kommen. Ich schien blind zu sein. Was soll es? Das Leben geht weiter.«

Er stellte das Gepäck ab. Er musste noch einkaufen, um zum Abendessen und Frühstück etwas anbieten zu können.

Als er zurückkam, schlief Tina tief. Er weckte sie nicht auf, sondern richtete sich ein Nachtlager auf dem Sofa im Wohnzimmer. Unbequem lag er auf diesem alten Möbelstück. Er fluchte, wenn er beim Umdrehen die harten Federn in seinem Rücken spürte. Wie oft wollte er dieses Sofa auf den Sperrmüll werfen; wie oft vergaß er es. Schließlich schlief er ein, ohne an Alina zu denken.

Am anderen Tag stand Frank in aller Frühe auf, bereitete das Frühstück und weckte Tina, die nun robuster aussah. Sie freute sich über den Kaffee, den Frank ihr hinstellte, trank das Glas mit Orangensaft in einem Zug aus und aß mit Genuss das Bircher-Müsli. Die frisch gebackenen Brötchen schmeckten ihr ebenso wie die Frühstückswurst, die Frank beim Metzger oberhalb des Marktplatzes neben dem Blumengeschäft besorgt hatte. Schon nach kurzer Zeit landete ihr Gespräch bei der Autofahrt in die Schweiz.

»Frank, die Aussprache mit Holzer war ergiebig. Du kannst

mit dem offiziellen Auftrag eines Klienten recherchieren und brauchst nicht auf jeden Cent zu achten.«

»Ich fahre nach Indien und frage den Tandoori, ob er mitfährt. Ich kann jetzt für alle Kosten aufkommen. Wolfgang kennt sich in Indien aus. Mit Holzers Honorar kann ich mir finanziell mehr leisten. Zum Beispiel einen indienerfahrenen Führer. Ich fliege sofort, möglichst gestern. Der Tandoori kommt nach, wenn er zustimmen und Zeit haben sollte.«

»Du kannst nicht so einfach nach Indien fliegen. Dazu brauchst du ein Visum, das in München zu beantragen ist.«

»Ach Tina, den Antrag habe ich über unsere Dienststelle schon gestellt, als ich erfahren habe, dass unsere erste Tote eine Inderin ist.«

»Bei Wolfgang wird das aber dauern, bis er ein Visum bekommt.«

»Das weiß ich, deshalb fliege ich voraus. Ich spüre, die Zeit wird knapp. Wenn wir zu lange warten, sind die Spuren kalt.«

»Wohin in Indien willst du fliegen?«

»Die Kleidungsspuren weisen nach Rajasthan, die Bilder an der Wand nach Jodhpur. Das wird der Ausgangspunkt meiner Nachforschungen sein. Außerdem kenne ich den Namen des Mädchens. Als ich die Tote in der Pathologie betrachtete, konnte ich mich überzeugen, dass sie der Inderin auf dem Foto, das wir auf der Jacht bei Mezahn gefunden hatten, wirklich ähnelte. Die Pathologin betrachtete das Bild ebenfalls und sprach von einer beinahe hundertprozentigen Übereinstimmung. Den Namen des Mädchens zu kennen, erleichtert mir die Suche. Dazu kommt, dass der Name der Stadt und des Fotografen auf dem Foto der Frau abgedruckt war. Ich muss also zuerst nach einem Herrn Prakash in Jodhpur suchen und hoffen, er ist kein Hobbyfotograf, sondern ein Professioneller.«

Tina lachte laut auf. »Typisch Frank! Unser Superoptimist! Wie viele Chamelie Advanis gibt es wohl in einer Stadt mit rund einer Million Einwohnern? Und ein Einwohnermeldeamt kennen die in Indien nicht. An die Polizei kannst du dich auch nicht wenden.«

Anschließend telefonierte Frank mit Wolfgang. Er lockte ihn mit einem Flug in der Businessclass, Hotelübernachtungen und einem Mietauto in Indien.

»Ich brauche unbedingt einen Mann, der sich im Land auskennt und die Mentalität der Leute einzuschätzen weiß.«

Wolfgang reagierte begeistert bei der Aussicht auf einen Businessflug nach Indien. Das versprach für ihn ein neues Reisegefühl. Leider arbeite er zurzeit an einem Forschungsauftrag, teilte er Frank mit. Er könne sich frühestens in einem halben Monat loseisen.

Frank versprach, sich zu melden, falls bis dahin die Indiengeschichte noch akut sei.

Tina bot er an, sie könne bei ihm wohnen, bis sie wieder dienstfähig sei.

»Hier in der Altstadt von Leonberg sind die Wege zum Einkaufen kurz. Das ist bequemer als in deinem Wohnblock in Feuerbach.«

Tina wandte ein: »Was wird Alina sagen, wenn sie sich das Ganze anders überlegt, ihre Affäre beendet und hier aufkreuzt?«

Ohne einen Kommentar legte Frank Alinas Brief auf den Tisch. Tina überflog ihn und reichte ihn zurück.

»Das ist wirklich endgültig. Schade, dass eure Romanze so enden musste. Tröste dich. Auch andere Mütter besitzen hübsche Töchter.«

Frank lachte über diesen Spruch und konterte: »Ja, ja, ich weiß. Zum Beispiel die Mutter Schrayer.«

Tina errötete und blickte verlegen zum Fenster. Frank verabschiedete sich rasch.

»Ich gehe zur Bank und schaue nach, ob Holzer einen Vorschuss überwiesen hat. Falls ja, kaufe ich mir ein Flugticket.«

32

Ehe Frank abflog, rief er Stöckle an. Sein Noch-Vorgesetzter schien nicht glücklich über das Vorhaben.

»Warte ab, bis deine Suspendierung aufgehoben ist. Nachdem Glomm tot ist und die interne Untersuchung keine handfesten Beweise für dein Fehlverhalten gefunden hat, dauert es nicht mehr lange, bis der Oberstaatsanwalt dich an die Arbeit zurücklässt.«

»So lange will ich nicht warten. Dann sind die Spuren kalt. Als unabhängiger Privatdetektiv kann ich in Indien freier vorgehen. Holzers Geld im Rücken ermöglicht mir, Hilfstruppen in Indien zu mieten.«

Stöckle akzeptierte als Freund das Vorgehen, als Chef lehnte er es ab. Er bat Frank, dass er ihn unter seiner privaten Handynummer telefonisch auf dem Laufenden halten sollte.

Einen Tag später landete Frank nach einem bequemen Nachtflug in der Businessklasse der *Emirates*-Fluggesellschaft auf dem Flughafen von Neu-Delhi. Schon in diesen frühen Morgenstunden wimmelte es auf dem Flughafen von Menschen. Frank gähnte und wartete auf sein Gepäck. Er betrachtete das Gewimmel von Menschen aller Länder dieser Erde. Die unterschiedlichen Kleidungen der Leute faszinierten ihn. Neben den Herren in schwarzen oder dunkelblauen Geschäftsanzügen, weißen Hemden und geklonten Krawatten sah er eine bunte Vielfalt. Wunderschöne, vielfarbige Saris, Turbane in allen denkbaren Farben, Kleidungen aus vielen Regionen des asiatischen Subkontinents.

Er stellte seine Uhr auf die ungewöhnliche Zeitverschiebung von drei und einer halben Stunde um. Er wusste aus dem Internet, dass unterschiedliche Fluggesellschaften am Vormittag Flüge nach Jodhpur anboten. Er nahm den frühesten Anschlussflug und landete dort nach einer Stunde. Übermüdet beachtete er nicht die einladende Cafeteria, nicht die vielen Cafés, Souvenirshops und Kioske, sondern strebte zum Ausgang. Rasch verließ er das Flughafengebäude, ging auf ein wartendes Taxi zu und ließ sich in das fünf Kilometer entfernte Hotel Taj Hari Mahal fahren.

Vor dem Gebäude blieb er angenehm überrascht stehen. Das Fünfsternehotel, nach Bildern im Internet gebucht, entsprach voll und ganz seinen Erwartungen. Es versetzte ihn in eine andere Zeit und erinnerte an einen prunkvollen alten Maharadscha-Palast mit kunstvollen Bögen, großen Terrassen, hellen Innenhöfen und malerischen Jharokhas, den überhängenden geschlossenen Balkonen.

Erst an der modernen Rezeption mit Computern und höflich sich verneigenden Angestellten landete er wieder im Jetzt. Ein Page führte ihn durch gewölbte Gänge in das luxuriöse Zimmer und zeigte ihm das komfortable Bad. Neben dem abgestellten Gepäck warf er sich angezogen auf das Bett und schlief sofort ein.

Als er erwachte, spürte er, dass er hungrig war. Er ging in das ans Hotel angeschlossene Restaurant Marwar und bestellte für seinen Riesenhunger eine Menge Thali. Man servierte ihm auf einem großen Tablett eine bunte Mischung aus Speisen und eine Reisbeilage.

Gesättigt trat er an die Rezeption. Er bat den Angestellten nachzuforschen, ob es einen Fotografen namens Prakash in Jodhpur gäbe. Dann fragte er nach einem Führer für eine Stadtbesichtigung. Wenn möglich, wollte er einen erfahrenen Guide, der Stadt und Leute besonders gut kennen sollte. Nach etwa einer Stunde wurde ihm in der Empfangshalle der Stadtführer vorgestellt. Er hieß Karim, trug eine hellgrüne Kurta, das traditionelle lange Hemd, weiße Baumwollhosen und braune Sandalen. Er sprach ein perfektes Englisch.

Ausgeruht und gestärkt fuhr Frank in seiner Begleitung mit dem Taxi in die Stadt. Er kam aus dem Staunen nicht heraus. So überraschte ihn die Farbe der Häuser. Viele zeigten ein intensives Blau, manche ein veilchenblau, andere ein himmelblau. Karim erklärte ihm, dass früher die Farbe Blau die Zugehörigkeit der Bewohner des Hauses zur Kaste der Brahmanen kennzeichnete. Inzwischen gelten andere Kriterien, um der weißen Kalkflüssigkeit das blaue Kupfersulfat beizumischen. Vor Termiten soll es schützen, Moskitos abwehren, einen kühlenden Effekt bewirken und natürlich die Touristen begeistern. Die Stadt Jodhpur hat deshalb den Beinamen »Blaue Stadt« oder »Stadt des Lichts«, früher hieß sie »Das Tor zur Wüste Thar«.

Im geschäftigen Viertel der Altstadt, bei dem an ein englisches Gebäude erinnernden Clock-Tower mit einer großen Turmuhr, stiegen sie aus. Hier schlug das Herz der Stadt. Zu dieser Tageszeit bewegte sich eine Menschenmenge geschäftig hin und her. Hübsche junge Frauen in wundervoll farbigen Saris, der Stoff besetzt mit vielen kleinen Spiegeln, Schmuck an Armen, Hälsen, Nasen und Ohren zogen Franks Blicke magisch an. Ein intensiver Geruch von Kot und Urin vieler herumstehender, wiederkäuender Kühe sowie der Gestank von Abgasen der Autos und Motorräder lag in der Luft.

In den engen Straßen der Altstadt, die vom Sadar Markt ausgingen, boten fliegende Händler Kleidung an. Feste Stände lockten mit Lebensmitteln. Kunstvoll aufgeschichtet lag Gemüse neben Obst. Viele Sorten Reis standen in großen Behältern offen nebeneinander. Und dann die unterschiedlichen Betelblätter. Frank hatte gelesen, dass das indische Mahl mit dem Kauen der grünen Blätter beendet wird. Zusammengefaltet, mit Gewürzen oder anderen Zutaten angereichert werden die Paan-Blätter gekaut und der Saft heruntergeschluckt. Der Rest wird ausgespuckt. Der Gaumen ist gereinigt, die Verdauung gefördert. Manche Gassen waren so eng, dass gerade ein Mensch sie passieren konnte. Kam jemand entgegen, musste dieser sich an die Hauswand pressen oder in eine Türnische treten.

Frank ließ sich begeistert von diesem pulsierenden Leben mitreißen. Er hörte den ausführlichen Erklärungen des Stadtführers kaum noch zu. Er betrachtete die heiligen Kühe, die sich von dem hektischen Treiben nicht beirren ließen und stoisch in den Gassen standen, hingereichtes Grünzeug, am Boden liegende Abfälle und Essensreste fraßen.

Auf dem Markt sah er nach oben und erblickte die imposante, alles überragende Festung Mehrangarh, auch »Zitadelle der Sonne« genannt. Sie thront auf einem 130 Meter hohen Felsen, ist geschützt von einer 125 Meter hohen, zehn Kilometer langen Mauer mit acht Toren.

Mehrmals sprachen Inder Frank an, um ihm Dinge zum Kauf anzubieten. Immer schüttelte er ablehnend den Kopf. Beinahe wäre er über ein Bündel Grünzeug gestolpert, das mitten in der Gasse lag. Er beobachtete, wie der Inder neben dem Bündel einem anderen ein Gemisch aus Gras, Blättern und Stauden verkaufte. Dieser nahm das Büschel entgegen und fütterte es an eine der Kühe, die hier herumstanden. Er berührte mit den Fingern das heilige Tier und legte diese auf die Brust.

Frank fragte nach dem Preis eines Büschels. Eine Rupie erfuhr er, kaufte spontan ein Büschel und fütterte eine besonders mager aussehende Kuh, die sein Mitleid erregte.

An einem Stand bot man verschiedene Currygerichte an. Der scharfe Geruch von Curry überlagerte den Mief der Straße, und Franks Magen meldete sich. Er überlegte, ob er eines der Gerichte kaufen sollte, als neben ihm ein Betel kauender Inder den roten Saft mit Schwung an die Wand neben dem Stand spie. Schlagartig versiegte sein Hungergefühl, und er bemerkte erst jetzt die vielen bespuckten Wände in der engen Gasse.

Am Ende des Rundgangs durch die Altstadt lud er den Reiseführer in ein Straßenlokal ein. Er bestellte für jeden einen Gewürztee mit Milch und begann ein Gespräch über die Verhältnisse in Indien, die Familie des Stadtführers und über Tagesthemen. Schließlich kam Frank zu seinem Anliegen. Er hatte lange überlegt, ob er sich an die Polizei wenden sollte. Sein Freund, der Tandoori, hatte ihm davon abgeraten.

»Die Polizisten in Indien ticken anders als die Beamten bei uns. Sie sind schlecht bezahlt und wollen vor allem keine Schwierigkeiten. Ausländer bereiten Probleme, und die gilt es, zu vermeiden«, hatte Wolfgang ihm gesagt.

Aus diesem Grund wandte sich Frank an den Stadtführer.

»Karim, ich brauche von Ihnen einen Ratschlag. Ich stehe vor folgendem Problem: In Jodhpur suche ich einen Fotografen namens Prakash, dazu eine Familie. Es handelt sich um die Angehörigen einer Frau, die in Deutschland tot aufgefunden wurde.«

Er reichte Karim das Foto der Toten.

»Sie heißt Chamelie Advani. Das ist alles, was ich von ihr weiß.«

Frank bemerke, dass das Anliegen Karim überraschte, andererseits reagierte dieser schnell und ohne zu zögern.

»Möglicherweise kenne ich Leute, die Ihnen helfen könnten. Folgen Sie mir bitte, Sahib.«

Eine halbe Stunde lang ließ er sich von Karim durch die engen Gassen der Altstadt führen, hinaus auf die verkehrsreicheren Straßen mit ihren knatternden und stinkenden Mopeds, den unzähligen dreirädrigen Motorradrikschas und den vielen Autos. Manchmal bekam er kaum Luft, wenn sich der stauende Verkehr wieder in Bewegung setzte und sich Abgaswolken über die Straßen wälzten. Frank versuchte, die Orientierung zu behalten. In dieser ständig pulsierenden Stadt mit beinahe einer Million Einwohnern schien ihm das nicht möglich. Ging denn hier niemand nach Hause? Hielten sich die Leute nicht in den Häusern auf? Alle schienen immer unterwegs zu sein.

Schließlich stoppte sein Führer in einem Elendsviertel. Sie standen vor einem Gebäude, bei dem die Farbe der Außenwand abblätterte. Die windschiefe Tür bestand aus rissigem Holz. Die Fensterhöhlungen wiesen kein Glas auf. Ein Schild deutete an, dass es sich um ein Hotel handelte, eindeutig nicht für Touristen gedacht. Sie betraten das Haus, in dem ihnen zwei junge Inder entgegenkamen. Franks erste Reaktion bestand darin, dass er sich fragte: Meine Güte, hat der Stadtführer mich falsch verstanden? Der glaubt hoffentlich nicht, dass ich schwul bin, eine Nutte suche oder auf Sexabenteuer aus bin?

Der Guide klopfte an eine der Türen. Ein Mann öffnete. Er trug Hosen, die vom Knie an aufwärts weit, vom Knie abwärts eng geschnitten waren, typische Jodhpur-Reithosen.

Karim verbeugte sich tief und sprach in schnellem Hindi auf ihn ein. Der Mann antwortete kurz und bündig. Er wies Karim mit einer Bewegung der rechten Hand zur Haustür. Kastenprobleme? War Karim ein Unberührbarer?

Frank forderte er auf einzutreten.

»Sahib. Sie suchen einen Fotografen namens Prakash und eine Frau, die Chamelie Advani heißt?«

Er betrachtete intensiv das Foto der toten Inderin.

»Das wird schwierig bei den vielen Einwohnern. Aber nichts ist unmöglich. In welchem Hotel kann ich Sie finden?«

Als Frank das Taj Hari Mahal erwähnte, merkte er, wie er bei dem Inder in der Achtung stieg. Es war ihm aber auch klar, dass damit der Preis für die Suche anstieg.

»Gut. Morgen meldet sich bei Ihnen ein Herr. Er spricht besser Englisch als ich. Er hilft Ihnen. Wir suchen nach dem Fotografen und nach dem Mädchen. Es wird teuer!«

Frank nickte. »Geld spielt in einem gewissen Rahmen keine Rolle.«

Er dankte, verbeugte sich und verließ das Haus. Draußen wartete Karim auf ihn, um ihn in das Hotel zurückzubringen.

Gegen Abend überlegte Frank, ob er das Restaurant Marwar mit den leichten Abendessen und der Sitar-Musik oder das Verandah Café besuchen sollte, mit einem Blick auf den Pool und dem Liveauftritt von Rajasthani Tänzern. Er entschloss sich für Ersteres, da die Köche dort indische Spezialitäten anboten.

Beim Frühstück erhielt er Besuch eines distinguiert aussehenden Inders in feinem Geschäftsanzug und weißem Hemd, der ausgezeichnet Englisch sprach. Er stellte sich als Narayan vor und erklärte sich bereit, die Probleme des Sahib Buck zu lösen.

»Ich verfüge über gute Beziehungen und kann für Sie über den Fotografen die Familie des Mädchens finden. Nur sollte ich über die ganze Sache genauer Bescheid wissen. Bei einem politischen Hintergrund steige ich aus.«

Frank überlegte kurz, entschloss sich dann, Narayan die gesamte Geschichte zu erzählen. Irgendjemandem musste er ja vertrauen.

»Ich suche in Jodhpur eine kriminelle Organisation, die Menschen aus den Elendsvierteln als Organspender kauft und sie nach Europa bringt. Ein einträgliches Geschäft. Nur nicht für die Opfer, die ihre Gesundheit einbüßen oder sterben. Wir wissen von zwei toten Inderinnen.«

Frank legte die Fotos der Inderinnen, aufgenommen in der Pathologie, auf den Tisch.

»Den Namen der zweiten Frau kennen wir nicht.«

Narayan nickte nachdenklich. »Das ist kriminell und nicht politisch. Ich helfe Ihnen. Ich werde mich nach einem derartigen Handel erkundigen. Falls ich etwas erfahre, gebe ich Ihnen Bescheid. Mein Rat: Seien Sie vorsichtig. Das Leben ist in Indien nicht viel wert, auch nicht das eines Ausländers, der Fragen stellt.«

Nachdem er beide Fotos an sich genommen hatte, verabschiedete er sich.

33

Narayan verließ das Taj Hari Mahal. Er dachte intensiv über das Gespräch nach und beachtete nicht den Luxus, der ihn umgab. In seiner Limousine befahl er dem Chauffeur, zu dem Mehrangarh Fort zu fahren. Zugleich nahm er das Handy und drückte auf eine eingespeicherte Nummer.

Als der Angerufene sich meldete, murmelte er auf Hindi: »Narayan hier. Ich habe wichtige Informationen. Wir sehen uns in einer halben Stunde an dem üblichen Treffpunkt.«

Der Chauffeur fuhr zügig über die kurvenreiche Straße zum Eingang der Festung. Da er die Strecke schon häufig gefahren war, beachtete Narayan nicht den grandiosen Ausblick auf die Stadt, der sich zwischen den großen Büschen am Straßenrand auftat. Auf dem Parkplatz vor dem Fort standen viele Autos. Die Fahrer warteten auf Kunden, die das Fort besichtigten. Neben dem überfüllten Omnibusparkplatz stieg Narayan aus und schritt auf die Befestigungsanlage zu. Diese bestand aus dem Palast, den Bastionen und den großen Mauern. Hier lebten einst die Rathore-Krieger, die Rajasthan über tausend Jahre beherrschten. Im Jahr 1459 erbaute Rao Jodhadie Festung Mehrangarh und gründete zugleich an ihrem Fuß die Stadt Jodhpur.

Nach Durchschreiten des großen Tores betrat Narayan ein Plateau. Es weist drei Bereiche auf. Im Nordwesten liegt das Museum, im Osten des Palastes befindet sich eine große Terrasse, im Süden breiten sich die imposanten Festungsanlagen aus.

Er ging zur Terrasse und versank in den Ausblick auf die Stadt. Immer wieder aufs Neue faszinierte ihn der Blick auf die vielen Kuben, auf das Häusermeer, das bis an den Horizont reichte. Mit einem guten Fernglas hätte er die Menschen der Stadt bei der Arbeit oder das bunte Treiben in den engen Gassen betrachten oder sogar die zum Trocknen ausgelegten Kuhfladen auf den flachen Dächern zählen können. Er wartete geduldig und beobachtete die im Aufwind treibenden Raubvögel an dem fleckenlos blauen Himmel.

Wenige Meter von ihm entfernt verkaufte eine alte Frau bunte, selbst gefertigte Puppen. Um sie herum wuselten Schüler in ihren blauen Schuluniformen. Wenn indische Schüler Ausflüge machen, dann sind nicht wie bei uns einzelne Klassen betroffen, sondern meist die ganze Schule. Einige der Schüler bewunderten die mächtigen Kanonen aus den verschiedenen Epochen. Sogar eine chinesische Kanone befindet sich darunter. Es ist ein Beutestück aus China, herbeigebracht von britischen Truppen nach Niederschlagung des Boxeraufstands. Zu gerne hätten die Schüler einen Schuss abgefeuert, doch Zündloch und Kanonenrohr sind zugeschweißt.

Nach einer halben Stunde trat ein gut gekleideter, großer, hellhäutiger Inder auf Narayan zu.

»Hallo Ravi. Hast du Probleme, wenn du mich per Express herbestellst?«

»Es tut mir leid. Ich fürchte, es gibt Schwierigkeiten. Dein Informant in Deutschland hat uns vor einem Kommissar namens Buck gewarnt. Er würde Nachforschungen über tote Inderinnen anstellen. Als sich ein Mann mit diesem Namen im Hotel einbuchte, bat ich Karim, dem Mann als Stadtführer zu dienen. Wir dachten, der Mann besitzt nicht viel Geld. Also kommt er bei seiner Suche nicht weit. Leider hat sich gezeigt, dass Geld bei ihm keine Rolle spielt. Es wäre für uns eine Katastrophe, wenn er auf dein Labor stößt und die Zusammenhänge durchschaut. Mein schöner Nebenverdienst und dein üppiger Geldfluss würden versiegen.«

»Ravi, leg doch einfach eine falsche Spur. Der Mann spricht unsere Sprache nicht. Gib einer Familie in den Slums Geld. Präpariere sie für ein Lügenmärchen, das sie dem Kommissar auftischen. Es kann nicht schiefgehen. Du bist der Dolmetscher und hast damit die Kontrolle. Nach dem Besuch bei der Familie kann der Deutsche beruhigt abreisen. Falls der Schnüffler an dieser Stelle weitergraben sollte, sucht er auf dem falschen Bahngleis nach der Lokomotive.«

Der Mann lachte lauthals los; Narayan lächelte gequält.

Der Inder traf Frank am nächsten Tag im Hotel an. Er teilte ihm beflissen mit, dass er die Familie der Chamelie Advani von einem Dutzend seiner Mitarbeiter suchen lassen würde.

»Den Fotografen namens Prakash haben wir gefunden. Er wusste nur, dass die Frau, die er fotografiert hat, aus den südlichen Slums stammte. Wir haben das Foto der Frau vervielfältigen lassen. Meine Leute zeigen es herum. Falls das Mädchen aus den Slums stammt, finden wir sie. Falls sie aus einem der Dörfer der Umgebung kommen sollte, haben wir kaum eine Chance, sie zu finden.«

Zwei Tage später aß Frank gerade mit wenig Appetit den ersten Gang seines Menüs. Es gab Shahi Korma, frisches Gemüse mit Mandeln, Rosinen und Cashewkernen. Dann wurde der zweite Gang serviert, Entenbrust mit Paprika und Zwiebeln, dazu der unvermeidliche Basmatireis. Frank stocherte lustlos in dem

Essen herum, trotz des herrlichen Duftes, der ihm in die Nase stieg.

Angestellte an der Rezeption hatten intensiv nachgeforscht, jedoch keinen Fotografen mit dem Namen Prakash in Jodhpur gefunden. Danach war Frank jeden Tag erfolglos durch die Straßen getigert. Er hatte das Foto des Mädchens Chamelie Advani vielen Leuten gezeigt und nicht mehr auf die für ihn exotische Umgebung geachtet. Zweimal hielten ihn Polizisten an. Sie wollten seinen Ausweis sehen. Sie fragten misstrauisch nach dem Zweck seiner Suche. Von zwielichtigen Gestalten bekam er über zwei Dutzend eindeutige Angebote. Langsam dämmerte ihm, wie hoffnungslos die Suche war.

Narayan platzte mitten in das Mittagessen und baute sich vor Franks Tisch auf.

»Sahib. Ein Mitarbeiter fand die Familie der Chamelie Advani im Stadtviertel Khema-Ka-Kuwa.«

Frank brach das Essen sofort ab, unterschrieb die Rechnung bei dem Ober und bestellte ein Taxi. Mit diesem fuhren sie in das Viertel, das weit im Süden der Stadt liegt. Nach der Anweisung von Narayan hielt das Taxi vor einem kleinen Haus.

Ein einfach gekleideter Inder kam ihnen an der Haustür entgegen. Er legte die Hände zusammen und begrüßte sie mit »Namaskara«.

Seine anschließenden Sätze in Hinglisch, einem Englisch, das stark durchsetzt ist mit Hindi-Worten, machte es Frank schwer bis unmöglich, ihn zu verstehen.

Narayan übersetzte. »Dieser Mann ist Chamelies Vater. Er möchte gerne alles über seine Tochter wissen.«

Der Mann deutete einladend ins Innere des Hauses. Als sie eintraten, kam ihnen eine alte Frau entgegen. Narayan stellte sie als die Großmutter von Chamelie vor. Gastfreundlich bot sie Mango-Lassi an, ein Joghurtgetränk mit Mangogeschmack. Frank wurde den anderen Familienmitgliedern, dem Großvater, der Mutter, den Geschwistern, vorgestellt. Alle ließen sich auf den Kissen am Boden nieder. Aus dem allgemeinen wilden Palaver, das folgte, erfuhr Frank über seinen Dolmetscher von den Ereignissen um die Tochter des Hauses.

Narayan fasste für ihn zusammen. »Chamelie arbeitete als Krankenschwester in der Stadt. Sie war tüchtig. Als gute Tochter brachte sie den Lohn nach Hause. Ihr Bräutigam war von den Eltern ausgesucht. Nach dem Horoskop des Astrologen sollten sie dieses Jahr heiraten. Der erste Montag im Monat November schien der Glückstag zu sein. Die Familie der Braut sparte auf das Fest. Hochzeiten sind in Indien kostspielig. Die Eltern konnten sich dieses große Fest nicht leisten. Chamelies Ersparnisse als Krankenschwester reichten ebenfalls nicht. Eines Tages berichtete sie aufgeregt von einem reichen, älteren Araber, den sie im Krankenhaus betreute. Er wollte sie als Pflegerin für ein Jahr einstellen und nach Arabien mitnehmen. Sie würde in diesem Jahr viel verdienen. Ein Sekretär des Arabers besuchte die Familie und zeigte ihnen Papiere, die sie unterschreiben mussten. Die Eltern konnten zwar nicht lesen, aber sie glaubten ihm, dass es sich um die Aufenthaltsgenehmigung für Saudi-Arabien und um den Vertrag für die Arbeit als Pflegerin handelte. Für das Gesundheitszeugnis musste Chamelie selbst sorgen. Sie ging dazu in die staatliche Klinik und unterzog sich einem Gesundheitscheck, den der Araber auch bezahlte. Schon nach einer Woche packte sie ihre wenigen Habseligkeiten ein und begleitete den Araber. Zweimal schickte ein Bote Geld aus dem Oman an die Familie. Seit einem halben Jahr haben sie nichts mehr von ihrer Tochter gehört.«

Frank hatte aufmerksam zugehört. Er ließ sich den Araber beschreiben und notierte sich den Namen, Abdul al-Mawardi.

Als Frank der Familie die traurige Mitteilung machte, dass Chamelie in Deutschland gestorben war, sprangen die Frauen auf, wehklagten, brachen in Tränen aus und rauften sich die Haare. Laut jammernd verließen sie den Raum. Die Männer saßen am Boden und blickten stumpf vor sich hin.

Kurz bevor er sich verabschiedete, fragte er noch den Großvater: »Stellte das große Muttermal auf dem Rücken Ihrer Enkelin nicht eine besondere Segnung der Götter dar?«

Narayan übersetzte und gab die Reaktion des alten Mannes wieder.

»Die Antwort auf Ihre Frage lautet: Wir glaubten, dass unsere Enkelin als Baby mit diesem Mal unter dem besonderen Schutz der Göttin Kali stand. Das Mal vergrößerte sich im Laufe der Zeit. Wir hielten es für einen Segen, dass die Göttin Chamelie so gezeichnet hatte.«

Im Hotel zahlte Frank Narayan für die Mühen aus und bedankte sich herzlich. Der Mann verlangte weniger Geld als Frank angenommen hatte. Höflich wies er auf die schnelle und leichte Suche und das rasche Auffinden von Chamelies Familie hin.

Im Hotelzimmer öffnete Frank den Laptop und suchte den Namen Al-Mawardi. Er schüttelte den Kopf, als er las, dass Al-Mawardi auf Deutsch Rosenwasserhändler hieß.

»So viel zur Fantasie eines Inders, der einen arabischen Namen erfindet.«

Franks Handy läutete. Am Apparat meldete sich Stöckle.

»Hast du etwas herausgefunden?«

»Nichts. Mein indischer Suchhund hat mich zu Chamelie Advanis Familie geführt. Dort habe ich einem faszinierenden Märchen aus Tausend und einer Nacht gelauscht.«

»Ist ja großartig! Du hast die Familie der Toten sprechen können? Konnten sie Hinweise zu den Hintermännern des Organhandels geben?«

»Nein. Es handelte sich nicht um die Familie der Toten.«

»Wie kommst du darauf, dass sie dich angelogen haben?«

»Zum einen löste die Nachricht von ihrem Tod in der Familie eine wahre Flut von Weinen, Jammern und Schreien bei den Frauen aus. Irgendwie habe ich da geahnt, dass die Trauer gespielt war. Zum anderen habe ich ein Muttermal erwähnt. Der Großvater bestätigte dieses Mal und erzählte eine wilde Geschichte dazu. Wie wir beide wissen, besaß die Tote kein Muttermal. Es ist auch denkbar, dass mein Dolmetscher die gesamte Geschichte erfunden hat. Ich habe kein einziges Wort Hindi verstanden. Narayan hat von mir eine stattliche Fundgebühr bekommen. Andererseits hat er viel weniger verlangt, als ich erwartet habe. Warum wohl? Er sah nicht so aus, als würde ihn ein Gewissen plagen. Eher wirkte er auf mich, als wüsste er nicht, was ein Gewissen ist … Ernst, eines weiß ich: Es ist übel, wenn man eine Sprache nicht versteht und keinen kennt, dem man vertrauen kann.«

»Dann such mal schön weiter. Ich mache mit der Arbeit jetzt Schluss und gehe nach Hause zu Frau und Kinder. Frank, pass gut auf dich auf.«

34

Frank saß in seinem Hotelzimmer und grübelte, wie er weiter vorgehen sollte. Er misstraute Narayan. Zwar hatte sich Frank ihm gegenüber verstellt und so getan, als glaubte er die Story mit dem Araber. Seine erfundene Geschichte mit dem Hautmal hatte ihm jedoch bewiesen, dass man ihn anlog.

Warum?

Wenn diese Chamelie Advani aus Jodhpur gestammt hatte, was wollte man verbergen? Wer hatte sie als Spenderin einer Niere angeheuert? Pech für sie, aber auch für den Empfänger, dass sie krank gewesen war. Andererseits hätte man dies bei einem Leben als indisches Straßenmädchen beinahe erwarten können. Wie viel Geld hatte man ihr versprochen? War sie über die Risiken aufgeklärt worden? Hatte man ihr überhaupt erzählt, zu welchem Zweck man ihren Körper hatte kaufen wollen? Wohl sicher nicht. Andererseits hatte man sie zuvor auf ihren Gewebetyp prüfen und eine Blutuntersuchung durchführen müssen. Auf die in Indien verbreiteten Krankheiten waren aber wohl keine Tests erfolgt. Sicherlich, um zu sparen. Folglich musste es ein Labor geben, das sich darauf spezialisiert hatte, präzise Tests auf Gewebetypen durchzuführen. Wo konnte er dieses Labor finden?

Frank setzte sich in das Verandah Café, bestellte sich einen alkoholfreien Drink und bat um eine englischsprachige Zeitung. Der Boy brachte ihm die *Indian Express*. Wenig interessiert blätterte er die Tageszeitung durch, überflog die Artikel und stutzte, als er die Überschrift las:

Zwölf Schwangere nach verseuchter Infusion tot

In einem Krankenhaus in Jodhpur sind innerhalb mehrerer Tage zwölf schwangere Frauen an den Folgen einer Infusion gestorben. Fünf weitere Frauen befinden sich in dem staatlichen Umaid Hospital in einem kritischen Zustand. Zwei Kinder starben bei der Geburt. Zehn andere überlebten und befinden sich außer Gefahr. Die Frauen starben nach starken Blutungen. Ein Arzt sagte, dass diese offenbar durch die Infusion einer verunreinigten Flüssigkeit ausgelöst worden sei.

Die Polizei leitete Ermittlungen gegen Hersteller und Vertreiber der Infusionsflüssigkeit ein.

Spontan entschied sich Frank, die Universität von Jodhpur aufzusuchen. Gab es eine medizinische Fakultät, könnte diese ihm bei der Suche nach dem Labor weiterhelfen. Er ließ an der Rezeption ein Taxi rufen und stieg in das klapprige Gefährt, das vor dem Hotel hielt. Der Fahrer verstand seine auf Englisch vorgetragene Bitte, ihn zur Universität zu fahren. Ein weiteres Taxi folgte ihnen unbemerkt.

Frank betrat das Gebäude der Jai Narain Vyas Universität und tauchte in das Gewimmel der Studenten ein. Ganz offensichtlich wechselten sie gerade die Vorlesungen. Er ließ sich mittreiben, ohne auf die neugierigen Blicke der jungen Leute zu reagieren. Vor dem schwarzen Brett stellte er fest, dass es viele Fakultäten gab. Von einer medizinischen Abteilung gab es keinen Aushang. Der junge Mann, der aus dem anderen Taxi ausstieg, beobachtete ihn vom Eingang der Universität her und folgte ihm unauffällig. Vor dem schwarzen Brett stieß er ungeschickt mit Frank zusammen. Er entschuldigte sich auf Hindi.

Als Frank »Entschuldigung« murmelte, wurde er auf Englisch angesprochen.

»Ah! Sie sind ein Deutscher? Sind Sie Professor? Ich heiße Dipaka«, stellte sich der Inder vor.

»Buck«, erwiderte er mit gedämpfter Stimme.

Frank lud den Inder spontan in das Uni-Café ein. Dipaka erzählte von seinem Studium, fragte Frank nach seinen Eindrücken von Indien und ließ sich das Studentenleben in Deutschland schildern. Schließlich fragte Frank nach der medizinischen Fakultät.

»Diese Studienrichtung gibt es an der Universität«, erklärte Dipaka. »Außerdem gibt es das staatliche Umaid Hospital, das für die Praxis ausbildet. Darüber hinaus existieren über ein Dutzend Privatkliniken, in die sich die Reichen oder Ausländer begeben, wenn sie medizinische Hilfe benötigen. Ich kenne die Kliniken nur dem Namen nach, wie das Kamla Nagar, das Vasundhara und das Suncity Hospital.«

»Nimmt man an einer dieser Kliniken oder einem angegliederten Labor Gewebeuntersuchungen für Transplantationen vor?«

»Da bin ich überfragt. Hier handelt es sich um ein Spezialwissen, das ein Außenstehender nicht besitzen kann. Tut mir leid, Herr Buck.«

Nachdem ihm Frank seinen Namen genannt und die Hoteladresse gegeben hatte, verabschiedete sich Dipaka und verließ mit schnellen Schritten die Cafeteria. Keine zwei Straßen weiter holte er das Handy aus der Tasche und drückte eine Zahlenkombination.

»Shriman?«

»Dipaka. Hast du etwas herausgefunden?«, kam die barsche Frage.

»Der Deutsche ist auf einer heißen Spur. Er sucht ein Labor für Gewebetypisierung, und irgendwann bekommt er die richtige Auskunft.«

»Danke. Gut gemacht.«

Frank bummelte durch das Viertel Khema-Ka-Kuwa im Süden der Stadt. Viele Geschäfte boten die berühmten Hosen und die Jodhpur-Stiefel an. Obwohl er nicht plante, ein Pferd zu reiten, wollte er als Souvenir ein Paar Jodhpur-Schuhe kaufen. In einem Geschäft standen besonders schöne Exemplare zur Auswahl. Der Inhaber stürzte sich auf ihn und bot ihm ein paar kurzschaftige Stiefeletten an. Sie besaßen am Absatz einen Eisenbeschlag, der ihn an die Schuhe aus seiner Kindheit erinnerte. Damals hatte der Schuster vorne und hinten auf die Ledersohlen halbmondförmige Beschläge aus Eisen genagelt. Die Beschläge hatten die Sohlen vor dem Abrieb geschützt, sodass er die Schuhe länger hatte tragen können.

Frank kaufte die Jodhpur-Schuhe. Zuerst musste er feilschen, um sich mit dem Verkäufer über den Preis zu einigen. Er zog die Schuhe sofort an und ließ sich seine Halbschuhe einpacken.

Als er das Hotel betrat, winkte ihm der Portier zu, hob einen Brief in die Höhe und reichte ihn dem Gast. Frank riss den Umschlag auf, entfaltete das Blatt und las:

Shri Buck,
ich habe mich nach einem Labor erkundigt, das Gewebeun-
tersuchungen durchführt. Es befindet sich im Viertel Meera
Nagar an der Great Street 65.   *Gruß Dipaka*

Frank staunte: »Donnerwetter, das nenne ich indische Höflichkeit. Ein Wunsch wird geäußert, und schon kümmert sich ein wildfremder Student darum.«

Er konnte sein unverhofftes Glück nicht fassen. Endlich ein Hoffnungsschimmer, dass seine Suche zu einem Ziel führen könnte.

Er rief Stöckle an und sprach, als sich dieser nicht meldete, auf den Anrufbeantworter.

»Hallo Ernst. Ich denke, ich habe ein Ende des roten Fadens gefunden. Er führt mich in ein Labor, das Untersuchungen und Typisierung von menschlichem Gewebe durchführt.«

Angespornt durch Dipakas Nachricht und gestiefelt mit den Jodhpur-Schuhen, bestellte er ein Taxi. Es brachte ihn in das Viertel Meera Nagar. Vor dem Laborkomplex stieg er aus. Eine hohe, stacheldrahtbewehrte Mauer umgab die flachen, bungalowartigen Gebäude. Ein großer Schriftzug auf einem Stahlrohrgestell wies auf die Firma hin: *Fountain of Youth*. Volltreffer! Dieser englische Begriff ließ sich mit *Jungbrunnen* übersetzen. Er läutete am einzigen, schmalen Tor und ohne Nachfrage summte der Türöffner. Zu seinem Erstaunen konnte er ungehindert eintreten. Zwar richteten sich mehrere Kameras auf ihn, als er auf das Hauptgebäude zuschritt, aber es erschien kein Personal. Die Pforte war nicht besetzt, stattdessen öffnete ihm ein groß gewachsener, hellhäutiger Inder in weißem Arztkittel die Eingangstür und begrüßte ihn mit einer Verbeugung, die Hände vor der Brust zusammengelegt.

»Namaskara. Treten Sie ein. Dipaka sagte mir, dass Sie ein Institut wie das unsere suchen. Ich bin Arzt. Mein Name ist Desai. Wie kann ich Ihnen helfen?«

»Mein Name ist Buck. Ich bin dankbar, dass Sie mich so schnell und unkompliziert empfangen.«

Desai führte Frank in ein Büro und bat ihn Platz zu nehmen.

»Darf ich Ihnen Tee oder Kaffee anbieten?«

Frank dankte und entschied sich für Tee.

Aus einer auf dem Tisch stehenden Kanne goss Desai das Getränk in zwei Becher ein und schob einen davon Frank zu.

»Auf dass Sie finden, was Sie suchen im Lande Marwar. Sie wissen doch, dass Marwar, das ehemalige Königreich in dieser Region, übersetzt ›das Land des Todes‹ bedeutet.«

Damit hob Desai den Becher, nickte Frank zu und trank einen großen Schluck. Dieser nippte vorsichtig am Tee, er schmeckte vorzüglich. Nicht zu heiß, stark aromatisch, und so nahm er einen weiteren Schluck. Er lehnte sich behaglich in den Stuhl zurück und wollte mit der Befragung beginnen.

Warum schien ihm das Gesicht des Arztes so verzerrt? Warum verdunkelte sich der Raum?

Franks Versuch, Fragen zu formulieren, scheiterte und endete in einem Stammeln. Er fiel vom Stuhl in eine tiefe Dunkelheit.

Als er aufwachte, lag er gefesselt in einem Kellerraum. Sein Kopf schmerzte. Ein bitterer Geschmack nach Galle lag auf der Zunge. Beim Fallen hatte er sich die Nase verletzt. Sie blutete. Er zerrte an den Handfesseln und stellte fest, dass es sich um solide Kunststoffbänder handelte. Die Beine konnte er bewegen. Er stemmte sich mühsam hoch. Er musterte den Raum und suchte nach einem scharfkantigen Gegenstand. Außer einer Matratze am Boden und einer großen Metallschale war nichts da. Die Tür besaß keine Klinke. Ein Fenster gab es nicht. Die Lampe, die den Raum erhellte, hing unerreichbar an der Decke. Er spürte, wie ihm übel wurde, und beugte sich schnell über die Schale. Er spuckte grünen Schleim, danach folgte trockenes Würgen. Zerschlagen legte er sich auf die Matratze.

Wie hatte er so naiv sein und in diese Falle laufen können? Der angebliche Student Dipaka war ein Köder gewesen, und er hatte ihn geschluckt. Warum hatte ihn sein Instinkt nicht gewarnt? Er war doch sonst misstrauisch. Auch bei Desai hatte er keine Bedrohung gespürt. Dieser hatte seinen Tee aus demselben Gefäß eingegossen und sogar zuerst getrunken. Das Mittel musste sich schon in dem Becher befunden haben. Daraus konnte er schließen, dass Desai ihn erwartet hatte.

An der Tür öffnete sich eine Klappe am Boden. Jemand schob einen Becher aus Kunststoff mit Wasser gefüllt und einen Pappteller mit Reis herein. Er rollte sich auf das Getränk zu, packte mit den Lippen den Becher und kippte den Kopf nach hinten. Das Wasser floss über sein Gesicht. Wenig gelangte in den Mund. Die Hände konnte er nicht benutzen, da sie auf dem Rücken gefesselt waren. Noch einmal bog er den Kopf nach hinten und versuchte, so viel Wasser wie möglich mit dem Mund aufzufangen. Den klebrigen Reis aß er wie ein Tier. Er schlappte die Nahrung mit Lippen und Zunge in die Mundhöhle. Bevor er fertig gegessen hatte, überfiel ihn ein massives Schwindelgefühl und er ahnte, dass der Reis ein starkes Betäubungsmittel enthielt.

Als er erneut erwachte, hatte er die zeitliche Orientierung verloren. Seine Hände fühlten sich an wie abgestorben. Er versuchte, sie gegeneinander zu reiben. Sie kribbelten, und er spürte schmerzhaft seine Finger.

Was hatte man mit ihm vor? Ein Toter mehr oder weniger zählte bei dieser Bande nicht. Warum vergiftete ihn der Mann nicht sofort? Musste er sich rückversichern? Stand er in der Hierarchie dieses kriminellen Netzwerkes unten und besaß keine Befugnis, solch eine weitreichende Entscheidung zu treffen?

Frank wälzte sich am Boden und spürte dabei, es fehlten ihm Handy, Uhr und Brieftasche.

Frank überlegte weiter: Der Mann muss sich versichern, dass ich vor meinem Besuch niemanden benachrichtigt habe, dass kein Außenstehender über das Labor Bescheid weiß, dass ich keine Unterstützung durch die hiesige Polizei erwarten kann. Erst dann bin ich überflüssig.

Am nächsten Tag ging es Frank schlechter. Er fühlte sich benommen und geschwächt. Er verweigerte nun den Reis. Wasser musste er trinken. Er wollte nicht dehydrieren. Die Hitze im Raum machte ihm zu schaffen. Zwar wurde sie abgemildert durch die Lage im Keller. Die Temperaturen reichten trotzdem aus, um zu schwitzen, vor allem wenn er gegen die Fesseln kämpfte.

Langsam bekam er ein Geschick darin, den Becher zu leeren, ohne Wasser zu verschütten. Er hätte jetzt gerne Windeln getragen und gewünscht, dass man diese wechseln würde. Die feuchte Hose auf der Haut störte ihn mehr als der Geruch des Urins. Wenn er wach war, arbeitete er an den Fesseln und zerrte an ihnen, zum einen, um sie zu dehnen, zum anderen, um die Gefühllosigkeit in den Händen zu vertreiben.

35

Das Telefon in Stuttgart läutete lange und ausdauernd. Man nahm den Hörer ab.

»Ja, bitte!«

»Hier spricht Desai. Wir haben ein Problem. Der Buck hat sich in Jodhpur herumgetrieben. Er hat die richtigen Fragen gestellt. Narayan hat versucht, ihn auf eine falsche Spur zu locken. Aus einem für uns unerklärlichen Grund hat er festgestellt, dass er getäuscht wurde. Als er das Labor suchte, ließ ich ihn dieses finden, nahm ihn gefangen und halte ihn hier fest. Unsere Zeit ist begrenzt. Das Labor arbeitet zurzeit nicht, da alle Angestellten freihaben. Aber nach dem Feiertag Mahatma Gandhi Jayanti kommen sie wieder zur Arbeit.«

»Schön, dass der Geburtstag des Mannes nützlich für uns ist.«

»Ich kann den Buck nicht einfach umbringen. Nach dem Check seines Handys zu urteilen, hat er mit seinem Chef in Deutschland telefoniert, bevor er mich besuchte. Hat Buck ihm vielleicht mitgeteilt, wo er hingehen wollte?«

»Das finde ich heraus. Ich trete dem Staatsanwalt auf die Füße. Wie lange kannst du den Kommissar konservieren, ohne dass er stirbt?«

»Wenige Tage. Danach wird es eng. Dann muss der Typ verschwinden. Egal wie.«

»Also, maximal drei bis vier Tage. Ich lass mir etwas einfallen. Zuerst überprüfen wir, welche Informationen der Chef von ihm besitzt.«

Staatsanwalt Heyer und ein Ministerialbeamter aus Berlin überraschten Stöckle im Büro.

»Dies ist Herr Doktor Toran. Im Berliner Gesundheitsministerium ist er zuständig für Transplantationen. Er ist beunruhigt über die Funde auf dem Waldfriedhof und möchte wissen, welche Ergebnisse Ihre Untersuchungen erbracht haben.«

Stöckle rapportierte die Erkenntnisse, die sie dank der Arbeit der Pathologin vorzeigen konnten.

»Das ist ja nicht gerade viel, Herr Stöckle, was Sie vorweisen können«, warf ihm der Staatsanwalt vor.

»Sie, Herr Heyer, haben meinen besten Mann suspendiert. Mit einer einzigen Assistentin trete ich auf der Stelle. Die Bildung einer Soko hat uns nicht weitergeholfen.«

Herr Toran wandte sich empört an den Staatsanwalt.

»Herr Heyer, ich bitte Sie, warum suspendieren Sie den besten Mann der Abteilung? Setzen Sie ihn stante pede wieder ein.«

»Herr Toran, es tut mir leid. Der auch Ihnen bekannte Herr Professor Glomm versicherte eidesstattlich, dass Herr Buck illegal sein Haus durchsucht hatte. Bis zur Klärung der Vorwürfe durch eine interne Untersuchungskommission muss der Kommissar zu Hause bleiben.«

»So geht das nicht. Rufen Sie Herrn Glomm an und lassen Sie ihn im Präsidium antanzen. Wir verhören ihn scharf und stellen fest, was von den Vorwürfen bestehen bleibt.«

»Das geht nicht mehr. Herr Glomm wurde ermordet.«

»Ich glaube es nicht. Damit ist die eidesstattliche Erklärung doch

obsolet. Heben Sie umgehend die Suspendierung des Herrn ...
äh ... Kommissars auf.«

Heyer sah Stöckle, offensichtlich geknickt durch diesen Anpfiff,
hilflos an und fragte kleinlaut: »Wissen Sie, Herr Stöckle, wo
sich der Kommissar Buck befindet? Können Sie ihn bitten, die
Arbeit sofort aufzunehmen?«

Stöckle holte das Handy aus der Tasche und drückte auf mehrere Tasten.

»Ich rufe ihn in Indien an. Er hält sich in Jodhpur auf.«

Beide Männer fragten unisono: »Was macht er in Indien?«

»Er verfolgt privat eine Spur in unserem Fall, obwohl Sie ihn
von der Arbeit abgezogen haben.«

Stöckle wählte die Handynummer von Frank. Niemand hob
ab. Es meldete sich nur der Anrufbeantworter. Verwundert rief
er im Hotel Taj Hari Mahal an. Die Nummer hatte Frank ihm
durchgegeben. Als sich eine Männerstimme meldete, konzentrierte er sich auf den Telefon-Gesprächspartner und fragte in
stockendem Englisch nach Herrn Buck. Er bemerkte nicht, wie
sich die beiden Herren auf der anderen Seite des Schreibtisches
kurze, vielsagende Blicke zuwarfen.

Der Portier im Hotel berichtete, dass der Herr vor drei Tagen in
ein Taxi eingestiegen und seitdem nicht mehr gesehen worden
sei.

Stöckle zuckte mit den Schultern und bat den Portier: »Wenn Sie
ihn sehen, richten Sie ihm bitte aus, er soll mich zurückrufen.«

Er diktierte dem Portier seine dienstliche Telefonnummer und
beendete das Gespräch. Kurz darauf verabschiedeten sich die
zwei Besucher mit der Bitte, Herrn Heyer zu informieren, wenn
Kommissar Buck sich melden sollte.

Frank kämpfte gegen Durst und Hunger an. Der Pappbecher mit Wasser verhinderte, dass er völlig austrocknete. Den Reis rührte er nach wie vor nicht an. Dieser schimmelte nach dem zweiten Tag in der Wärme des Raumes.

Meist lag Frank auf der Matratze. Er döste vor sich hin. Die Handfesseln schienen stabil zu sein. Er entdeckte im ganzen Raum keine scharfen Kanten, keine Risse in der Mauer, um damit die Fesseln durchzureiben. Zornig stieß er mit seinem Schuh gegen die Betonwand.

»Halt. Keine unnötigen Kraftanstrengungen«, befahl er sich selbst.

Was klirrte da? Der Stiefelabsatz, der halbmondförmige Eisenbeschlag. Seine neuen Jodhpur-Stiefel.

Adrenalin strömte durch seinen Körper. Hoffnung keimte auf. Wiederholt schlug er mit dem rechten Stiefelabsatz an der Mauer entlang. Der Eisenbeschlag des Absatzes löste sich und fiel auf den Boden. Er wälzte sich auf den Rücken und tastete mit der Hand nach dem Eisen. Er fasste es, spürte, wie er sich den Finger aufriss. Es war ihm gleichgültig. Er sägte verbissen mit dem scharfen Eisenbeschlag an den Fesseln.

»Dieser verdammte Kunststoff scheint unzerstörbar«, fluchte er leise vor sich hin. Schweiß stand auf der Stirn. Schweiß und Blut machten die Hände schlüpfrig. Das Eisenstück rutschte aus den Fingern. Verzweifelt versuchte er, das feuchtgewordene Stück erneut zu fassen. Endlich. Fest presste er es zwischen die Finger und sägte hartnäckig weiter. Er spürte, wie der Druck der Handfesseln nachließ. Da wusste er, es war geschafft. Er stand auf, dann rieb er sich die Hände und schlug mit den Armen um sich wie bei einem Boxkampf.

Eine Schwäche überfiel ihn, zwang ihn, sich hinzusetzen. Langsam stand er wieder auf und bewegte sich vorsichtig auf die Tür zu. Keine Klinke. Nur von außen ließ die Tür sich öffnen. Die Klappe am Boden war zu klein, um hinauszuschlüpfen. Glücklicherweise kein Spion in Augenhöhe, um den Raum zu überwachen. Er kauerte sich auf den Boden und dachte nach. Was könnte er tun, wenn der Kerkermeister den Raum betreten sollte? Aus seiner Zeit als Militärpolizist erinnerte er sich an die vielen Tricks und Kniffs, wenn man mit einem an Kraft überlegenen Gegner oder gegen eine Überzahl kämpfen musste. Ein Grundsatz war, der erste Schlag musste sitzen, musste verheerend wirken. Keine Rücksichtnahme auf mögliche, massive Schädigung des Gegners.

Desai bekam den Anruf aus Deutschland, als er zu einem ausgiebigen Mittagessen in sein Lieblingsrestaurant gehen wollte. »Kill him!«
Er zog eine Schublade des Schreibtisches auf und nahm ein Gerät heraus. Einen großen Elektroschocker. Das würde eine saubere und unblutige Arbeit. Der wehrlose Kommissar würde nicht viel spüren. Falls man ihn finden sollte, wäre die Todesursache Herzversagen. Elektroschocker hinterlassen kaum Spuren. Desai zog Operationshandschuhe und einen Laborkittel an. Keine Chance, DNA-Spuren zu finden. Zufrieden mit den peniblen Vorbereitungen öffnete er die Bürotür, durchschritt den Vorraum und eilte zur Garage. Ein Transporter des Labors stand bereit. Damit würde er Buck aus der Stadt bringen und draußen im Gelände aus dem Wagen werfen. Vielleicht würden ihn hungrige Tiere noch vor den Menschen finden. Er startete den Wagen und fuhr ihn an die Laderampe an der Rückseite des Gebäudes. Den Motor ließ er laufen, als er mit federnden Sprüngen ins Haus

zurücklief, die Treppen hinab eilte und die Tür zu Franks Verlies aufstieß. Den Elektroschocker hielt er eingeschaltet in der Hand. Er sah die Schlagzeilen in der *Indian Express*-Zeitung vor sich.

Toter Tourist am Kayalana Lake

Heute Morgen fand die Polizei einen deutschen Touristen tot am Kayalana Lake nordwestlich von Jodhpur. Er wirkte abgemagert. Die erste Untersuchung durch den Polizeiarzt ergab, dass er an Herzversagen starb. In seinen Taschen fand die Polizei Hinweise, dass er in den letzten Tagen diverse Etablissements aufgesucht hatte. Fremdverschulden schließt die Polizei aus.

Stöckle überlegte. Das abrupte Auftauchen und Verschwinden von Heyer und Toran machte ihn stutzig.

Was hatte er ihnen über Frank verraten? Doch nur, dass dieser nach Indien gereist war. Hatte er ihnen mitgeteilt, dass Frank im Hotel Taj Hari Mahal mehrere Tage nicht mehr aufgetaucht war? Irgendwie schienen sie mit der Auskunft zufrieden zu sein, dass sich Frank in Indien herumtrieb und er ihn nicht erreichen konnte. Sie gingen, ohne sich nach Einzelheiten zu erkundigen.

»Komisch. Dabei wollten sie diese doch zuerst so dringend wissen«, brummte er vor sich hin.

Karina trat ein und flachste: »Ab einem fortgeschrittenen Alter führt man Selbstgespräche.«

Sie nahm einen ernsten Gesichtsausdruck an, als sie sah, dass Stöckle nicht mit einem schrägen Spruch konterte, sondern sie nachdenklich anschaute.

»Ich spüre, es ist was faul im Staate Dänemark.«

Stöckle erzählte Karina von dem Besuch der zwei Herren. Sie runzelte die Stirn.

»Irgendwie ist ihr Verhalten widersprüchlich. Zuerst will Heyer den Frank loswerden. Jetzt will er ihn wieder einsetzten. Der Toran, der Typ aus Berlin, kann Heyer keine Befehle erteilen. Der ist in einer völlig anderen Abteilung. Er formuliert Gesetze. Heyer führt sie aus. Der eine ist Beamter beim Bund, der andere dient dem Land. Das verstehe ich nicht.«

»Auch ich finde das Verhalten der beiden eigenartig. Außerdem beunruhigt mich, dass Frank nicht ans Handy geht. Im Hotel erreiche ich ihn nicht. Er teilte mir beim letzten Gespräch mit, dass er ein Labor aufsuchen wollte. Wie viele Labors gibt es in Jodhpur? Ein Kontakt zu Interpol bringt nichts. Was wollen wir denen erzählen?«

Karina zog ein deprimierendes Fazit: »Folglich ist Frank auf sich allein gestellt. Wenn ihm etwas passiert sein sollte, können wir ihm in keiner Weise helfen.«

In diesem Augenblick läutete das Telefon. Es meldete sich eine aufgeregte Tina.

»Ernst, stell dir vor, Frank bat einen Freund um Unterstützung in Indien. Der Mann hat lange Zeit in Indien gelebt und wollte, sobald es seine Arbeit zulässt, nachkommen. Nun steht er vor der Tür. Ach, ich vergaß zu erwähnen, ich wohne bei Frank, solange er in Indien ist. Also, der Freund fragt nach Frank, weil der sich nicht mehr gemeldet hat. Kennst du seine Adresse? Weißt du, wo er sich aufhält?«

»Sein letzter Aufenthaltsort war das Hotel Taj Hari Mahal in Jodhpur. Der Pförtner erklärte mir, dass Frank seit zwei Tagen nicht mehr gesehen worden ist. Mir teilte Frank auf der Sprach-box mit, dass er ein Labor aufsuchen wollte. Aber welches? Wir sind hilflos. Du weißt, Tina, Interpol aktivieren hilft bei diesen Anhaltspunkten nichts. Oder kennst du aus deiner Zeit bei Interpol einen indischen Polizeioffizier?«

»Ich hatte nichts mit Indien zu tun. Mein Arbeitsbereich beschränkte sich auf Europa. Ich fliege nach Jodhpur und versuche, Frank zu finden. Glücklicherweise habe ich schon nach seiner Abreise ein Express-Visum für Indien beantragt und heute zugeschickt bekommen. Ich werde ihn auftreiben. Ich hoffe, dass ihm nichts Schlimmes zugestoßen ist.«

Mit einem unterdrückten Aufschluchzen unterbrach sie die Verbindung.

»Schau«, murmelte Stöckle, »die Kollegin scheint nicht nur dienstlich an Frank interessiert.«

Karina lächelte leicht. »Ich, als Frau, habe schon beim ersten Zusammentreffen der beiden erkannt, dass sie sich in ihn verliebt hat. Als taffe Polizistin hat sie ihre Gefühle nur verborgen. Außerdem gibt es Alina, die ältere Besitzrechte besitzt.«

Die Jacht Shadi nahm Kurs auf den Golf von Kachchh. Der Kapitän stand mit einem kleinen, dunkelhäutigen Inder am Steuer. Dieser erklärte ihm mit Nachdruck und unterstrich seine Erklärungen mit wilden Gesten: »Wir können die Mädchen nicht länger in dem Haus festhalten. Sie beginnen nachzudenken. Sie entwickeln ein Misstrauen gegen den Deal. Außerdem haben sie erfahren, dass ein Mädchen nicht mehr zurückgekehrt ist. Sie bezweifeln das von uns in Umlauf gebrachte Gerücht, dass die Frau einen reichen Mann in Deutschland gefunden hat und deshalb nicht heimgekehrt ist. Auch die Angehörigen von Chamelie bezweifeln diese Version. Nach der Rückkehr wollte sie ihre Familie unterstützen.«

»Schicken wir den Angehörigen Geld aus Deutschland mit Grü-
ßen von Chamelie. Geld beruhigt und beseitigt die Zweifel. In
zwei Tagen ankern wir in Mandvi. Dann nehmen wir die Fracht
an Bord. Solange müsst ihr mit den Mädchen durchhalten.«

36

Frank legte das rechte Ohr an die Tür und lauschte. Am Boden sitzend kämpfte er gegen eine bleierne Müdigkeit an. Auf einmal vernahm er schwere Schritte, die sich näherten. Er wartete, dass der Kerkermeister einen Kunststoffbecher mit Wasser und einen Pappteller mit Reis durch die Klappe schieben würde. Diesmal öffnete sich die Klappe nicht, sondern ein Schlüssel drehte sich im Schloss. Die Tür öffnete sich langsam und eine vorgestreckte Hand erschien, die ein schwarzgraues Gerät hielt.

Desai schob sich vorsichtig in den Raum. Er starrte auf die Matratze und erwartete einen hilflosen, gefesselten, dehydrierten und durch Nahrungsmangel geschwächten Buck. Warum lag der Gefangene nicht dort?

In diesem Augenblick schnellte der hinter der Tür Kauernde hoch und schlug seinem Kerkermeister mit großer Wucht die Handkante ins Genick. Dieser fiel nach vorne. Es folgte ein lauter Aufschrei, dann zuckte der am Boden Liegende wild hin und her. Er bäumte sich mit dem Oberkörper auf, brach zusammen und zitterte konvulsivisch.

Frank verharrte misstrauisch. So viel Wucht konnte bei seinem geschwächten Zustand nicht in dem Schlag gelegen haben, dass er diese Wirkung hervorbrachte. Er stellte seinen linken Fuß auf den Hals von Desai, beugte sich hinunter, um die Finger prüfend an die Halsschlagader zu legen. Er spürte den schwachen, unregelmäßigen Puls. Auf eine heftige Reaktion des Niedergeschlagenen wartend, drehte er diesen langsam und vorsichtig um. Er öffnete dessen Hemd, legte die Fingerspitzen auf die Brust und spürte keinen Herzschlag mehr. Da entdeckte er die roten Male auf der nackten Brust. Desais Hände umklammerten ein Gerät, das noch immer Stromstöße in die Brust jagte und ihn zucken ließen. Frank schaltete den Elektroschocker aus. Sein Kerkermeister und potenzieller Killer lag reglos auf dem Boden. Frank empfand kein Mitleid. Abermals legte er seine von den Handfesseln gefühllosen Fingerspitzen auf das Handgelenk, um den Puls zu fühlen. Ein, zwei Schläge, dann Stillstand; er spürte nichts mehr.

Frank stand auf. Er hatte keine Zeit zu verlieren. Mit Schlüsselbund, Brieftasche, Geldbeutel und Pistole des Toten verließ er den Raum, schloss rasch die Tür hinter sich und eilte den Gang hinunter. Da hörte er ein leises Brummen eines Automotors. Ein Komplize? Dieser konnte jeden Augenblick auftauchen. Er spähte um die Hausecke und erkannte, dass ein Transporter des Labors bereitstand. Niemand saß darin. Der Motor lief und der Autoschlüssel steckte.

Aha, ein echter Einzeltäter, dieser Laborarzt. Mit dem Wagen wollte er mich als Leiche wegbringen, überlegte Frank.

Er fuhr das Auto vor das Labor, nahm aber von der Idee Abstand, den Mann wegzufahren. In diesem Keller entdeckte man ihn so schnell nicht und wenn, dann war er durch das eigene Elektrogerät gestorben. Ein Unglücksfall. Andererseits, Franks Spuren, sein Erbrochenes, sein Urin, die Kunststoffbecher und Pappteller würden Fragen aufwerfen.

Er stellte den Wagen ab, stieg aus und durchschritt das Gebäude. Er suchte das Büro Desais. An einer Tür stand dessen Name, glücklicherweise nicht nur in der Landessprache, sondern in

Englisch. Er öffnete die verschlossene Tür mit einem der Schlüssel des Schlüsselbundes und trat ein. Ein bescheidenes Büro. Auf dem schlichten Schreibtisch standen ein Telefon, ein antiquierter Anrufbeantworter und ein alter Computer. Die Lampe des Anrufbeantworters blinkte. Frank drückte neugierig auf den Knopf zur Abfrage und lauschte. Zu seiner Verblüffung erfolgte die Ansage in deutscher Sprache.

»Hallo Desai. Wenn du den Schnüffler erledigt und beseitigt hast, melde dich bitte. Unsere Leute in Mandvi benehmen sich wegen der neuen Fuhre nervös. Die Jacht verspätete sich. Fahr hin und verpass den zickigen Frauen ein Mittelchen zur Beruhigung. Melde dich bald!«

Frank nickte bedrückt. Es war ihm klar, dass nach der von ihm abgehörten Telefonaufzeichnung zu schließen, man relativ schnell auf den Toten stoßen würde. Dann würde man ihn jagen. Er versuchte, der Stimme einer Person zuzuordnen. Es gelang ihm nicht, obwohl ihm diese Stimme bekannt vorkam. Hatte er sie schon gehört? Nur wann und wo?

Er fuhr den Computer hoch und durchsuchte nebenbei die Schubladen. Sie enthielten Papiere, Aufträge, Akten, Patientendokumentationen. Der Computer zeigte, wie erwartet, Belangloses. Die normale und übliche Korrespondenz eines Labors. Die unterste Schublade ließ sich nicht öffnen. Mit dem kleinsten Schlüssel an dem Bund versuchte es Frank. Das Schloss sperrte zunächst. Nach einigem Probieren schnappte der Riegel nach unten. Er zog die Schublade auf. Darin lag ein moderner Laptop. Er hob ihn heraus, klappte ihn auf und aktivierte das Gerät. Ein Schlüsselwort wurde verlangt. Er wusste, das konnte er nicht erraten. Frank schaltete den Laptop aus, klappte das Gerät zu und klemmte ihn unter den Arm. Zur genauen Untersuchung blieb ihm keine Zeit. Im hinteren Teil der Lade fand er sein Handy. Er nahm es an sich, überlegte kurz, ob er telefonieren sollte. Nein. Zu gefährlich. Eine Ortung war möglich. Sicherheitshalber entnahm er die SIM-Karte und entschloss sich, bei der ersten Gelegenheit eine neue Karte zu kaufen.

Der strenge Geruch, der von seiner uringetränkten, feuchten Hose ausging, brachte ihn auf eine Idee. Er öffnete die Wandschränke, fand frische Wäsche und einen beigen Sommermantel. Rasch zog er sich um, wickelte seine Unterkleidung und Hose in einen Arztkittel. Duschen musste warten, das verschob er auf später. Schnell verließ er den Raum und das Laborgebäude, stieg in den Wagen und fuhr Richtung Stadtmitte. Auf dem Parkplatz des staatlichen Krankenhauses stellte er den Transporter ab, warf Unterwäsche und verschmutzte Hose in einen Abfallcontainer.

Er winkte einem vorbeifahrenden Taxi und ließ sich ins Hotel fahren.

37

Unterdessen landete Tina in Neu Delhi. Die vier Stunden Wartezeit für den Anschlussflug nach Jodhpur verbrachte sie mit Telefonanrufen. Sie versuchte, Frank auf seinem Handy zu erreichen. Es meldete sich stets die Mailbox. Der telefonische Kontakt zu Stöckle kam auch nicht zustande, da man diesen zu einem neuen Fall abberufen hatte. Als sie einen Diplomaten in der deutschen Botschaft anrufen wollte, scheiterte sie an den höflichen, aber abweisenden indischen Angestellten. Nach hartnäckigen Versuchen landete sie bei einem Subalternen, der keinen Rat wusste und sie vertröstete.

»Madame, Herr Buck wird wieder auftauchen. Die Kriminalitätsrate gegenüber Touristen, ja, Ausländern allgemein, ist in Indien äußerst gering. Warten Sie ein paar Tage ab. Was glauben Sie, wie oft Männer auf der Reise verloren gehen und nach wenigen Tagen wieder auftauchen.«

Zur selben Zeit, als mehrere Touristen die Hotelrezeption belagerten, ging Frank unbemerkt an der Rezeption vorbei. Er betrat sein Zimmer. Inzwischen war er misstrauisch gegen alle, verdächtigte jeden, also auch den Mann am Empfang, mit der Bande der Menschenhändler unter einer Decke zu stecken. Als Ablenkungsmanöver ließ er sich über die Rezeption ein Flugticket nach Mumbai reservieren. Anschließend duschte er ausgiebig, wechselte die gesamte Kleidung und packte den Koffer. Er verließ das Hotel durch den Hintereingang. Niemand beachtete ihn. Er fühlte sich nicht als Zechpreller, denn er hatte eine Woche im Voraus gebucht und bezahlt.

Mit einem Taxi fuhr er zum Bahnhof. Zuerst einmal wollte er von der Bildfläche verschwinden. Als er den Bahnhof betrat, blickte er auf die kunstvolle Uhr in der Halle, die eindeutig aus der viktorianischen Zeit stammte. Er stellte mit Erschrecken fest, wie schnell die Zeit vergangen war, seit er sein Gefängnis verlassen hatte.

Völlig überfordert stand er in der Bahnhofshalle und betrachtete das Gewimmel der Menschen. Vor den Schaltern drängelten sich über vierzig Inder. Alle redeten wild durcheinander. Überall in der Halle saßen Leute in größeren oder kleineren Gruppen auf dem Boden. Einige lagen auf Stoffbahnen und schliefen. Andere aßen und tranken. Die Menschen warteten auf ihre Züge. Der Geruch nach Curry und Urin hing in der Luft. Stimmengewirr erfüllte die Halle. Frank bestaunte die Vielfalt der Menschen. Neben vielen europäisch gekleideten Männern und Frauen sah er Männer mit schwarzen Zähnen, knallrot gefärbten Bärten und Haaren. Alterslose Frauen mit strähnigen Haaren und faltigen Gesichtern wuselten herum. Ein verkrüppelter Mann saß auf dem Boden und bat um eine milde Gabe. Daneben standen hochgewachsene Männer in wallenden Gewändern und Frauen in herrlich glitzernden, farbigen Saris. Inmitten des Trubels thronte ein kleiner Inder auf einer Matte, nur mit einem Lendentuch bekleidet, nackter Oberkörper, nackte Beine und lange weiße Bart- und Haupthaare. Die Augen geschlossen. Die Rippen standen deutlich ab. Die bloße Brust hob und senkte sich nicht. Er schien nicht zu atmen.

Nach langem und geduldigem Warten erreichte Frank in dem

Gedränge den Schalter, um von einem unhöflichen Bahnange-
stellten erklärt zu bekommen, wie das indische Eisenbahnsystem
funktioniert. Punkt eins: Indische Züge sind in der Regel ausver-
kauft. Punkt zwei: Wer zu spät bucht, benötigt das Taktal-Sys-
tem. Taktal bedeutet »sofort«. So werden einige wenige Plätze
bis zum Tag der Abreise frei gehalten. Dafür muss man jedoch
morgens um 4 Uhr anstehen. Für Frank war das nicht möglich
gewesen. Er hätte Taktal auch online vom Hotel aus buchen
können, das hätte 30 Rupien extra gekostet.

Hilflos stand Frank da und wusste, für ihn gab es keine Möglichkeit, unverzüglich mit der Eisenbahn aus Jodhpur zu verschwinden. Als der Bahnbeamte ihn noch über die Waitlisted-Ti-
ckets und die RAC-Tickets aufklären wollte, winkte er resigniert
ab und wollte gehen. Da fragte ihn der Bahnbeamte: »Sind Sie
Ausländer?«

Frank nickte, natürlich war er Ausländer, und zeigte seinen Pass.
Als solcher konnte er zu einem überzogenen Preis eine Fahrkarte nach dem circa 480 Kilometer entfernten Ort Ahmedabad bekommen. Frank schimpfte und schacherte um den Preis.
Der Eisenbahnangestellte ließ nicht mit sich handeln. Er bestand
auch noch darauf, dass der Ausländer in Dollar bezahlte. In die
hitzige Diskussion über den korrekten Reisepreis mischte sich
ein anderer Eisenbahner ein. Er bot Frank einen außerplanmäßi-
gen Zug an, der an diesem Tage gen Süden fuhr, und in dem für
Ausländer mit ihrem knappen Zeitbudget Reservierungsquoten
vorbehalten waren. Diese Zugfahrt würde noch teurer, jedoch
ein Erlebnis sein. Neugierig geworden zahlte Frank den höheren Preis der Fahrkarte. Dazu kam eine neue Erkenntnis, dass
indische Eisenbahnbedienstete wenig verdienten und diesen Ver-
dienst mit Trinkgeld, dem Bakschisch, aufbesserten. So streckte

der reguläre Fahrkartenverkäufer die Hand aus und murmelte: »Gimmi Bakschisch.«

Frank gab ihm nichts. Er war zornig über den seiner Ansicht zu hohen Preis für die reguläre Fahrt.

Frank wartete auf den Zug. In der Halle war es drückend schwül. Der Schweiß brach aus allen Poren. Mitten in dem Menschengewimmel tauchte eine große Gestalt mit einem hohen Turban auf. Sie bot aus einer kupfernen Schale den Leuten Wasser an. Frank drängte sich zu ihm hin. Die Menschen wichen entsetzt zurück. Unglaublich. Ein Sahib, der Hinduwasser trinken wollte. Frank wurde das Wasser glatt verweigert. Er suchte nach einer anderen Möglichkeit, um seinen Durst zu löschen. Doch überall stieß er auf Inschriften, wie *Wasser für Hindus* oder *Wasser für Mohammedaner.* Kurz entschlossen löste Frank dieses Problem, indem er bei einem fliegenden Händler eine teure Flasche mit Mineralwasser erstand. Beim Geldausgeben gab es keine religiösen Einschränkungen.

Als der Zug einfuhr, begrüßte der Zugführer Frank persönlich. Er staunte, dass der Sahib Mittelklasse fahren wollte. Er wies auf die Fahrkarte und teilte ihm mit, dass er in einer der Pritschen, den Berths, schlafen müsste und dass er sich die drei übereinander befindlichen Berths mit einer Familie teilen müsste, die unglücklicherweise zwei nicht angemeldete Kinder mitgebracht hatten.

»Viel zu eng, viel zu laut für einen Sahib. Will der Sahib nicht in der ersten Klasse reisen? Sie ist leer. Ein wenig Bakschisch, und das Abteil gehört dem Sahib. Außerdem gibt es Essen nach eigener Wahl.«

Dieses Argument überzeugte den ausgehungerten Frank, und er gab ihm ein paar Rupien. So durfte er die Luxusklasse benutzen.

Er stellte fest, dass alle Mitfahrer sich diesen Luxus nur über die geheiligte Institution des Bakschischs erlauben konnten. Die reguläre Karte für die Luxusklasse wäre selbst für einen Ausländer mit einem guten Spesenkonto zu teuer gewesen.

Er stieg in das Abteil ein. Ein höflicher Mann mit Turban, ein Diener im Dienst der Eisenbahn, nahm ihm das Gepäck ab und trug es an seinen Platz.

»Bakschisch, Sir, please.«

Frank machte es sich auf dem gepolsterten Sitz bequem. Er kam sich vor wie ein indischer Maharadscha. Als er den Turban-Mann nach dem Speisewagen fragte, bot ihm dieser sofort an, ihm Speisen und Getränke in das Abteil zu bringen. Dieses Angebot nahm Frank erleichtert an, fühlte er sich durch seine Gefangenschaft noch gerädert. Als der Zug anfuhr, schloss er die Augen in dem angenehmen Dämmerlicht, verursacht durch Schiebejalousien, die gegen Sonne und Staub schützten. Der Zugdiener kam zurück. Er stellte das Essen auf ein ausklappbares Tischchen, verneigte sich, bot ein abgepacktes Trinkwasser und das bestellte Bier an.

»Bakschisch, please.«

Frank fiel ein, dass Alkohol in indischen Zügen gesetzlich verboten war. Er sah mit schlechtem Gewissen zu den anderen Mitreisenden und stellte fest, keiner hielt sich an Vorschriften. Eine ältere Dame nippte an ihrem doppelten Whiskey und streichelte ihren Hund. Eine andere Vorschrift der indischen Bahn untersagt die Mitnahme von Tieren. Bakschisch macht wohl alles möglich ...

Nach kurzer Zeit fühlte sich Frank wie ein Mitglied einer Großfamilie.

Da die indische Eisenbahn große Strecken zurücklegt, oft mit gedrosselter Geschwindigkeit, fährt man von einem Ausgangsort zu dem Bestimmungsort nicht in Stunden, sondern man ist Tage und Nächte in den Eisenbahnwagen unterwegs. Alle Reisenden richten sich häuslich und bequem ein. Viele Inder nehmen auf eine längere Reise einen umfangreichen Haushalt mit. Reisschüsseln, Teekannen, Schlafmatten. Frank bummelte durch die anderen Abteile und sah, wie gekocht, gebraten, gegessen und geschlafen wurde. Höfliche Inder boten ihm einen Happen an, wollten ihn an ihrem Essen beteiligen und wechselten mit ihm stolz ein paar englische Sätze. Ein Mann bot ihm frisch gelegte Eier an, bevor er die Hennen schlachtete, die diese Eier im Zug gelegt hatten. Bei dem Bummel durch die Abteile nervten ihn die neuesten Bollywoodlieder aus den vielen Handys, die vielen quietschenden Kinder, die ihr Lungenvolumen testeten oder mit ihren kleinen Dreirädern in den Gängen herumratterten.

Zurück von dem Ausflug klappte er den Sitz nach hinten und fiel in einen langen, traumlosen Schlaf. So bemerkte er nicht, dass die Bahn bezüglich Luxus und Service Weltklasse bot, aber nicht in Bezug auf Geschwindigkeit. Oft hielt der Zug an kleinen Stationen. Andererseits war es für ihn eine für Leib und Seele erholsame Fahrt.

In Ahmedabad verließ er hastig den Zug und den Bahnhof. Er winkte einer der Motorradrikschas zu und handelte mit dem Fahrer einen Preis aus. Als er diesen halbierte, schien der Mann wegfahren zu wollen, um dann aber doch widerwillig den Preis zu akzeptieren. Ein Strahlen überzog das faltige Gesicht, als Frank in sorgsam ausgesuchten, englischen Worten ihm das Doppelte des ausgehandelten Preises versprach, wenn er ihn zu einem Laden fahren würde, in dem er eine Prepaid SIM-Karte ohne Registrierung kaufen konnte. Mit Schwung fuhr der Fahrer los, reihte sich in die riesige Menge der lärmenden Motorradrikschas ein, kurvte gefährlich knapp um Menschen herum, ebenso um heilige Kühe und im Stau stehende Autos, um schließlich in die moderne Ashram Road mit ihren vielen Hotels, Geschäften und Kinos einzubiegen. Über eine der sechs Brücken überquerte er den Sabarmati Fluss, um in eine belebte Straße einzubiegen, die am Manek Chowk vorbei führte. Frank betrachtete erstaunt die vielen an den oberen Stockwerken angebrachten Holzbalkongeländer. In einer engen Seitenstraße hielt der Fahrer und führte ihn in ein altes Haus, ein Schild wies auf ein Internet-Café hin.

Der Betreiber begrüßte sie. Der Rikschafahrer erklärte ihm den Wunsch des Kunden. Der Verkäufer der Karte erklärte ihm, dass er seinen Pass sehen und seinen Namen notieren müsste. Für einen zusätzlichen Betrag wollte er von dieser unnötigen Formalität absehen. So erhielt Frank eine SIM-Karte mit einer genügend hohen Aufladesumme für Auslandsgespräche. Frank dankte, zahlte, legte die SIM-Karte in sein Handy ein und wählte die Nummer von Stöckles Privathandy.

Dieser nahm das Gespräch sofort entgegen. »Verdammt, wo steckst du denn, Tina? Warum höre ich nichts von dir?«

»Hier spricht nicht Tina, sondern Frank. Mein Anruf kommt aus Indien. Du wirst langsam alt. Schau dir die Vorwahl an.«

»Ich weiß, es rauscht grausam. Ich verstehe dich kaum. Das ist doch gar nicht deine Nummer.. Daher nahm ich an, es wäre Tina. Sie ist gestern nach Indien geflogen. Ich dachte, sie hätte sich ein indisches Handy mit einer Prepaid-Karte gekauft.«

Frank verschlug es die Stimme.

»Was sagst du da?«, krächzte er. Er räusperte sich kräftig und fluchte: »Ja, verdammt! Seid ihr zu retten. Tina ist nach Indien geflogen? Wieso hat sie so schnell ein Visum erhalten?«

»Sie hat gleich nach deiner Abreise ein Express-Visum beantragt, um die Sache zu beschleunigen.«

»Ja, seid ihr denn verrückt? Indien ist viel zu gefährlich für sie. Sie muss sofort zurückfliegen!«

»Tut mir leid. Es war ihr Entschluss. Nachdem sie nichts von dir hörte und in deinem Hotel niemand von dir wusste, entschloss sie sich, nach Indien zu reisen.«

»Ihr konntet nichts von mir hören. Ein gewisser Desai hielt mich in einem Keller gefangen. Er wollte mich umbringen. Pfeif Tina zurück. Die Gegend ist viel zu gefährlich.«

»Ich kann sie nicht zurückpfeifen. Sie ist nicht im Dienst. Sie ist noch krankgeschrieben. Ich gebe dir so bald wie möglich ihre Handynummer durch. Vielleicht erreichst du sie und kannst sie überreden, nach Deutschland zurückzufliegen.«

Nach dem Gespräch setze Frank sich in die Rikscha und bat den Fahrer, ihn zu einem Autoverleih zu fahren. Seine Vorstellung, dass er sich in Indien problemlos ein Auto mieten könnte, indem er eine Kaution hinterlegte und seinen Pass vorzeigte, platzte in den ersten Minuten des Gesprächs mit dem Geschäftsführer des Verleihs.

»Mietautos gibt es nur, wenn Sie einen Chauffeur dazumieten.«

Frank wünschte, selbst zu fahren. Er bot mehr Geld an. Kein Feilschen diesmal. Erstaunlicherweise lehnte der Autovermieter jedes Angebot eines Bakschischs, jeden Bestechungsversuch ab. Stattdessen bot er einen günstigeren Preis an. Eiserne Bedingung: Es muss ein Chauffeur fahren. Für die Überlandfahrt verlangte dieser 3 500 Rupien, was circa 50 Euro pro Tag entspricht. Benzin extra, und pro Übernachtung des Fahrers kamen 200 Rupien dazu. Frank resignierte, unterschrieb den Vertrag und zahlte den Vorschuss.

Der Fahrer, ein groß gewachsener junger Mann namens Shankar, fuhr mit dem Auto vor. Es schien ihn nicht zu stören, dass er nach Mandvi fahren musste, einer 400 Kilometer weit entfernten Stadt im Süden. Sicherheitshalber erkundige sich Frank, ob es einen anderen Ort mit demselben Namen gäbe.

Den Ortsnamen Mandvi hatte er ein einziges Mal beim Abhören des Anrufbeantworters von Desai gehört. Dabei hatte er erfahren, dass dies der Einschiffungsort der Mädchen für den Organhandel sein würde. Der Fahrer zeigte ihm auf einer Karte die Lage von Mandvi. Frank überzeugte sich, dass es sich um eine Stadt am Meer handelte und damit einen Hafen besaß.

Frank rekelte sich auf dem Rücksitz. Schon nach kurzer Fahrt durch die dicht besiedelten Industriegebiete Ahmedabads war er dem Mietwagen-Angestellten dankbar, dass er ihm das Selbst-Fahren nicht erlaubt hatte. Er stellte fest, dass sein Fahrer Shankar von der Vorstellung ausging, dass ihm nichts passieren konnte, dass er unsterblich war. Rote Ampeln dienten ihm als Aufforderung, den Fuß auf dem Gaspedal zu lassen. Auf der anderen Seite gab es eine deutliche Abstufung einer echten Rücksichtnahme. Heilige Kühe standen an erster Stelle; um schwere Lastwagen, Busse, Kamele und Wasserbüffel kurvte er herum. Alles andere, das ihn beim Fahren störte, hupte er an. Kleine Lastwagen, Ochsenkarren, Jeeps, Privatwagen und Autorikschas ebenso wie Fußgänger, Hunde und Ziegen sowie die zahlreichen Fahrradfahrer. Für Shankar galt das indische Verkehrs-Mantra:

Verlangsamen heißt zögern,
bremsen heißt versagen,
anhalten bedeutet Niederlage.

Frank begriff nun, warum laut einer Statistik der WHO Indien mit 130 000 Verkehrstoten pro Jahr weltweit der Spitzenreiter war. Er bemerkte erstaunt, dass von links kommende Fahrzeuge Vorfahrt beanspruchten, ebenso wie die von rechts, Shankar grundsätzlich immer. Außerdem überholte jeder den anderen, wenn er konnte. Auch wenn er nicht sollte. Er registrierte auch, dass die meisten Zweiradfahrer keinen Helm trugen und kaum jemand in den Autos angeschnallt war. Alle schweren Lastwagen waren hochbeladen, sodass Frank fürchtete, sie könnten in einer scharfen Kurve umkippen, dazu waren sie oft schreiend bunt bemalt. Auf den kleinen Motorrollern hatten nicht nur der Fahrer und seine Beifahrerin Platz, oft befanden sich auch riesige Gepäckstücke hinten auf dem Rücksitz, oder es schliefen ein paar Kleinkinder in einem Korb. Dass diese bei dem ohrenbetäubenden Hupen nicht aufwachten, war ein indisches Rätsel. An einigen Taxis, die sie überholten oder von denen sie überholt wurden, klapprige Ambassador-Oldtimer, sah er, dass Kotflügel eingebeult waren oder gänzlich fehlten, Windschutzscheiben gesplittert oder die Scheiben an den Seiten gar nicht vorhanden waren. Das Leben einer ganzen Familie hing schließlich an solch einem Taxiverdienst. Wer konnte sich da den Luxus einer Reparatur leisten?
Frank hatte geschätzt, dass ein erfahrener Chauffeur auf einer gut ausgebauten Fernstraße für die Strecke nach Mandvi sechs Stunden benötigte. Die Beschaffenheit der Straßen belehrte ihn bald eines Besseren. Außerhalb der Stadt merkte er, dass As-

phaltbeläge das Vorrecht der Großstadt darstellten. Der Belag der Überlandstraße bestand aus Schotter, und jeder Fahrer musste das Tempo drosseln. An vielen Stellen arbeiteten Straßenbautrupps, um die Schäden der letzten Monsunzeit zu beheben.

Frank rief mit dem Handy Tina an, doch keine Verbindung baute sich auf. Fluchend legte er sich auf den Rücksitz und versuchte zu schlafen. Er fühlte sich immer noch nicht fit. Aus seinen Albträumen, in denen ein weiß angemalter Desai ihn mit Elektroschocker verfolgte, wachte er auf, als es einen heftigen Schlag gab. Er blickte aus dem Fenster und stellte fest, dass sein Fahrer auf der Straße herumtobte. Er schrie einen Busfahrer an. Beide gestikulierten wild. Fahrgäste eines völlig überfüllten Busses sahen interessiert zu. Einige Männer und Frauen saßen auf dem Dach. Sie genossen die Vorstellung aus luftiger Höhe. Shankar zeigte anklagend auf den eingedrückten rechten Vorderflügel seines Autos. Achselzuckend wandte sich der Busfahrer ab, stieg in den Bus ein und fuhr los. Er ignorierte den wild protestierenden Shankar völlig und hüllte alle in eine riesige Staubwolke.

Frank stieg aus und machte sich ein Bild der Unfallursache. Beim letzten Monsunregen war ein Teil der Straße abgerutscht. Man hatte das Stück nicht ausgebessert, sodass sich die Straße an dieser Stelle stark verengte. Der Busfahrer bestand auf dem Vorfahrtsrecht, ebenso Shankar. Und so schob der stärkere Bus das schwächere Auto in den Morast neben die Straße. Bei genauerer Betrachtung stellte sich heraus, dass die eingedellte Front des Autos nicht das Schlimmste war. Viel unangenehmer erwies sich der Umstand, dass der wütende Busfahrer sich weigerte, das Auto aus dem Schlammloch herauszuziehen. Sie saßen fest. Weit und breit kein hilfsbereiter Pannendienst.

Frank setzte sich in den dürftigen Schatten eines heiligen Pipalbaumes. Er wartete auf hilfsbereite Autofahrer. Nach zwanzig Minuten näherte sich ein kleiner Transporter, dessen Fahrer sofort anhielt. Er bot dem Ausländer an, den Wagen aus dem Schlammloch zu ziehen. Shankar deutete Frank an, dass ein Bakschisch fällig war.

38

Toran tobte am Telefon. Er war außer sich wegen so viel Unfähigkeit.

»Solch eine Stümperei. Warum ruft Desai nicht zurück und meldet Vollzug? Stattdessen ruft dieser Waschlappen von einem Kapitän an und jammert mir etwas vor. Von wegen Verspätung! Du meine Güte. Zwei, drei Tage im Verzug, das ist doch keine Katastrophe. Sollen die Leute die Passagiere bei Laune halten. Schlager singen, Schnaps einflößen oder Haschisch rauchen lassen. Irgendetwas muss denen doch einfallen, um die Frauen bei Laune zu halten.«

Der Teilnehmer am anderen Ende des Telefons sprach beruhigend auf ihn ein.

»Es kommt alles in Ordnung. Ich beauftrage unseren Mann in Jodhpur, nach dem Rechten zu sehen. Er kümmert sich um die Angelegenheit. Schließlich verdient er gut an uns. Viel zentraler sind folgende Fragen:

Fällt der Verlust des Professors ins Gewicht?

Springen ohne ihn als Zugpferd für die Operationen die Kunden ab?

Reichen die Operationskünste der Oberärztin aus?

Das wird sich in ein paar Wochen klären. Also bis dahin Ruhe bewahren. Toran. Wie sagen die jungen Leute? Cool bleiben.«

Damit endete das Gespräch.

Tina betrat das Hotel Taj Hari Mahal. Sie buchte ein Zimmer und bat den jungen Mann an der Rezeption, den Chef des Hotels zu rufen. Ein rundlicher, älterer Mann eilte mit serviler Miene herbei und fragte in gepflegtem Oxford Englisch, ob sie sich beschweren wolle.

Tina verneinte. »Ich möchte über Ihren Gast Herrn Buck sprechen.«

»Madame, es tut mir leid. Über unsere Gäste geben wir keine Auskunft«, blockte der Manager höflich, aber bestimmt ab.

»Ich bin Touristin und habe den Anschlussflug verpasst. Herr Buck und ich wollten uns in Ihrem Hotel treffen.«

Tina zeigte ihm ihren Pass und ihr Visum.

Der Manager musterte beide genau.

»Wenn Sie Herrn Buck treffen wollten, haben Sie kein Glück. Der Herr verschwand vor ein paar Tagen. Als wir begannen, uns Sorgen zu machen, tauchte er kurz auf, packte die Koffer und verschwand wieder. Da er im Voraus bezahlt hatte, war das für uns in Ordnung. Die Entscheidung eines Gastes, früher abzureisen, stellen wir nicht infrage. Vielleicht fand er ein interessanteres Hotel oder Anschluss. Sie verstehen, auch bei uns gibt es hübsche Frauen, die wohlhabende und attraktive Männer einfangen wollen.«

Tina ärgerte sich, dass der Hotelmanager so über Frank dachte. Aber in solch einem Beruf wurde man wohl abgebrüht und kaltschnäuzig. Sie dankte und wollte auf ihr Zimmer gehen. Da sprach sie der Angestellte an der Rezeption an. »Herr Buck hat kurz vor seinem Verschwinden durch uns ein Flugticket nach Mumbai reservieren lassen. Sicher ist er dorthin geflogen.«

Tina dankte für diese Auskunft und bat den jungen Mann, sich zu erkundigen, wann sie den nächsten Flug nach Mumbai buchen könne.

Nach mehreren Telefonaten strahlte er sie an und erklärte ihr: »Ich habe ein Flugticket für Sie reservieren lassen. Das Flugzeug hebt in einer Stunde ab, Sie müssten jedoch sofort mit einem Taxi losfahren.« Spontan stornierte Tina ihr Zimmer, ließ sich ein Taxi rufen und war knapp drei Stunden später im Landeanflug auf Mumbai.

Narayan erhielt einen Anruf. Als er die Nummer sah, nahm er widerwillig ab. Nicht schon wieder ein Auftrag!

»Hallo Ravi. Desai lässt nichts mehr von sich hören. Suche bitte sofort seine Wohnung auf und schaue nach ihm. Es eilt!«

Narayan fuhr mit dem Auto in das Wohnviertel Kabir Naga im Norden Jodhpurs. Er läutete an der Tür der teuren Villa. Ein Bediensteter mit Turban und Uniform näherte sich zögerlich. Er lächelte erleichtert, als er Narayan sah, den er kannte. Er galt als Freund des Hausherrn.

»Der Sahib ist nicht da. Vor mehreren Tagen verschwand er. Die Feiertage wollte er zu Hause verbringen. Wir hatten Lebensmittel eingekauft, und er hatte Freunde eingeladen. Sie kamen pünktlich, doch der Sahib erschien nicht. Sie gingen verärgert und zornig.«

»Hat man im Labor angerufen?«

»Ja. Keiner hob den Hörer ab. Wegen der Feiertage bekamen alle Angestellten frei.«

Narayan fuhr zum Labor im Süden von Jodhpur. Er läutete am Tor. Es erfolgte keine Reaktion. Über dem ganzen Gelände lag eine unheimliche Stille.

Seltsam, eigentlich müsste auch an Feiertagen Wachpersonal vorhanden sein, ging ihm durch den Kopf.

Er drückte gegen das Tor, das sich ohne Widerstand öffnen ließ.

Rasch schritt er auf das Hauptgebäude zu. Hier schien die Tür angelehnt. Da er schon früher das Labor aufgesucht hatte, kannte er sich im Gebäude aus. Er schritt beunruhigt, aber zielstrebig auf Desais Zimmer zu. Die Tür stand weit offen. Auf sein lautes Rufen reagierte niemand. Er schaute sich im Zimmer um. Kein Anzeichen einer Unordnung. Die unterste Schublade am Schreibtisch war herausgezogen und leer.

Auf dem Schreibtisch lag Desais silbern glänzendes Zigarettenetui. Das schien ihm ungewöhnlich. Ohne Zigaretten hielt es dieser Mann nicht lange aus. Ein starker Raucher, abhängig von Zigaretten, würde eher den Geldbeutel oder die Brieftasche vergessen als das Zigarettenetui.

Nayaran runzelte die Stirn. Er steckte das Etui ein und überlegte, wo er Desai suchen könnte.

Mit dem Lift fuhr er in das oberste Stockwerk und ging aufmerksam die Gänge entlang, dann die Treppen hinunter, Etage für Etage durchstreifend. Dabei rief er ab und zu laut den Namen des Gesuchten. Im Untergeschoss vernahm er ein schwaches Geräusch am Ende des Ganges. Er eilte hin, stieß die angelehnte Tür auf und sah Desai auf dem Boden liegen. Dieser hatte die Augen geschlossen, den Arztkittel geöffnet, das Hemd aufgeknöpft, rote Male auf der behaarten Brust. So lag er auf den Steinplatten. Ein leises Stöhnen und Röcheln kam aus dem halb geöffneten Mund. Speichel tropfte von den Lippen. Ein atemraubender Gestank nach Erbrochenem, Urin und Kot füllte den Raum. In einer Ecke lag eine verschmutzte Matratze.

Nayaran beugte sich über den Röchelnden, tastete nach dem Schlagen des Herzens und spürte nichts. Er holte das silberne Zigarettenetui aus der Tasche und hielt es vor Desais Lippen. Es beschlug sich leicht. Nochmals tastete er nach dem Puls. Er meinte, ihn schwach zu fühlen. Rasch zog er das Handy aus der Tasche, rief einen befreundeten Arzt an und schilderte die Situation. Einen Notarzt anzurufen, traute er sich nicht, denn, was auch immer in diesem Raum abgelaufen war, legal schien es nicht gewesen zu sein, und polizeiliche Untersuchungen konnte er nicht gebrauchen. Er zog den Bewusstlosen behutsam aus dem Raum und legte ihn im Gang auf den Boden. Die Tür zu dem eigenartigen Verlies schloss er.

Der Arzt erschien in Begleitung zweier Sanitäter. Narayan erklärte ihm: »Ich habe den Herrn Doktor gesucht und ihn auf dem Fußboden liegend gefunden. Ich nehme an, er hat einen Herzinfarkt erlitten.«

Der Arzt hörte den schwachen und unregelmäßigen Herzschlag mit dem Stethoskop und bat die Sanitäter, den Mann im Krankenwagen in das nächste Hospital zu bringen.

»Bitte in das Suncity Hospital«, bat Nayaran, »nicht in das staatliche Krankenhaus.«

39

Zur selben Stunde erreichte Frank Mandvi, eine kleine Hafenstadt mit circa 45 000 Einwohnern, ohne Flughafen und ohne Bahnanschluss.

Frank verbrachte das Ende der Reise in einer Art leichtem Dämmerschlaf. Den Halbschlaf unterbrach er durch gierige Schlucke aus der Wasserflasche, die er bei einem Straßenhändler erstanden hatte und einem schnellen Imbiss an einer offenen Küche in einem Dorf. Den Imbiss bereute er, da er nur darauf geachtet hatte, ob die dargebotenen Speisen gut gegart waren. Die Beimengungen der Gewürze übersah er. Das Essen brannte höllisch in seinem Mund, und er musste häufig Wasser trinken, um dieses Brennen zu lindern. Shankar amüsierte sich über diesen empfindsamen Europäer und speiste mit großem Genuss.

Als Shankar nach vorne deutete und laut und deutlich zu ihm sagte »Sir, das ist Mandvi. Können Sie die Stadt sehen?«, schreckte Frank hoch. Er setzte sich aufrecht hin, sah aus dem Autofenster und entdeckte in der Ferne die kärglichen Reste einer Stadtbefestigung, deren größte Anlage im Südwesten wie ein Leuchtturm wirkte. Beeindruckender erschienen ihm die vielen Windmühlen, die den Horizont begrenzten. Sie zogen eine klare Grenze zwischen Sand und Meer. Es handelte sich um den Wind Farms Beach, das erste Windmühlen-Projekt, das 1983 in Asien geplant worden war. Sie fuhren über die Rukmavati Brücke, eines der ältesten Brückenbauwerke Indiens. Danach bogen sie auf die

Hauptstraße ein. Hier fiel ihm der malerische Swaminarayan-Tempel auf, der direkt an der Hauptstraße liegt.

Shankar fuhr Frank zu dem Vijay Vilas Palast, der abseits der Stadt in der Nähe des Strandes liegt. Diese prachtvolle Anlage stellt eine Mischung aus unterschiedlichen Baustilen dar, wie man sie in den Palästen von Bengalen bis nach Rajasthan vorfindet. Das sich anschließende Hotel Beach at Mandvi Palace bietet Zelte zum Übernachten an.

Der Fahrer stellte den Koffer ab und meldete sie an. Sofort kam ein Boy, nahm das Gepäck und bat Frank, ihm zu folgen. Das Zelt überraschte Frank. Nicht nur, dass es eine Klimaanlage aufwies, es war mit handgeschnitzten Möbeln ausgestattet und besaß ein Bad mit fließendem Heiß- und Kaltwasser. Des Weiteren gab es eine Terrasse und einen eigenen Zugang zum Strand. 100 Euro kostete eine Übernachtung. Als er für Shankar ebenfalls ein Zelt mieten wollte, schüttelte dieser ablehnend den Kopf.

»Im Auto schlafen ist billiger. Ich mache mich auf den Rückweg.«

Frank bezahlte und gab ihm ein großzügiges Trinkgeld, war er doch mit diesem Fahrer zufrieden gewesen.

»Namaste, Sahib«, verbeugte sich Shankar und verschwand.

Am nächsten Morgen wachte Frank früh auf. Er rief mit dem Handy Stöckle an und schilderte ihm seine Erlebnisse. Er gab ihm seine Adresse in Mandvi und bat ihn ausdrücklich, diese nicht an Staatsanwalt Heyer weiterzugeben. Stöckle nannte ihm seinerseits die Handynummer von Tina.

Sie reagierte überglücklich, als sie seine Stimme hörte, und erklärte sich sofort bereit nach Bhuj zu fliegen, um von dort mit einem Taxi nach Mandvi zu fahren.

Frank klärte sie auf, dass sie von Jodhpur nicht nach Bhuj fliegen könne, sondern zuerst nach Mumbai fliegen müsse, da Bhuj nur von diesem Flughafen zu erreichen sei.

Sie lachte und erzählte ihm von dem reizenden Angestellten des Hotels in Jodhpur, der ihr von Franks Ticketreservierung erzählt und ihr ein Flugticket nach Mumbai verschafft hatte. Sie sei gerade erst gelandet und noch am Flughafen. Sie würde die schnellste Verbindung nach Bhuj buchen.

Er bat sie eindringlich, vorsichtig zu sein und niemanden zu trauen, da die kriminelle Bande, hinter der er her war, überall bezahlte Helfer hatte.

»In einem armen Land kommt man billig an Hilfstruppen.«

Nach einem englischen Frühstück mit Rührei, Schinken, Porridge und Bohnen begab sich Frank zum Hafen. Er musterte die vor Anker liegenden Schiffe. Enttäuscht stellte er fest, dass in dieser Stadt mit ihrem 400 Jahre alten Schiffsbau nur noch kleine Schiffe produziert wurden. Er flanierte am Mandvi Beach entlang, betrachtete die auf Kamelen reitenden indischen Urlauber und lächelte über die in voller Bekleidung in den Liegestühlen posierenden indischen Frauen. Die vielen windzerzausten Sonnenschirme waren als Sonnenschutz völlig überflüssig. Aber sie bildeten, an Palmen erinnernd, einen starken Kontrast gegen die Windmühlen, die sich am Horizont in einer langen Linie aufreihten. Vor den Eis- und Essensständen versammelten sich Kinder und Jugendliche mit ihren Eltern. Eine Reisegruppe quoll aus einem der Busse. Eine Riesenrutsche lockte Kinder an. Zwei oder drei Touristen, die nicht aus Indien stammten, irrten in diesem Trubel herum. Ein Enfield Motorrad tuckerte an ihm vorbei, beladen mit vier Personen und zwei Tragekörben. Es war ein artistisches Kunststück, wie der Fahrer die Maschine um die Leute herum lenkte.

Abgeschreckt durch den Lärm und den stark bevölkerten Strand bummelte Frank durch die engen Gassen Mandvis, eine Mischung aus alter indischer Architektur und europäischen Einflüssen. Er schlenderte an den vielen Basaren mit ihren unterschiedlichen Waren vorbei. Dabei entdeckte er in einem Laden optische Geräte, darunter ein Fernglas. Spontan kaufte er es, nachdem er festgestellt hatte, dass es funktionierte.

Er trat wieder auf die Straße. Dabei bemerkte er nicht, wie ein junger Inder einige Meter von ihm entfernt stehen blieb und fassungslos murmelte: »Das darf doch nicht wahr sein. Was macht ein deutscher Polizist in Mandvi?«

Es handelte sich um den Smutje der Schiffsbesatzung, der bei der Durchsuchung der Jacht Shadi in der Küche gearbeitet hatte. Er hatte die Geschehnisse in der Nordsee verfolgt und identifizierte den hochgewachsenen Europäer in der Masse der Inder als den Polizisten, der die Untersuchung geleitet hatte. Er nahm sein Handy aus der Tasche, wandte sich ab und telefonierte mit seinem Kapitän.

»Sahib, große Gefahr. Der Polizist, der die Jacht durchsuchen ließ, befindet sich in Mandvi.«

Der Kapitän erblasste und gab ihm den Befehl: »Verfolge ihn und schaue, in welchem Hotel er abgestiegen ist. Ich informiere die Jungs, dass sie unsere reisewilligen Inderinnen schnell an Bord bringen sollen.«

Der indische Schiffskoch musste bei der Verfolgung viel Geduld aufbringen. Frank schien den Rechercheauftrag vergessen zu haben. Wie ein normaler Tourist bummelte er durch die Gassen, setzte sich gemütlich in ein Restaurant und bestellte sich Thali. Nach dem Essen mit den Fingern wusch er sich die Hände, stand auf, zahlte und ging. Er fühlte sich in bester Urlaubsstimmung und schlenderte den Salaia Beach entlang. Plötzlich war ihm klar, in dieses Paradies würde er nochmals kommen. Dieser Strand war ein Traum. Kaum Menschen. Beeindruckende Dünen. Möwen. Flamingos. Ab und zu ein Fischerboot. Hell gischtende Wellenkämme brachen sich im feinen, weißen Sand. Er zog die Schuhe aus und spürte die Wärme des Sandes an den Füßen. Er setzte sich auf einen Dünenkamm und betrachtete mit dem neu erstandenen Fernglas die Boote, die draußen ankerten. Dort. War das nicht die Silhouette der Jacht Shadi?

Kleine Boote, von jeweils vier Männern gerudert, brachten Frauen an Bord der Jacht. Frank unterbrach seine Beobachtung, als das Handy klingelte.

»Hallo Frank, hier spricht Tina. Ich hatte einen Riesendusel und konnte von Mumbai sofort weiterfliegen. Jetzt bin ich nach dem dreistündigen Flug in Bhuj gelandet und nehme ein Taxi. Gegen Abend werde ich in Mandvi sein. Bis bald. Freust du dich ein wenig, dass ich da bin?«

Ohne auf eine Antwort zu warten, legte sie auf.

Nach Beendigung des kurzen Gesprächs konzentrierte sich Frank wieder auf die Jacht. Trotzdem fiel ihm auf, dass seit geraumer Zeit ein Inder in der Nähe seiner Düne saß, der nichts tat, als in die Luft zu starren. Das kam ihm seltsam vor. Hier in diesem Land herrschte ständige Bewegung vor. Bewegungslosigkeit gab es nur bei meditierenden Yogis, und als dieser konnte der Mann nicht durchgehen. Abrupt setzte sich Frank in Bewegung und joggte den Strand entlang. Prompt stand der Inder auf und rannte ebenfalls los. Hinter einer höheren Düne hielt Frank an und lauerte gebückt auf den Verfolger. Als dieser ankam, hechtete er auf dessen Beine, umklammerte sie und brachte den Mann zu Fall. Mit Schwung warf sich Frank auf den Liegenden, presste ihm den Arm auf den Hals, sodass der wild Strampelnde keine Luft bekam.

Frank sprach langsam und benutzte einfache englische Worte. »Warum verfolgst du mich? Warum läufst du hinter mir her?«

Der Mann leugnete eine Verfolgung, Frank presste stärker. Der Inder schnappte nach Luft, sein Gesicht lief rot an, Schweiß rann über seine Stirn. Nach einer für Frank kurzen, für den nach Luft Ringenden langen Zeit, gestand er stockend: »Ich gehöre zur Schiffsbesatzung der Jacht Shadi. Ich habe Sie erkannt. Sie sind ein deutscher Polizist, Sie haben in der Nordsee die Jacht anhalten und durchsuchen lassen. Mein Kapitän gab mir den Auftrag, Ihnen zu folgen. Er will wissen, wo Sie wohnen.«

Frank ließ den Mann frei, stand auf und stieß mit grimmigem Gesicht hervor: »Verschwinde aus der Stadt: Wenn ich dich in Mandvi nochmals erwische, erschieße ich dich. Das schwöre ich bei der Göttin Kali.«

Mit diesen Unheil verkündenden Worten drehte er sich um, versetzte den am Boden Liegenden noch einen schmerzhaften Hieb zum Abschied und machte sich davon.

Mehrere Stunden später tauchte Tina im Hotel auf. Sie war aufgeregt. Ihre Augen blitzten vor Abenteuerlust. Auf der geröteten Wange hob sich ihr kleines Muttermal stärker ab. Es sah aus wie aufgemalt. Sie umarmte Frank, der unruhig auf sie gewartet hatte.

»Du, ich sage dir, das nennt sich ein Reiseabenteuer. Ich konnte bei dem Anflug feststellen, dass Bhuj mitten in der Wüste liegt. Nach der Landung bat ich einen Taxifahrer, mich hierherzufahren. Der lehnte ab. Über 60 Kilometer einfache Fahrt waren ihm zu viel. Ich lief durch die Stadt, um einen anderen zu finden. Nichts zu machen. Sie verweigerten alle die Fahrt.

Bhuj sieht eigenartig aus. Bei den Häusern sind die unteren Etagen bewohnt, die oberen sind zerstört. Es sind die deprimierenden Überbleibsel des Erdbebens, das vor zehn Jahren die Erde in der Gegend erschüttert hat.

Ich fand schließlich ein Sammeltaxi, das nach Mandvi fuhr. Über eine Stunde saß ich mit vierzehn Inderinnen und Indern zusammengepfercht in einem Jeep. Der Fahrer kurbelte die Fensterscheiben herunter. Der Wind wirbelte Sandstaub herein. Frauen zogen den Sari über sich. Männer wickelten sich Handtücher turbanartig um den Kopf. Alle stanken kräftig nach Curry, Schweiß und ungewaschenen Füßen. Einige kauten Betel. Sie spuckten den roten Saft aus dem Fenster. Andere rauchten mit spitzen Fingern Beedis.«

Auf den fragenden Blick von Frank hin erklärte sie: »Das sind Armeleutezigaretten. Innen wenig Tabak und außen ein Tendublatt, das mit einem Faden umwickelt ist. Das Deckblatt entwickelte einen grauenhaften Geruch. Alle Fahrgäste behandelten mich zuvorkommend und höflich. Aber ich hielt den Gestank kaum aus. Und dann war auch die Straße in einem schlechten Zustand. Diese Rüttelei! Ich wäre am liebsten ausgestiegen und zu Fuß marschiert. Nun was soll's. Ich habe es überlebt und bin bei dir.«

Frank brachte das Gepäck in sein Zelt und wies fragend auf das Doppelbett. Tina nickte und strahlte ihn an.

»Davon habe ich immer geträumt. Eine Nacht in tropischen Gefilden mit einem leidenschaftlichen Liebhaber und einer Klimaanlage im Zelt.«

Frank betrachtete fasziniert ihre vollen Lippen und die schlanken

Hände, mit denen sie den ganzen Raum des Zeltes zu umarmen schien. Um den Bann zu brechen, wandte er den Blick von ihr ab und bestimmte: »Zuerst gehen wir essen. Es gibt viel zu berichten. Komm mit, ich werde dir ein paar weitere Träume zeigen.« Er führte sie zu dem Restaurant des Hotels. Es bestand aus Stroh und Bambus und bot einen großartigen Ausblick auf den Golf von Kachchh. Als Tina das Angebot der Küche sah, legte sie spontan die Arme um Frank.

»Wie im Märchen. Ich darf auswählen zwischen den vielen indischen Gerichten. Du zahlst.«

Sie bestellte Meeresfrüchte und Tandoori-Spezialitäten und aß, bis sie beinahe platzte. Mit den Drinks hielt sie sich bei diesem Candle-Light-Dinner nicht zurück. Kein Wunder, dass sie nach dem ereignisreichen Tag völlig übermüdet ins Zelt taumelte und durch den Alkohol gedämpft, durch die Schussverletzung noch geschwächt, sofort einschlief.

Frank lächelte leicht, als er sich neben sie in das Bett legte, das Moskitonetz über sie zog und murmelte: »So viel zu der erotischen Fantasie, meine liebe Tina. Träum nur von einer tropischen Nacht mit einem leidenschaftlichen Liebhaber.«

40

Auf der Jacht Shadi verstaute die Mannschaft die Ladung. Die Frauen sperrten sie in die große Kajüte. Sie stellten Eimer mit Wasser auf den Boden und verschlossen die Tür. Die Frauen wirkten benommen. Einige weinten. Alle schienen verwirrt. Hatten sie doch innerhalb von zwei Wochen ein Wechselbad der Gefühle erlebt.

Zuerst erhielten sie und ihre Familien Geld. Danach brachten nette Krankenschwestern sie in ein Areal, auf dem Labore standen. Dort wohnten sie in komfortablen Zimmern. Es gab gutes Essen und genug zu trinken. Freundliche Krankenschwestern nahmen ihnen Blut ab. Ein Arzt entnahm Gewebeproben. Nach einigen Tagen schickte der Chef des Labors einen Teil der Frauen nach Hause. Ohne einen Kommentar. Man teilte ihnen nicht mit, dass ihr Blut Auffälligkeiten zeigte oder dass ihr Gewebetyp nicht passte. Nachdem Suryakanti von diesem Unheil verkündenden Gespräch am Telefon erzählt hatte, das sie zufällig im Labor mitgehört hatte, stieg bei allen die Unsicherheit. Die Angst vor der ungewissen Zukunft nahm zu. Würden sie ihre Familien jemals wiedersehen? Vom Labor aus wurden die Frauen von einem düster blickenden Sikh in einem verriegelten Transporter an einen ihnen nicht bekannten Ort gefahren. Von einer Stadt Mandvi hatten sie noch nie gehört.
In einem großen Haus, das außerhalb der Stadt lag, schloss man

sie in Kellerräume ein. Sie wirkten wie Gefängnisse. Das Essen war jetzt lieblos zubereitet und schmeckte grauenhaft. Sie bekamen zwar genügend zu trinken, jedoch schmeckten die Getränke eigenartig und bewirkten, dass die Frauen apathisch und müde reagierten. Trotz ihrer Verzweiflung fühlten sie sich nicht mehr in der Lage zu rebellieren. Viele dämmerten vor sich hin, einige schliefen beinahe den ganzen Tag.

Nun befanden sie sich an Bord eines Schiffes. Sie fürchteten sich vor dem, was als Nächstes kommen würde. Verängstigt sahen sie sich an. Als Einzige rüttelte Suryakanti versuchsweise an der Tür und musterte die Fenster der Bullaugen. Blockierte Türen, verriegelte Bullaugen, keine Fluchtmöglichkeit, kein Entkommen. Und nicht die mindeste Ahnung, wo sie sich befanden und wo man sie hinbringen würde.

Der Kapitän auf der Brücke blickte nervös und ungeduldig auf die Uhr. Ein zweites Boot stieß an die Jacht. Zwei Seeleute hievten große Kartons an Bord, gefüllt mit Plastikbeuteln. Deren Inhalt, ein geschmackloses weißes Pulver, verriet weder die Herkunft aus Afghanistan noch das Ziel Deutschland. Es gab auch seine Bestimmung nicht preis. Nämlich die Verkäufer traumhaft reich zu machen und die Käufer in das Reich der Träume zu schicken. Nachlässig stapelten die Männer die Kartons im Zimmer des Kapitäns. Erst auf hoher See würde er sich selbst um diese Pakete kümmern. Er wusste ja, eine Überprüfung durch Zoll oder Grenzbeamte gab es nicht. Dafür floss genügend Geld in die richtigen Taschen.

Der Kapitän fluchte ungehalten. »Verdammt, wo bleibt dieser blöde Smutje. Auf diesen Typ ist kein Verlass. Kleinganove, wie alle anderen auch.«

Er wollte abfahren. Doch er wusste, ohne Koch an Bord würde die Mannschaft meutern.

41

Frank weihte Tina in seine Pläne ein. Die Jacht Shadi wollte er in der Nähe des Ufers stoppen. Wenn dieses Schiff die hohe See, das Gebiet außerhalb der Drei-Meilen-Zone erreichte, konnte er nicht mehr eingreifen. Er musste vorher etwas unternehmen. Eilig durchstreifte er mit Tina die Gassen Mandvis. Da sah er einen Stand, der Feuerwerkskörper verkaufte. Schließlich stand in wenigen Wochen das Diwali-Fest bevor. Neben flackernden Öllampen, Kerzen und Glühbirnen, die den Sieg des Lichtes über die Dunkelheit verkündeten, gab es Feuerwerkskörper zu Ehren der Göttin Lakshmi, Symbol für Reichtum und Fruchtbarkeit. Der Verkäufer, zwar begeistert über den Kaufrausch, den diese zwei in seinen Augen verrückten Europäer entwickelten, bat sie, vorsichtig mit den Knallern umzugehen. Er packte sorgsam alle gekauften Explosivkörper in eine stabile Kiste aus massivem Holz. Frank bat um eine Schachtel Streichhölzer, ein Feuerzeug und ein langes Stück Zündschnur. An einer Tankstelle kaufte Tina einen Reservekanister. Sie ließ ihn von den Kindern des Tankwarts mit Benzin füllen.

Danach ließen sie sich durch die Basare treiben. Lange Gewürzstände reihten sich aneinander. Die Düfte von Anis, Kardamom, Kümmel, Granatäpfelsamen, Zimtstangen, Safran, Tamarinden, eingelegten Rosenblättern und getrockneten Mangostreifen lagen in der Luft. Ätherische Öle und Duftessenzen, Balsame und Parfüme standen in großer Zahl auf den Ständen. Frank lächelte Tina verschmitzt an. Er fragte an einem Stand für Gewürze nach dem schärfsten Chilipulver und erstand zwei große Tüten mit Bhut-Jolokia-Chili und Naga-Jolokia-Chili. Der Verkäufer nickte verständnisvoll als Frank mehrere Flaschen Mineralwasser dazukaufte.

Anschließend mietete Frank ein großes Motorboot am Strand. Der Bootsverleiher erklärte sich bereit, ihn hinauszufahren. Er wusste, Europäer im Urlaub steuerten ungern selbst ein Boot, ließen sich gerne verwöhnen. Dieser Kunde lehnte allerdings ab. Stattdessen bat er um eine Angel und um ein langes Seil mit einem daran befestigten Eisenhaken. Dann hob er eine Holzkiste und einen Kanister an Bord.

Tina bekam genaue Anweisungen von Frank. Mit einem Kuss und dem lockeren Spruch »Wird schon schiefgehen« verabschiedete er sich. Er fuhr weit von der Jacht entfernt scheinbar planlos Richtung offenes Meer. Die Angel ragte steil aus dem Boot heraus. Sie sollte den Anschein erwecken, dass es dem Mann im Boot um das Angeln von Fischen ging.

Frank stellte den Motor ab. Das vor sich hindümpelnde Motorboot mit dem Angler trieb langsam und unauffällig Richtung Jacht. Mit dem Messer öffnete er einige der Feuerwerkskörper und streute das explosive Pulver über die Raketen und Knallkörper in der Kiste. Mit der Spitze des Messers bohrte er dann ein Loch in das Holz der Kiste und schob ein Stück der Zündschnur hindurch. Danach leerte er die drei Flaschen mit Mineralwasser aus, füllte sie mit Benzin und stopfte in die obere Öffnung ein weiteres Ende der Zündschnur.

Auf der Jacht stand der Kapitän unruhig an Deck. Er war wegen des Ausbleibens des Smutjes zornig. »Dieser Halunke erscheint nicht. Was kann ich als Kapitän machen, wenn der Smutje spontan abheuert. Für diesen finde ich auf die Schnelle keinen Ersatz. Keiner in der Mannschaft versteht genug vom Kochen. Dem Kerl kürze ich die Heuer, wenn er nicht bald auftaucht.«

Leise fluchte der Kapitän vor sich hin. Er beobachtete misstrauisch ein einzelnes Motorboot, ein einsamer Angler, der jedoch offensichtlich in den Golf hinaus steuerte, um dort vor sich hin zu dümpeln.

Wohl einer der Fischesser. Die meisten Inder lehnen es doch ab, Fleisch zu essen, ging es dem Kapitän durch den Kopf. Eine für ihn absolut unverständliche Einstellung.

Er rief die Mannschaft an Deck und hieß sie Haltung annehmen. Wie lange diese Kerle brauchen! Wie sie herumhängen!

»Stellt euch in einer Reihe auf!«, brüllte er gereizt los.

»Gupta. Du lässt ein Boot zu Wasser, suchst den Smutje und schleifst ihn an den Haaren hierher. Wenn du ihn nicht findest, heuer einen Koch an. Du kennst genügend Leute in Mandvi. Er wird gut bezahlt und ist ein halbes Jahr auf See. Einzige Bedingung für das Anheuern: Er muss kochen können.«

Die anderen scheuchte er unter Deck mit den Befehlen: »Fangt an zu putzen. Passt auf die Frauen auf. Gebt ihnen zu essen und zu trinken. Die Kajüten betretet ihr nur zu dritt. Einer bewacht immer die Tür. So, und jetzt verschwindet!«

Er drehte sich um und sah dem von Gupta geruderten Boot hinterher.

»Meine Güte«, murmelte er vor sich hin, »warum habe ich meinen Ersten Offizier in Mumbai Urlaub machen lassen? Der Einzige an Bord, mit dem ich über meine Probleme reden könnte. Der Einzige, der verstehen würde, warum ich schnell weg will.«

Tina schritt die Police Line Road hinunter Richtung Strand. So hatte es Frank ihr aufgetragen. Am Ende der Straße stieß sie auf die Polizeistation von Mandvi. Sie öffnete die Eingangstür und trat ein. Sie rümpfte die Nase. Viele Polizeiwachen auf der ganzen Welt verströmen denselben eigenartigen Geruch. Es roch nach Uniformen, Stiefelleder, Angst und Schweiß.

Tina bat, den Chef der Station sprechen zu dürfen.

In seinem besten Hinglisch antwortete ihr der Polizist: »Memsahib, der SPO, superintendent of police, ist für eine Weile nicht in der Station.«

Tina akzeptierte nicht, dass der Chef außer Haus war. Sie schob dem Polizisten einen zusammengefalteten Geldschein zu und bestand darauf.

»Ich möchte umgehend mit dem SPO sprechen!«

Der Geldschein verschwand, der Polizist erhob sich, klopfte an die Tür und störte die Mittagsruhe seines SPO. Tina nickte ihm kurz zu und deutete durch das Fenster in Richtung Meer.

»Da draußen liegt eine Jacht. Ein Besatzungsmitglied hat meinen Geldbeutel gestohlen.«

Der Offizier warf ihr einen Blick zu, der nicht unbedingt von Interesse zeugte. Man sah ihm an, dies erlebte er öfters. Eine Touristin ließ sich beim Bummeln Geld wegnehmen. Das war keine große Sache.

Tina fuhr fort. »Ich wohne im Hotel The Beach at Mandvi Palace. Der Dieb ist in das Zelt eingebrochen.«

Jetzt reagierte der Offizier. Einbruch in solch einem luxuriösen Hotel. Das bedeutete: Es würde Schwierigkeiten geben. Er eilte zur Tür hinaus, rief den zwei Untergebenen einen Befehl zu, die daraufhin aufsprangen und ihm rasch folgten.

Tina blieb zurück und freute sich über ihren erfolgreichen Auftritt. Sie verließ nun ebenfalls die Polizeistation und eilte in Richtung Hafen.

Frank ließ das Boot langsam auf die Jacht zutreiben. Er legte an der landabgewandten Backbordseite an und warf den mit seinem Unterhemd umwickelten Haken über die Reling der Jacht. Nach dem zweiten Wurf verkantete er sich. Frank steckte die Chili-Tüten in die Hosentaschen, schob die Flaschen unter seinen Gürtel und kletterte nach oben. An Deck schaute er nach der Besatzung. Niemand zu sehen, außer dem Kapitän, der vorne am Schiff stand und Richtung Land starrte. Frank zog das Seil nach oben. Am anderen Ende hatte er die Holzkiste angebunden, die er an Bord hievte. Als er sie hochhob, knallte sie gegen die Flaschen mit Benzin. Er fluchte leise.

Zum Glück keine Plastikflaschen, dachte er. Glas hält doch manchen Stoß aus.

Vorsichtig schlich er auf Zehenspitzen die Treppen der Jacht hinunter. Im Bug hörte er laute Stimmen. Großreinemachen. Die Mannschaft schrubbte und putzte.

»Na, das wurde aber Zeit«, murmelte er und schlich zum Heck. Er sah die von außen versperrte Tür, hörte dahinter Gemurmel und leises Weinen.

Frank war sich sicher, hier wurden die Frauen gefangen gehalten.

Am Ende des Ganges entdeckte er einen kleinen Abstellraum. Dort deponierte er die Holzkiste. Die Zündschnur wies Richtung Tür. Am Boden des Raumes lagen Hammer, Beißzange, Schraubenzieher und anderes Handwerkszeug. Er wandte sich der Kajüte zu, hinter deren Tür er Frauenstimmen gehört hatte. Leise schob er den Riegel der Tür auf, legte die Finger auf die

Lippen und deutete damit an, dass die Frauen keinen Laut von sich geben sollten.

»Shrimati. Chelo, Jaldikare!«

Er flüsterte diese auswendig gelernten Hindi-Worte und hoffte, dass er sie richtig aussprach.

»Frauen. Verschwindet und beeilt euch«, hatte er am Abend zuvor aus einem Deutsch-Hindi Wörterbuch für sich übersetzt.

Die Frauen schienen zu verstehen und huschten Richtung Treppenaufgang. Er rannte zurück zu dem Abstellraum und zündete die sehr lange Lunte an. Anschließend klemmte er in den Riegel zur Verbindungstür zum Bug den größten Hammer, den er finden konnte. Er hoffte, diese Blockade des Riegels würde wenigstens ein kurzzeitiges Hindernis für die Mannschaft darstellen.

Als er an Deck kam, traute er seinen Augen nicht. Der Kapitän stand immer noch vorne am Bug, den Blick fest auf den Strand gerichtet. Die Frauen kauerten im Heck am Boden und zitterten. Er warf den Strick über die Reling und deutete auf das Boot, das unten festgebunden auf und ab wippte.

»Klettert hinunter!«

Das konnte er nicht auf Hindi ausdrücken. Sein wildes Nach-unten-Deuten mit dem Daumen klärte die Situation. Eine der Frauen übersetzte seine englischen Worte. Als die erste am Seil hinunterrutschte, schrie sie beim Aufprall im Boot leise auf. Der Kapitän fuhr herum. Er überblickte von seiner höher gelegenen Stelle aus die Situation. Laut rief er nach der Mannschaft und zog einen Revolver aus der Jackentasche.

Frank hatte bei diesem Mann eine ähnliche Reaktion erwartet. Er holte eine der Flaschen mit Benzin heraus, zündete die Lunte an, und warf sie mit großem Schwung zum Bug, in Richtung des Kapitäns. Das Glas zerbarst an der Metallwand. Eine Flammenwand schoss empor. Als sie sich senkte, warf Frank mit großer Wucht die zweite Flasche und dann die dritte. Er duckte sich auf dem Jachtdeck, um dem Revolverschützen keine Chance für einen Treffer zu geben. Gerade verließ die letzte der Frauen das Deck, als auch schon der erste Inder aus dem Inneren der Jacht auftauchte.

Verdammt, er besaß keine Benzinbombe mehr, nur ein Taschenmesser. Damit würde er gegen die Mannschaft nicht ankommen. Sie würden ihn überwältigen, bevor er sich ins Ruderboot abseilen könnte.

»Nicht verzweifeln im Land der tausend Möglichkeiten und der Tandoori Chicken«, beruhigte er sich selbst. Er holte eine Chili-Tüte aus der Tasche, öffnete sie und warf das Pulver den Indern entgegen in die Luft. Als er die Wirkung sah, war er fassungslos. Sie übertraf um einiges eine massive Ladung Pfefferspray. Roter Staub bedeckte die Gesichter der Inder. Tränen schossen aus ihren Augen. Sie husteten und schrien vor Schmerzen. Nach dem Wurf des Inhalts der zweiten Tüte wichen sie eilig in die Jacht zurück. Jetzt verstand er, warum man beim Einchecken in den Flughäfen Indiens Tüten mit Chilipulver abgeben musste.

Tina stand am Strand und presste das Fernglas, das Frank ihr überlassen hatte, fest an die Augen.

Ihr Frank. Wollte dieser einer Übermacht der Jachtmannschaft mit drei Flaschen, gefüllt mit Benzin, trotzen. So ein verrückter Vogel.

Zumindest konnte der Kapitän nicht mehr auf ihn schießen. Er war mit dem sich rasch ausbreitenden Brand beschäftigt. Statt auf den Abzug des Revolvers, drückte er auf den Abzug des Feuerlöschers. Aber die aufgebrachte, zornige Mannschaft strömte an Deck. Alle waren mit langen Messern bewaffnet. Keine Aussicht auf ein Entkommen. Immerhin, die Mädchen befanden sich im Boot und konnten fliehen, wenn sie sich trauten.

Verdammt, wo blieb die Polizei?

In diesem Augenblick geschah mehreres gleichzeitig.

Die Inder verschwanden, ihre Gesichter mit rotem Pulver bedeckt, vor Schmerzen schreiend, im Inneren der Jacht.

Aus der Mündung des Rukmavati Flusses schoss mit heulenden Sirenen ein Polizeiboot heraus.

Im Heck der Jacht gab es eine laute Explosion.

Frank schwang sich über die Reling und ließ sich am Seil in das Motorboot hinab fallen. Mit aufheulendem Motor raste er von der Jacht weg und in einem weiten Bogen auf den Strand zu.

Das Polizeiboot machte an der Steuerbordseite fest. Die Polizisten zückten ihre Waffen. Einer warf eine Strickleiter über die Reling. Der Offizier kletterte hinauf. Der Kapitän erklärte ihm, dass das Feuer unter Kontrolle wäre. Die Explosion hätte nichts zu bedeuten. Doch der Offizier befahl seinen Leuten, an Bord zu kommen. Der Mannschaft und dem Kapitän ließ er sicherheitshalber Handschellen anlegen.

Er fixierte den Kapitän und fragte: »Wo befindet sich das gestohlene Geld?«

»Wir stehlen nicht! Welches Geld denn?«

Wilde Proteste. Kopfschütteln bei der Mannschaft. Der Kapitän verbat sich mit zornrotem Kopf diese Anschuldigung. Der Offizier ließ sich nicht beeindrucken. Er befahl die Durchsuchung der Jacht. Seine Leute fanden kein gestohlenes Geld. Sie entdeckten eine große Menge Heroin und mehrere Koffer mit Frauenwäsche. Das sichergestellte Heroin würde dem Offizier zu einer Beförderung verhelfen. Die Frauenwäsche gab Rätsel auf. Ein Polizist mit Großstadterfahrung versuchte eine Erklärung für die Wäsche.

»Der Dieb stahl im Hotel nicht Geld, sondern Frauenwäsche. Er ist pervers.«

Am Abend wollte der Offizier die bestohlene Frau im Hotel aufsuchen, um ihr mitzuteilen, dass sie ihr Geld nicht gefunden hatten. Er erfuhr zu seinem Erstaunen, dass die Frau abgereist war. So konnte er sie nicht fragen, ob sie Wäsche vermisste. Auch konnte er den Dank nicht loswerden, dass ihr Hinweis zwar nicht zum Diebesgut geführt hatte, jedoch zu einer großen Menge Rauschgift, und das spielte in einer ganz anderen kriminellen Dimension. Für den Kapitän der Jacht Shadi bedeutete der Besitz von solch einer Menge Heroin eine langjährige Haftstrafe. Für den Europäer würde es kein Vergnügen sein, in einem indischen Gefängnis zu sitzen.

Die Frauen stiegen am Strand aus dem Boot. Frank erklärte ihnen, dass sie sich in Mandvi befanden, einer Stadt weit entfernt von Jodhpur. Er überlegte hin und her, was zu tun wäre. Neun hilflose, ortsunkundige Frauen. Was sollte er mit ihnen anfangen? Der Polizei übergeben? Das würde für sie mindestens eine Nacht im Gefängnis heißen. Was dies in Indien für Frauen bedeutete, wusste er nicht. Außerdem hatten sie das Geld der Organhändler angenommen, ihre Gegenleistung, die Spende ihrer Niere, aber nicht erbracht. Im Prinzip hatten sie sich an einem illegalen Geschäft beteiligt und sich somit strafbar gemacht. Selbst wenn sie davon nichts geahnt und aus Not gehandelt hatten, die Strafbarkeit blieb. Mildernde Beweggründe zählten in einem Land mit vielen Notleidenden nicht.

Wie würde die Polizei auf diese komplizierte Angelegenheit reagieren?

Während er den Bootsverleiher auszahlte und mit ihm den Preis verhandelte, stieß Tina zu ihnen. Sie umarmte Frank unter Tränen.

»Du verrückter Bomber vom Golf von Kachchh. Was bin ich froh, dass du heil davongekommen bist.«

»Was machen wir mit den Frauen?« Frank schien ratlos. »Übergeben wir sie der Polizei?«

»Sahib, bitte keine Polizei.«

Eine der indischen Frauen hob die Hände und legte sie bittend aneinander.

»Ich heiße Suryakanti. Bitte keine Polizei.«

In stockendem Englisch erklärte sie Tina, dass die Polizei sie nicht gut behandeln würde. Sie kamen alle aus Jodhpur oder aus den Dörfern der Umgebung der Stadt und wollten nach Hause. Dort, geschützt durch die Familien, fühlten die meisten sich sicher. Hier würde die Polizei sie wie Dirnen behandeln, und die standen außerhalb des Gesetzes.

Frank entschloss sich, für die Frauen Mopeds zu leihen, damit sie nach Bhuj fahren konnten. Vergeblich suchte er nach einem Fahrrad- oder Mopedverleih. Während man in vielen indischen Städten, die von Touristen besucht werden, an jeder Straßenecke Fahrräder oder Mopeds leicht ausleihen kann, schien das in Mandvi nicht üblich. Eine der Frauen entdeckte ein Sammeltaxi. Nach langem Feilschen brachte der Fahrer keine Einwände gegen eine Fahrt nach Bhuj und den Zusatzverdienst vor.

Doch zuerst mussten sie in das Hotel fahren. Dort beglich Frank rasch die Rechnung für den Zeltaufenthalt und die Essen. Tina packte inzwischen, und so verließen sie schnell und unauffällig ihr luxuriöses Zelt.

Auf der Fahrt nach Bhuj erzählten die Frauen, wo sie herkamen, wie sie lebten und welche Gründe sie zu diesem Handel getrieben hatten. Suryakanti sprach ein verstehbares Englisch. Sie übersetzte stockend und unbeholfen. Die meisten wohnten in kleinen Dörfern in der Nähe von Jodhpur. Ihnen war Geld für einen kleinen operativen Eingriff versprochen worden. Sie hatten sich ausgenutzt gefühlt, denn der Vorschuss war kleiner ausgefallen als versprochen. Dazu kam, dass sie erfahren hatten, dass einige, die sich auf diesen Pakt eingelassen hatten, nicht mehr zu ihren Familien zurückgekehrt waren. Suryakanti und zwei der Frauen waren Prostituierte. Ihre Zuhälter hatten sie verkauft.

Frank erkundigte sich neugierig bei Suryakanti, warum nur Frauen an diesem Handel mit Organen beteiligt waren. Männer könnten ihre Niere doch auch für Geld anbieten.

Sie lächelte ihn traurig an. »Sahib, Sie kennen Indien nicht. Jede Stunde wird in diesem Land eine Frau wegen Mitgift-Streitereien ermordet. Die Täter kommen meist straffrei davon. Zwölf Millionen Babys wurden in den letzten Jahren abgetrieben, weil sie weiblich waren. Frauen werden verkauft, als Kinder verheiratet oder wie Sklaven gehalten. Ich wurde von meiner Familie an einen Zuhälter verkauft, damit meine Schwester einen wohlhabenden Mann heiraten konnte. Die Mitgift war sehr hoch.«

»Das kann ich nicht glauben. Indien, das Land des Mahatma Gandhi, in dem Frauen Schlüsselpositionen in Politik und Wirtschaft einnehmen, ein Land in dem die Frauen auf dem Papier zumindest gleiche Rechte wie Männer besitzen.«

»Oh, Sahib. Sie kennen das Indien der Touristen. Es gibt bei uns zwei Indien. Eines, das Frauen Gleichberechtigung und Wohlstand zugesteht, und ein anderes Indien, in dem die große Mehrheit der Frauen rechtlos leben muss. Sie sind Gebärmaschinen und Arbeitstiere. Die Geburt eines Mädchens gilt als Unglück, weil die Familie später bei der Heirat eine hohe Summe an Mitgift zu zahlen hat.«

Frank verstummte betroffen. Er sah, wie Tränen in den Augen von Suryakanti aufstiegen.

Als sie in Bhuj am Flughafen ankamen, buchte Frank für sechs Frauen einen Flug nach Jodhpur und gab ihnen das nötige Geld für die Weiterfahrt in ihre Heimatdörfer. Ihre Dankesbezeugungen wimmelte er ab, indem er für sie unverständlich murmelte: »Das geht voll auf Rechnung eines Klienten.«

Den drei Prostituierten schenkte er einen größeren Geldbetrag. Er bat sie zusammenzubleiben. Sie sollten nicht bis Jodhpur mitfliegen. Dort würden sie wieder in Hände ihrer Zuhälter fallen. Sie konnten in Ahmadabad aussteigen, selbstständig werden und mit dem Geld ein kleines Geschäft aufmachen. Mit Tränen in den Augen dankten sie ihm für diese Chance, ein neues Leben zu beginnen.

Für sich und Tina buchte er einen Flug nach Delhi. Er wollte so schnell wie möglich nach Hause. Die Spinne in diesem Organhandel-Netz saß in einem Zentrum, das nicht in Indien lag. Er vermutete, es könnte Stuttgart sein.

42

Tina und Frank landeten auf dem Flughafen in Frankfurt. Von einem Taxi ließen sie sich nach Leonberg bringen. Eine teure Taxifahrt, doch Geld spielte keine Rolle. Herr Holzer kam schließlich für alle Unkosten auf. Als sie vor Franks Wohnung ausstiegen, lauerte die Nachbarin Frau Haile am offenen Fenster.

»Hallo, Herr Buck. Sie waren lange fort. Ich habe Ihre aus dem Briefkasten quellende Post bei Ihnen ins Büro gelegt. So wie ich das immer mache, wenn Sie verreisen.«

»Vielen Dank, Frau Haile. Gab es besondere Vorkommnisse?«

»Nein. Keine Polizei mit Blaulicht. Ihr Fräulein Alina ist auch nicht aufgetaucht. Die Dame, die jetzt mit Ihnen angekommen ist, hat ein paar Tage in Ihrer Wohnung gelebt. Aber das ging sicher in Ordnung, oder?«

»Ja, ja, Frau Haile. Das ist meine Kollegin. Sie wohnt noch einige Tage bei mir, um sich von ihrer Verletzung zu erholen.«

Unter einem allgemeinen »Auf Wiedersehen« betraten die Indienreisenden das Treppenhaus. Kaum schloss sich die Tür, prustete Tina los und Frank lachte lauthals.

»Die Frau könnte ich als Privatdetektivin für einen schwierigen Überwachungsauftrag einsetzen.«

Schlagartig verfinsterte sich Tinas Miene.

»Aber du wirst doch hoffentlich weiterhin als Kommissar arbeiten. Die Tätigkeit als Detektiv schließt du mit diesem Fall ab.«

»Ich weiß es nicht. Wenn ich viele reiche und großzügige Klienten wie diesen Holzer anwerbe, verzichte ich auf das doch sehr bescheidene Beamtensalär.«

Narayan fühlte sich wie von der Göttin des Schreckens, Kali, verfolgt. Eine negative Nachricht jagte die andere. Desais Handy klingelte. Als er die Verbindung herstellte, war eine zornige Stimme zu vernehmen, die ihn auf Deutsch, dann auf Englisch anfauchte. Narayan berichtete auf Englisch über das Geschehene. Die Stimme beruhigte sich. Er bekam den Auftrag, sich nach dem Verbleib der Jacht Shadi und ihres Kapitäns zu erkundigen. Er schrieb sich dessen Handynummer auf. Bei seinem Anruf mit einem nicht registrierten Handy meldete sich eine männliche Stimme.

»Polizeirevier Mandvi.«

Der Mann erkundigte sich barsch nach seinem Namen. Narayan legte rasch auf. Er nahm die Prepaid-Karte aus dem Handy und zerstörte sie.

Wieder klingelte Desais Handy. Diesmal meldete sich der Arzt des Krankenhauses. »Wir müssen Ihnen leider mitteilen, dass Herr Doktor Desai sich nicht mehr von dem Herzstillstand erholt hat. Sein Gehirn hat zu lange unter Sauerstoffmangel gelitten. Benachrichtigen Sie bitte seine Familie, dass er gestorben ist. Wir besitzen von dem Herrn keine Unterlagen, nur diese Telefonnummer.«

Narayan stellte ebenfalls fest, dass er von seinem Geldgeber nicht viel mehr wusste. Keine Ahnung von Familie oder Angehörigen. Er setzte sich ins Auto, um zu Desais Villa zu fahren. Er läutete an der Tür. Keiner reagierte. Niemand da. Kein Hausangestellter zu sehen. Mit einem Dietrich öffnete er die Tür und trat ein. Trotz ausgiebiger Suche fand er im gesamten Haus keinen Hinweis auf das Privatleben des Laborleiters. Alle Papiere wiesen auf dienstliche Abläufe oder Belange hin. Nur ein Foto auf dem Schreibtisch fiel aus dem Rahmen. Es zeigte eine blonde Frau unter einem Baum, die dem Fotografen – vielleicht Desai – eine Kusshand zuwarf.

Wer konnte dies sein?

Neid auf den Arzt stieg in Narayan auf. Nicht nur, dass er über Geld wie Heu verfügte. Nein, er besaß auch eine blonde Geliebte, Freundin oder Frau. Das bedeutete für einen normalen Inder so etwas wie ein Lottogewinn. Andererseits, was hatte der gute Doktor jetzt davon? Er lag tot im Krankenhaus. Lieber weniger Geld und keine blonde Freundin haben und dafür am Leben sein.

Das Pech, oder die Göttin Kali, verfolgte Narayan weiterhin. Im Untergeschoss des Hauses fand er einen Raum mit verschlossener Tür vor. Sie ließ nicht öffnen. Er entschloss sich, die Tür aufzubrechen. Er suchte ein geeignetes Werkzeug und fand eine Eisenstange in einem der Nebenräume. Diese stieß er zwischen Tür und Rahmen. Holz splitterte, und mit Hebelkraft brach er die Tür auf. Plötzlich schien der Gang an vielen Stellen gleichzeitig zu explodieren. An mehreren Orten brach Feuer aus. Von herumfliegenden Steinen getroffen und mit angesengter Jacke rettete er sich ins Freie. Er sah hilflos zu, wie das rasch um sich greifende Feuer jeden Hinweis auf die Herkunft des Laborchefs und auf seine Geschäftsgeheimnisse vernichtete.

Eindeutig eine Sicherungsfalle für die Unterlagen der fragwürdigen Geschäfte. Hätte ich wenigstens das Foto mitgenommen, ging es Narayan durch den Kopf.

Er schimpfte mit sich selbst und hoffte, dass niemand sein Eindringen und seinen Rückzug beobachtet hatte. Die Passanten auf der Straße starrten auf die brennende Villa. Sie beachteten nicht den Mann, der sich mit schnellen Schritten entfernte.

Narayans Privathandy klingelte. Misstrauisch nahm er die Nummer in Augenschein.

Vorwahl aus Deutschland. Aha, die deutschen Freunde. Sie wollen Auskunft. Wieso haben sie meine Nummer? Die kannte doch nur Doktor Desai.

»Narayan«, meldete er sich servil und eifrig. »Mister Toran, es tut mir leid, der Doktor ist seinen Verletzungen erlegen. Ich soll …«

»Interessant. Das ist eine positive Neuigkeit«, ertönte eine ihm wohlbekannte Stimme.

»Nein, das kann nicht sein! Wie kommen Sie denn an meine Nummer?«

Zutiefst erschrocken unterbrach er die Verbindung.

Nach diesem Erlebnis beschloss er, den Wohnsitz zu wechseln. Wozu besitzt man Verwandte im fernen Bundesstaat Assam, wenn man sich in Rajasthan von der Göttin Kali verfolgt fühlt?

43

Frank sortierte den Inhalt von Desais Brieftasche auf dem Schreibtisch. Mit einem Skalpell schlitzte er das Leder auf. Er suchte penibel nach dem kleinsten Fetzen Papier. Ebenso verfuhr er mit dem Geldbeutel. Die Pistole des Laborarztes lag nicht auf dem Tisch. Sie befand sich am Grund des Flusses Rukmavati. Solch einen Gegenstand ließ sich nicht einfach im Flugzeug befördern.

Tina saß auf der anderen Seite des Schreibtisches und verfolgte ungeduldig sein Tun.

»Ruf Stöckle an. Sag ihm, wir sind gesund zurückgekommen. Er soll sich keine Sorgen um uns machen.«

»Das hat Zeit. Ich möchte Heyer und Toran nicht aufschrecken. Wer weiß, wozu die fähig sind, wenn es für sie eng wird.«

»Du glaubst nicht, dass das, was du in Indien gefunden hast, genügend Beweiskraft besitzt.«

Frank fasste zusammen.

»Wir verfügen über eine Liste von Telefonnummern. Desai besaß ein schlechtes Gedächtnis für Zahlen. Er wechselte sicherheitshalber oft seine Prepaid-Handys und musste dann die Telefonnummern neu einspeichern. Diese Nummern können wir den Telefonbesitzern zuordnen. Die mit einer deutschen Vorwahl führen uns zur Klinik, damit zu Glomm, eine Sackgasse. Andere Nummern weisen auf Heyer, Toran und den Kapitän der Jacht hin. Eine der indischen Nummern hat uns mit dem mir gut bekannten Herrn Narayan verbunden. Dieser rotiert jetzt, nachdem er mich mit Toran angesprochen und mir mitgeteilt hat, dass Desai gestorben ist.

Der Kapitän sitzt hinter Schloss und Riegel – und das für lange Zeit. Heroinschmuggel ist in Indien kein Kavaliersdelikt. Professor Glomm kann man nicht mehr bestrafen. Die Ermordung ist als Höchststrafe anzusehen. Mezahn plaudert mit den Fischen der Nordsee. Heyer und Toran und ein uns noch unbekannter Verbindungsmann in der Klinik können diese Fundstücke nicht erschrecken. Es handelt sich nicht um gerichtlich verwertbare Beweise. Wie soll ich einem Richter erklären, wie ich zu den Sachen von Desai kam? An die Konten und Geldüberweisungen der Herren in der Schweiz und auf den Bahamas kommen wir erst recht nicht heran. Das Bankgeheimnis der Schweizer und der Bahamaer Banken knacken wir nicht.«

Resigniert zuckte Tina die Schultern.

»Gehen wir zum Abendessen ins *Alte Stadttor*.«

Nach einem vorzüglichen Essen – Zwiebelrostbraten, wie ihn eine schwäbische Hausfrau nicht besser machen könnte – saßen Tina, Frank, Sid und seine Frau Thanh am Stammtisch und plauderten. Die Wirtsleute interessierten sich für indische Gerichte, Gewürze und Getränke. Anschließend erzählte Tina über ihre Erlebnisse. Als Frank seine Schlussfolgerung vorbrachte, dass es in diesen Fällen eindeutig um kriminellen Organhandel ging, stand Thanh auf und brachte Frank einen Artikel der Leonberger Kreiszeitung aus der Küche.

»Schau mal, was da steht«, forderte sie ihn auf, und er las laut vor.

»Junger Chinese tauscht Niere gegen Computer.

Ein chinesischer Schüler hat seine Niere für 2 700 Euro an eine

Bande verkauft, die illegalen Organhandel betreibt. Der Junge aus Anhui meldete sich auf eine Anzeige im Internet. Zur Entnahme der Niere fuhr er in die Provinz Hunan, wo ihn ein Arzt operierte. Die Niere wurde für ein Vielfaches des Preises an einen reichen Transplantationspatienten weiterverkauft.«

Die anschließende, heftig geführte Diskussion über legale und illegale Transplantationen wurde gestört, als sich die Tür öffnete.

Sid rief, ohne sich umzudrehen: »Wir haben geschlossen.«

Doch ein sturer Stöckle ließ sich nicht abweisen.

»Wenn es für meinen Freund Frank etwas zu essen gibt, dann reicht es auch für mich.«

Er setzte sich an den Stammtisch und schmunzelte über die verblüfften Gesichter.

»Da staunt ihr. Ich habe geahnt, dass ihr aus Indien zurück seid. Ihr wolltet wohl euern Chef nicht sehen. Urlaub von der Arbeit, nennt sich das. Drückebergerei trifft es besser.«

Frank protestierte. »Ich arbeite nicht mehr für deine Firma. Du vergisst, man hat mich rausgeworfen.«

»Irrtum, mein Lieber. Deine Suspendierung hat Heyer mit dem Ausdruck des größten Bedauerns zurückgenommen. Ich denke, zu diesem Zeitpunkt hielt er dich für eine Leiche. Du warst in Indien verschollen und unauffindbar.«

Lange saßen sie an diesem Abend zusammen. Sie diskutierten den Fall und leerten manches Glas Wein. Der Kommissar trank Trollinger aus Württemberg, Tina und Frank Spätburgunder aus Baden und Sid und Thanh einen Merlot aus Italien. Sie wälzten die Fakten hin und her, die Tina und Frank von Indien mitgebracht hatten, und fanden keinen Ansatz für ein Eingreifen, um den Herren im Dunkeln das Handwerk zu legen. Über den großen Unbekannten im Hintergrund, der alle Fäden zog, konnten sie Spekulationen anstellen. Keine Spur, die zu ihm führte, kein Hinweis, wer er sein könnte.

Mitten in der Nacht schreckte Frank aus einem unruhigen, von Grübeln unterbrochenen Halbschlaf hoch. Er blickte auf die neben ihm schlafende Tina. Langsam formte sich in ihm ein Plan. Zufrieden legte er sich zurück und schlief ein.

Am anderen Morgen telefonierte er mit Heyer und bedankte sich für die Rehabilitierung. Der Staatsanwalt entschuldigte sich mit einer faulen Ausrede.

»Wer konnte ahnen, dass ein honoriger Mann wie Professor Glomm in dunkle Machenschaften verwickelt sein könnte?«

»Da sind noch andere ehrenwerte Herren betroffen. Ich möchte einen Durchsuchungsbefehl für die Klinik. Es müssen Spuren von illegalen Transplantationen zu finden sein. Ich weiß sicher, dass die Leichen Opfer eines illegalen Organhandels waren. Ich habe klare Beweise dafür gefunden, dass man die indischen Frauen mit einer Jacht namens Shadi illegal ins Land brachte. Außerdem fand ich mehrere deutsche Telefonnummern von am Organhandel Beteiligten. Im Büro werde ich morgen den Nummern die Personen in der Klinik zuordnen können.«

Heyer wandte ein: »Äh, Ihre Angaben scheinen vage. Können Sie nicht Ihre Beweise vorbeibringen?«

Nach einer kurzen Pause des Nachdenkens reagierte Heyer zupackend: »Wissen Sie was, Herr Buck. Ich glaube Ihnen. Ich spreche mit dem Richter wegen eines Durchsuchungsbefehls. Gefahr im Verzug. Wir treffen uns in einer Stunde in der Klinik. Ich benachrichtige das Sondereinsatzkommando und spreche mit Herrn Stöckle. Kommen Sie direkt in die Klinik. Bringen

Sie Ihre Beweise mit. Die Telefonnummern sind äußerst wichtig. Damit konfrontieren wir die Leute in der Klinik.«

Tina, die das Gespräch mitgehört hatte, schüttelte den Kopf.

»Glaubst du, dass er wirklich Dreck am Stecken hat? Er scheint sich doch reinzuknien. Besorgt sich wegen Gefahr im Verzug einen Durchsuchungsbeschluss.«

»Warten wir ab, ob er Stöckle wirklich anruft, ob er den SEK-Leiter über den Einsatz informiert. Wenn er mir eine Grube gräbt, indem er mich in die Klinik lockt, dann fällt er dieses Mal selbst hinein.«

Bevor Frank in die Klinik nach Stuttgart fuhr, rief er Stöckle an. Er fragte, ob Heyer ihn informiert hatte. Stöckle wusste von nichts. Er hörte sich die Schilderung von Frank und Tina an und ließ sich ihren Plan erklären.

»Frank, selbstverständlich aktiviere ich eine Einheit der SEK. Ich komme mit Karina in die Klinik. Ich muss schon sagen, Heyer versetzt mich in Erstaunen. Für dieses eigenartige und verdächtige Verhalten muss er eine gute Erklärung vorbringen.«

Tina saß nach dem Telefonanruf nachdenklich da und überlegte laut.

»Kannst du dich hundertprozentig auf deinen Kriminalrat Ernst Stöckle verlassen? Es steht eine große Menge Geld auf dem Spiel. Könnte man ihn kaufen?«

»Ich kenne Ernst seit vielen Jahren. Als junger Militärpolizist habe ich ihn bei der Ausbildung als durch und durch integren Kommissar schätzen gelernt. Mich haben seine Aufrichtigkeit, sein Gerechtigkeitssinn und sein Wissen beeindruckt. Wegen ihm arbeite ich bei der Polizei in Stuttgart. Geld hat bei ihm nie eine Rolle gespielt. Im Zentrum seiner Welt stehen seine Frau,

die Töchter und der Beruf. In dieser Reihenfolge. Wenn ich ihm
nicht trauen kann, wem dann?«

44

Frank fuhr zügig die Wildparkstraße in Richtung Stuttgart. Im Rückspiegel sah er, dass Tina in ihrem Auto folgte. Er unterhielt sich mit ihr, als säße sie auf dem Nebensitz. Das in der Jackentasche befindliche Mikrofon funktionierte hervorragend. Aus der kleinen Box auf der Ablage tönte die Stimme von Tina, als er Richtung Schloss Solitude abbog.

»Hallo, Pfadfinder. Du fährst falsch. Die Klinik liegt in Stuttgart Nord.«

»Ich weiß. Einen kleinen Spaziergang in Ehren kann vor der Gefahr niemand verwehren.«

Er steuerte den Parkplatz für Wanderer an, von dem eine gerade Straße zum Schloss führt. Tina hielt ebenfalls und stieg aus. Untergehakt schlenderten sie auf das Schloss zu.

»Warum machst du das? Du kannst doch nach unserem Abenteuer spazieren gehen.«

»Absicht. Ich lasse Heyer warten und hoffe, dass er nervös wird. Falls er mich auf meinem privaten Handy anruft, macht er den ersten Fehler. Er kann nämlich die Nummer nur von Desai oder Narayan erfahren haben. Stöckle würde sie nie weitergeben. Privat ist privat und Dienst ist Dienst, lautet seine klare Devise. Außerdem gebe ich mit unserem Spaziergang Stöckle mehr Zeit, sich und die SEK-Männer in Stellung zu bringen.«

Sie standen auf der Terrasse des Schlosses und genossen die Aussicht. Der Blick reichte hinab über Vororte von Stuttgart bis weit hinaus nach Ludwigsburg. In der dunstigen Ferne ließen sich die Höhenstufen des Keupers erahnen. Sein Privathandy klingelte.

»Hier spricht Heyer. Wir stehen vor der *Jungbrunnen*-Klinik und warten auf Sie. Wo bleiben Sie?«

»Ich stehe im Stau. Ich beeile mich. Bis gleich.«

An Tina gewandt, fragte er: »Hat dein Aufnahmegerät funktioniert? Dann muss er uns später auf dem Präsidium die erste kritische Frage beantworten. Woher kennt er meine private Nummer?«

Eilig schritten sie die Straße hinunter, stiegen in die Autos und fuhren los. Nach 15 Minuten bremste Frank vor der Klinik. Tina hatte Abstand gehalten und parkte ihr Auto unauffällig einige Hundert Meter entfernt. Niemand ließ sich blicken. Das Haupttor zur Klinik stand weit offen. Frank fuhr mit elegantem Schwung die Einfahrt hoch und hielt direkt vor dem Eingang. Er sah in den Garten, musterte die Nachbarhäuser und blickte die Straße hinunter. Weit und breit kein Anzeichen von Polizisten oder einer SEK-Einheit. An der Tür erschien Heyer, der ihm hektisch zuwinkte.

»Kommen Sie, beeilen Sie sich!«

Frank lächelte und murmelte: »Ich bin gespannt, welche Überraschung er für mich vorbereitet hat.«

Rasch ging er auf den Staatsanwalt zu, schüttelte ihm kräftig die Hand. »Wo ist das Klinikpersonal?«, wollte er wissen. »Hier ist alles so ruhig.«

»Treten Sie erst einmal ein!«

Heyer hielt ihm die Tür auf, schloss diese rasch hinter ihm und schob Frank in die Vorhalle der Klinik. Dort stand breitbeinig und zynisch lächelnd Toran und zielte mit einer Pistole auf Frank. Dieser spielte den völlig Überraschten.

»Sie hier? Was soll das?«

»Da kommt die Maus, unser Herr Buck. Er entdeckt, dass der Speck vergiftet ist. Er sitzt in der Falle, und die Katzen freuen sich.«

Frank sah ihn an und fragte überlaut und deutlich: »Warum zielen Sie mit einer Pistole auf mich, Herr Doktor Toran? Ach, schau an, der Herr Staatsanwalt benutzt auch solch ein gefährliches Spielzeug.«

Irritiert musterten ihn die beiden Männer. Die eigenartige Reaktion auf die Bedrohung ließ sie stutzen. Sah der Kommissar nicht, dass er das Spiel verloren hatte? Wollte er nicht begreifen, dass sie beide auf der anderen Seite standen?

Mit kalter Stimme klärte Toran ihn auf. »Herr Buck. Außer Heyer und mir befindet sich keiner in diesen vorderen Klinikräumen. Wir haben Herrn Stöckle nicht informiert. Er kann und wird Ihnen nicht helfen. Wir haben kein SEK angefordert. Also werden keine Polizisten auftauchen und Ihnen helfen. Wenn Sie es so formulieren wollen, wir sind die Bösen. Wir möchten von Ihnen Ihr Beweismaterial. Vielleicht lassen wir Sie laufen. Vielleicht erschießen wir Sie. Das entscheidet Ihre Bereitschaft, mit uns zu kooperieren. Wenn wir schießen, ist es ein Unglücksfall oder Notwehr unsererseits. Also rücken Sie die Papiere aus Indien raus! Was für Beweise haben Sie mitgebracht?«

Frank griff vorsichtig in die Jackentasche. Der Sicherungshebel von Heyers Pistole klickte.

»Halt. Nehmen Sie ganz langsam die Hände heraus. Ziehen Sie Ihre Jacke aus. Lassen Sie diese auf den Boden fallen.«

Frank tat wie ihm geheißen. Aus der Jackentasche rollte eine kleine silberne Kugel heraus und kullerte auf Toran zu. Der bückte sich, starrte das runde Ding fassungslos an und hob es auf.

»Das ist ein Mikrofon!«, schrie er, warf es auf den Boden und stampfte mit dem linken Schuh unbeherrscht darauf herum.«

»Schade, dass Sie dieses teure Mikrofon mit Hochleistungssender mutwillig zerstörten. Aber gegen die Zerstörung eines Menschenlebens ist das bedeutungslos. Es wird das Strafmaß, das Sie erwartet, nicht wesentlich verändern.«

In diesem Augenblick barst die Fensterscheibe des Vorraumes. Ein greller Blitz erhellte den Raum und blendete alle. Ein Riesenknall ließ die Männer ertauben. Trotz des Schocks sprang Frank mit einem Hechtsprung hinter die Sitzgruppe, an deren Lage er sich von seinen letzten Besuchen her erinnerte. Er warf sich flach auf den Boden. Toran und Heyer ballerten mit ihren Pistolen wild und ungezielt um sich. Mehrere Schüsse. Dann herrschte Totenstille.

»Frank, wo bist du?«, rief eine Stimme. Stöckle rannte in den Raum. Er schien beunruhigt. Frank hörte nichts außer einem hohen Pfeifen. Polizisten in schwerer Schutzkleidung brachen die Tür auf. Einige sicherten mit Maschinenpistolen. Andere bewegten sich vorsichtig mit vorgehaltenen Pistolen auf die am Boden liegenden Männer zu, beugten sich über diese und ließen Handschellen zuschnappen. Frank rappelte sich hinter der Sitzgruppe auf.

»Verdammt. Die Schüsse gingen knapp vorbei. Die zwei sind völlig durchgedreht. Das ist kein professionelles Verhalten für Leute mit einer juristischen Vollausbildung.«

Völlig taub konnte er nicht hören, wie der am Boden kniende Polizist feststellte, dass Toran gerade seinen Schussverletzungen erlag und Heyer schwer verletzt war.

Von der Granate geblendet und in Panik hatte Heyer um sich geschossen und Toran zweimal getroffen. Den Staatsanwalt wiederum hatte eine Polizeikugel außer Gefecht gesetzt.

Innerhalb kurzer Zeit lag die Klinik im Zentrum eines turbulenten Geschehens. Krankenwagen fuhren vor. Polizeiwagen mit und ohne Blaulicht versperrten die Seitenstraßen. Die Spurensicherung rückte an. Der Generalstaatsanwalt rollte in seiner schweren Limousine vor. Jenseits der Absperrbänder drängelten sich Neugierige. Die ersten Reporter und Fotografen tauchten vor der Klinik auf.

Im Inneren der Klinik versuchte Stöckle, Ordnung in das Chaos zu bringen. Sanitäter trugen im Laufschritt den verletzten Heyer in Begleitung eines Notarztes hinaus. Den sich sträubenden, immer noch tauben Frank legten sie auf eine Trage. Stöckle bestand darauf, dass man ihn im Krankenhaus untersuchen sollte, und hörte nicht auf seine Proteste. Er wusste aus Franks Vergangenheit, dass dieser sich schon einmal in der Nähe einer Explosion aufgehalten und ein Knalltrauma zurückbehalten hatte.

Stöckle pochte kräftig an die Verbindungstür zum Inneren der Klinik. Es erschien die Oberärztin. Sie hob hilflos die Hände. Mit ihren Gesten zeigte sie an, dass die Tür abgeschlossen war und sie diese nicht öffnen konnte, da sie keinen Schlüssel besaß. Mit einem Dietrich öffnete ein Polizist die Tür. Die Oberärztin stürzte auf Stöckle zu und stellte sich trotz ihrer Aufregung korrekt vor.

»Doktor Maier. Oberärztin an der Klinik. Was war das für ein Terror? Zuerst kommen zwei Herren und weisen sich als Staatsanwälte aus. Sie nehmen mir alle Schlüssel der Klinik ab. Dann sperren sie den Eingangstrakt ab. Sie schicken uns auf die Zimmer und verbieten uns, dass wir uns blicken lassen. Begründung: eine größere Polizeiaktion. Sie wollen einen Schwerverbrecher stellen. Dann dieses irre Tohuwabohu. Das schadet dem Ruf der Klinik.«

Stöckle verwies sie an Karina Moos, damit diese das Protokoll über die Geschehnisse aus Sicht der Ärztin aufnehmen konnte. Er wandte sich zum Gehen und peilte das Innere der Klinik an.

»Halt! Das können Sie nicht. Sie können nicht den sterilen Bereich betreten. Sie bringen die Patienten, gegen Krankheitskeime empfindliche Organempfänger, unnötig in Gefahr.«

Stöckle zuckte resigniert mit den Schultern und kehrte um.

»Können Sie mir sagen, wo ich den Pförtner finde?«

»Mezahn ist verschwunden. Einen neuen Pförtner suchen wir per Anzeige. Herr Professor Glomm wurde ermordet. Er war eigentlich zuständig für das Personal. Kein Wunder, dass es bei uns chaotisch zugeht. Der Gärtner übernimmt ab und zu die Rolle des Pförtners. Gerade heute ist er nicht da. Er kauft neue Pflanzen ein.«

Am Abend entließen die Ärzte Frank aus dem Krankenhaus. Der HNO-Arzt stellte fest, dass der Kommissar schon früher ein Knalltrauma erlitten hatte und dass seine Härchen in der Schnecke dadurch Schäden aufwiesen.

»Herr Buck, Sie können die höheren Töne schlecht hören. Hoffen wir, dass sich dies im Laufe der Zeit bessert.«

Als Frank in Leonberg die Wohnungstür aufschloss, strömte ihm ein traumhafter Geruch entgegen. Die Quelle fand er in der Küche. Dort arbeitete eine fröhliche Tina am Herd und bereitete ein Abendessen. Sie umarmte ihn heftig.

»Ein Willkommensgruß für den tapferen Helden. Für diesen Mann gibt es eine Mahlzeit, die ihn noch lange schwärmen lassen wird.«

Mit diesen Worten reichte sie ihm ein Glas, gefüllt mit dem tiefrot schimmernden Spätburgunder, Spätlese aus Baden. Er nahm einen kleinen Schluck und wälzte ihn im Mund.

»Super! Wo hast du diesen Traumwein aufgetrieben? Nach dem Genuss solch eines Tropfens kann ich weitere Heldentaten vollbringen.«

»Das verrate ich nicht, sonst mutierst du zum Alkoholiker. Es gibt diesen Wein zum Essen und dann ist Schluss. Eigentlich solltest du die Nacht im Krankenhaus verbringen. Stöckle hatte ein Einsehen und bat den Doktor, dich laufen zu lassen.«

Sie setzten sich zu Tisch, als es an der Tür Sturm läutete. Draußen stand Ernst mit einer Flasche Champagner in einem Sektkühler.

»Ich dachte, ich besuche einen bedauernswerten Kranken, der kurz vor dem Ableben steht und in Zukunft ein Hörrohr bei Vernehmungen benötigt.«

Er deutete auf den Champagner und lamentierte: »Ich sage euch, der war sauteuer. Bei meinem Gehalt kann ich solche Triumphe über das Verbrechen nicht oft bezahlen. Frank, halte dich in Zukunft bei der Bekämpfung von Kriminellen mehr zurück.«

Lachend legte Tina ein weiteres Gedeck auf. »Dafür bekommst du ein Spitzenessen gratis.«

Frank nahm die Flasche entgegen, schaute auf das Etikett und kommentierte: »Ein sparsamer Schwabe feiert auch mit billigem Schaumwein. Das soll ein französischer Champagner sein? Dann heiße ich Willi.«

Nach dem Anstoßen und Zuprosten legte sich eine andächtige Stille über die Runde, unterbrochen von den Kommentaren Stöckles und Franks.

»Welch ein Spitzenessen, nicht wahr, Willi!?«

»Dieses Kochtalent habe ich der Kriminalistin Tina nicht zugetraut.«

»Sattle um, werde Köchin.«

»Wir besuchen dich jeden Tag in deiner Gaststätte.«

»Wenn ich nicht verheiratet wäre, würde ich die Ehefrau wechseln.«

»Aber Ernst, die Ehe besteht nicht allein aus Essen.«

»Ich sage dir, Willi, solch ein Essen ist eine Eheschließung wert.«

Nach dem opulenten Mahl fachsimpelten die drei über den Fall der toten Inderinnen. Es handelte sich eindeutig um illegalen Organhandel. Er wurde organisiert und durchgeführt von Europäern in enger Zusammenarbeit mit Indern.

Stöckle zog das vorläufige Fazit: »Der Hauptverantwortliche Toran erschossen. Mitläufer Heyer schwer verletzt in der Klinik. Eine Aussage von ihm können wir so schnell nicht erwarten. Der Arzt meinte, man müsste froh sein, wenn er überlebt. Der Fall scheint wieder einmal blockiert. Ein Schuldiger tot, der andere nicht vernehmungsfähig oder wie der Kapitän in Indien nicht greifbar, da man ihn dort zu einer hohen Haftstrafe verurteilen wird.«

»Der Killer Mezahn liegt am Boden der Nordsee«, ergänzte Frank nachdenklich. »Den Laborarzt Desai in Indien können wir vergessen. Der tötete sich versehentlich mit dem eigenen Elektroschocker.«

Tina stellte die entscheidende Frage: »Haben wir das Kartell gesprengt, oder existieren Leute, die es weiter betreiben könnten? Ist der illegale Organtransfer am Ende, oder lebt er in Kürze wieder auf?«

Satt, zufrieden und leicht angesäuselt verabschiedete sich eine Stunde später der Kriminalrat.

Frank trug Tina ins Schlafzimmer. Für die zwei ziemlich Lädierten, sie mit einer Schusswunde, er mit einem Knalltrauma, erwiesen sich die nächsten Stunden als aufbauend, wenn auch kräftezehrend.

Am anderen Tag saßen Stöckle und Frank niedergeschlagen in dem Büro. Die Euphorie des Vortages verflüchtigte sich. Durchsuchungen der Wohnungen bei Toran und Heyer ergaben, dass sie über erstaunliche Geldsummen verfügten. Die Razzia in der Klinik ergab Aufschlüsse über die Höhe der Zahlungen der betuchten Klientel bei illegal durchgeführten Transplantationen. So stellte der Preis eines Organs den Gegenwert eines Hauses in der Stuttgarter Halbhöhenlage dar. Eindeutig eine Angelegenheit, die nicht für normale Kassenpatienten gedacht war. Bei der Zusammenstellung der Zahlen stieß Frank auf große Fehlbeträge.

Wohin verschwand das Geld?

Die Beträge, die Professor Glomm auf seine Konten abzweigte, bewegten sich im Rahmen der Summen, die Toran und Heyer erhalten hatten. Es blieb eine große, ungeklärte Differenz zwischen Einnahmen und Ausgaben.

Wer sahnte bei diesen Geschäften zusätzlich ab?

Gab es einen unbekannten Inder im Hintergrund?

Frank saß grübelnd über den Zahlen. Der Kaffee, den Frau Schiller ihm reichte, brachte ihm keine Inspiration zur Lösung des Problems.

Tina schaute am Nachmittag vorbei. Sie fand ihn mit Stöckle heftig diskutierend im Büro vor. Frank echauffierte sich.

»Es kann doch nicht sein, dass die Haupttäter sich mit einem Viertel der Summe begnügt haben, die bei diesen krummen Geschäften anfiel. Wer hat die restlichen 75 Prozent kassiert? Das ist die zentrale Frage. Wenn wir diese beantworten, können wir den Haupttäter verhaften.«

Stöckle beruhigte ihn und wies auf die positive Seite ihres Erfolges hin.

»Immerhin haben wir die illegalen Geschäfte mit den Mädchen aus Indien gestört. Das ist doch großartig und muss uns genügen. Egal, wer dahintersteht, er braucht Zeit, bis er ein funktionierendes Netz für diese Art von Geschäften wieder aufgebaut hat.«

»Wenn es diesen berühmten Unbekannten geben sollte, besitzt er genügend Geld, um sich rasch ein neues Netzwerk zu kaufen«, wandte Tina ein. »Wir wissen, dass alle Beteiligten in großen Geldschwierigkeiten steckten. Das trifft auf Toran, Heyer, Glomm und diesen Jachtkapitän zu. Das Motiv des großen Bosses im Hintergrund dürfte reine Geldgier sein. Diese Gier wird ihn zur Wiederholung dieses Geschäfts treiben.«

Frank schreckte hoch. Ihm fiel Holzer ein.

»Moment! Geldgier ist gut. Aber Menschenverachtung kommt dazu. Verachtung von Menschen, die so minderwertig scheinen, dass man ihnen das Menschsein abspricht. Erschüttert es euch denn nicht, dass man Menschen Geld für ihre Organe anbietet? Geratet ihr nicht in Wut, wenn ihr erfahrt, dass man diesen Menschen ihre Leidensfähigkeit abspricht, dass man sie wie Tiere, ja wie Gegenstände behandelt? Ich könnte kotzen.«

Stöckle starrte ihn verständnislos an. Frank war aufgesprungen und rannte wie ein Tiger im Käfig neben dem Schreibtisch auf und ab.

»Warum beschäftigten wir uns nicht mit den Söhnen Wodens.« Auch Tina sprang von ihrem Sessel auf und flüsterte aufgeregt.

»Natürlich, das Gespräch mit Holzer. Es ist vielleicht nicht des Rätsels alleinige Auflösung, aber es bringt uns sicherlich weiter.« Zu Stöckle gewandt, fasste sie Holzers Aussage in der Schweiz zusammen.

»Holzer hat uns erzählt, dass er Mitglied eines Kreises von Kameraden sei, der Wodenbruderschaft. Woden ist ein anderer Name für Wodan oder Odin. Es ist der höchste Gott der Germanen. Die Mitglieder trafen sich jeden ersten Mittwoch zu Quartalsbeginn und diskutierten über Politik, Wirtschaft und anderes mehr. Holzer bezeichnete sie und sich selbst ironisch als die ewig Gestrigen. Als es ihm schlecht ging und ihm klar wurde, dass er die Nierenwäsche häufiger durchführen müsste, erschien einer der Kameraden und erklärte ihm, es gebe eine andere Lösung. Der Kamerad war Professor Glomm. Nur, woher wusste dieser Professor Bescheid? Er kannte Holzer nicht persönlich. Könnte man eine Mitgliederliste des Vereins bekommen?«

Tina verabschiedete sich. Ihre Verletzung ermüdete sie rasch. Sie wollte nach Hause.

»Ich bin krankgeschrieben und kann mir den Luxus eines Mittagschläfchens leisten. Außerdem muss ich in meiner Wohnung vorbeischauen, sonst denken die Nachbarn, ich hätte gekündigt. Bis heute Abend, Frank. Wir vertilgen die Reste von dem gestrigen Abendessen. Ernst hat wie ein Spatz gegessen. Ich nehme an, er will abnehmen. Vielleicht hat es ihm nicht geschmeckt.«

Stöckle protestierte gegen diese Unterstellung. Er zog sich in sein Büro zurück und telefonierte mit seinen Kontakten, um über den Bund der Söhne Wodens Informationen zu erhalten.

Frank loggte sich ins Internet ein. Er stellte frustriert fest, dass es keine Hinweise auf diese Vereinigung gab. Ein Anruf in der Klinik in der Schweiz zeigte kein Ergebnis.

»Herr Holzer und Gemahlin sind abgereist.«

Unter der Privatnummer in Sillenbuch meldete sich die Haushälterin.

»Herr Holzer ist bis jetzt noch nicht von der Kur zurückgekehrt. Soll ich etwas ausrichten? Er ruft einmal in der Woche an, um zu fragen, ob alles in Ordnung ist.«

Frank bat sie, Herrn Holzer nach der Vereinigung der Brüder Wodens zu fragen. Er musste der überforderten Haushälterin den Namen der Vereinigung dreimal buchstabieren, bis sie ihn korrekt niederschrieb.

Die Sekretärin, Frau Schiller, versorgte Frank und Stöckle laufend mit Kaffee, dem geheimnisvollen Sprit, der die Gehirne der Abteilung am Laufen hielt.

Gegen 16 Uhr schaute Stöckle bei Frank im Büro vorbei.

»Geh jetzt nach Hause. Du bist Rekonvaleszent. Morgen nimmst du frei. Was nutzt mir ein Mitarbeiter, dem es die ganze Zeit im Ohr klingelt.«

45

Abends saßen Tina und Frank im *Alten Stadttor*. Sid setzte sich zu ihnen. Sie sprachen die ganzen Ereignisse der letzten Tage durch. Sid hörte aufmerksam zu und stellte schließlich wesentliche Fragen.

»Wie kam die Verbindung nach Indien zustande? Wie bildete sich der Kontakt zu dem Labor aus, des Doktors ... Wie hieß der Typ?«

»Desai«, antworteten Tina und Frank unisono.

Über Franks Gesicht huschte ein Ausdruck der Überraschung.

»Halt. Seid still. Irgendetwas in Verbindung mit dem Professor Glomm taucht dunkel in meiner Erinnerung auf. Ja, ich hab's. Bei meinem zweiten Besuch in der Klinik kam die Oberärztin herein, als ich ein Gespräch mit diesem Glomm führte. Er stellte sie mir kurz vor und murmelte undeutlich den Namen Doktor Maierdsai. Auf ihrem Namensschild stand Doktor Maier. Die Patienten riefen sie Frau Doktor Maier. Vielleicht heißt sie nicht Maierdsai, sondern Maier-Desai. So gäbe es eine Verbindung nach Indien. Es wäre interessant zu wissen, woher die Dame stammt, und ob sie den Desai geheiratet hat. Wir sollten über ihren familiären Hintergrund mehr in Erfahrung bringen.«

Tina meuterte. »Jetzt wollen wir von etwas anderem reden. Ich werde ganz wirr im Kopf. Lass die Arbeit im Büro. Bring sie nicht mit zu Sid. Außerdem hast du morgen einen freien Tag.

Lass uns überlegen, wohin wir fahren, wenn die Sonne scheint. Ich schlage einen Ausflug ins Remstal vor.«

Frank konnte von dem Fall nicht lassen. Bevor er mit Tina ins Remstal fuhr, rief er bei Karina Moos im Büro an. Er bat sie, über die Oberärztin Maier Nachforschungen anzustellen. Familiärer Background, Heirat, Kinder, und was es sonst über diese Dame Wissenswertes zu erfahren gäbe.

Bei herrlichem Sonnenschein wanderten Tina und Frank durch die Weinberge oberhalb von Schnait. Er vergaß, was ihn in der vergangenen Nacht vor dem Einschlafen so intensiv beschäftigt hatte. Sein Handy war abgeschaltet. Als sie in Schorndorf durch das Stadtzentrum bummelten und in einem Café einkehrten, dachte er nicht mehr an den Auftrag für Karina. Umso überraschter war er, als sie abends nach Hause kamen. Der Anrufbeantworter blinkte. Er hörte Karinas neuste Informationen ab.

»Hallo Faulpelz! Hier die Infos zu der Frau Maier in Kurzfassung:

Vollständiger Name: Hella Brunhilde Maier-Desai.

Erstens: Geburtsort Stuttgart.

Zweitens: Seit zehn Jahren verheiratet mit einem Herrn Doktor Desai, Nationalität: britisch, Herkunft: Indien.

Drittens: keine Kinder.

Viertens: Wohnung in der Villa neben der Klinik.

Gell da glotscht!

Gruß Karina.«

Frank lachte über den schwäbischen Einschub. Die anderen Informationen elektrisierten ihn.

»Tina. Hast du das gehört? Ich besuche die Dame Maier morgen früh. Wir wenden denselben Trick an wie bei Toran und Heyer. Ich verkable mich und du hörst mit. Bei der Dame benötigen wir keine Verstärkung durch ein Einsatzkommando, die ist sicher nicht so gefährlich wie Toran und Heyer.«

»Vielleicht solltest du dich anmelden, damit du die Dame antriffst. Außerdem hat sie eine ganze Nacht Zeit, darüber nachzudenken, was du von ihr willst. Das macht sie nervös.«

Am anderen Tag fuhren sie los. Von der Wildparkstraße bog Frank diesmal nicht ab, um einen Spaziergang zu machen, sondern fuhr direkt zur Klinik. Mit großem Abstand folgte ihm Tina, die überlegte, dass sie Stöckle über ihr Vorhaben informieren müssten. Sie rief in seinem Büro an. Niemand ging ans Telefon. So verschob sie den Anruf. Sie bemerkte nicht, dass ihr auf der Strecke ein großer Geländewagen in einem sicheren Abstand folgte. Plötzlich beschleunigte dieser, näherte sich rasch, blinkte, überholte und kurz vor einem der Waldparkplätze, die rechts und links der Wildparkstraße zu finden sind, rammte er ihr Auto von der Seite und schob sie in die Einfahrt zum Parkplatz hinein. Die Airbags ihres Autos explodierten. Ein Seitenfenster splitterte. Der maskierte Fahrer des Geländewagens sprang aus seinem Fahrzeug. Seine Hand mit einer Spraydose fuhr durch das zersplitterte Fenster in das ramponierte Auto. Ein eigentümlicher Geruch füllte das Wageninnere und die vom Aufprall der Airbags benommene Tina verlor das Bewusstsein. Der Fahrer rannte zu seinem Auto zurück, stieg ein und fuhr davon.

Frank hielt vor der Klinik. »Bitte, ab jetzt Funkstille, Tina.« Er flüsterte ins Mikrofon und erwartete keine Antwort. Er hörte ein leises Rauschen. Auf Tina war Verlass: Sie hatte die Verbindung wohl schon unterbrochen.

Die Tür der Klinik öffnete sich. Frau Maier stand an der Pforte. Diesmal geleitete sie ihn in das Innere der Klinik. Keine Warnung von wegen »Die Sterilität der Räume ist gefährdet«. Sie öffnete ihm höflich die Tür ihres Arbeitszimmers. Es handelte sich um einen großen Raum mit einem ausladenden Schreibtisch, vielen Wandschränken und einem herrlichen Blick durch ein Panoramafenster in das überwältigende, herrlich wuchernde Grün des Gartens der Klinik.

»Nehmen Sie bitte Platz.«

Sie deutete auf den Sessel mit Blick auf den Garten. Auf dem aufgeräumten Schreibtisch befanden sich ein mit Wasser gefülltes Glas und eine halb gefüllte Tasse mit Tee.

»Danke. Es ist freundlich, dass Sie mich empfangen, Frau Maier-Desai.«

Frank betonte den Doppelnamen, setzte sich und drehte den Sessel leicht in Richtung Tür. Man sollte ihn nicht von hinten überraschen.

»Frau Maier-Desai, darf ich Ihnen mein Beileid aussprechen. Sie haben sicher erfahren, dass Ihr Ehemann sich mit einem Elektroschocker selbst umgebracht hat. Für Männer mit einem schwachen Herzen stellen solche Spielzeuge eine große Gefahr dar.«

Frank versuchte, sie aus ihrer Ruhe zu bringen. Er wunderte sich, als er sie lächeln sah.

»Herr Buck, Sie legen schnell die Karten auf den Tisch. Dann kürze ich das Ganze ebenfalls ab.«

Sie zog eine Pistole aus der halb geöffneten Schublade, entsicherte sie und zielt auf ihn.

»Ihnen bleiben zwei Möglichkeiten. Vor Ihnen auf dem Tisch liegen zwei Tabletten, daneben steht ein Glas mit Wasser. Entweder Sie nehmen die Tabletten oder ich erschieße sie. Ich treffe nicht daneben. Schauen Sie, hinter mir an der Wand hängen Urkunden. Ich bin eine erfolgreiche Sportschützin.«

»Vielleicht sollte ich Sie warnen, Frau Maier-Desai. Meine Kollegin hört mit. Sie wird mit einer SEK-Mannschaft das Gebäude stürmen. Sie werden bis zum Ende Ihres Lebens gesiebte Luft atmen.«

»Das ist Ihre Version, Herr Buck. Meine lautet, niemand stört uns. Ihre Kollegin liegt auf einem Parkplatz, nahe der Wildparkstraße, und schläft einen Narkose-Rausch aus. Das hat ein Beschützer für mich erledigt.«

Ungeduldig stampfte sie mit dem Fuß auf.

»Also, welche Methode ziehen Sie vor? Unblutige Tabletten oder schmerzhafte Kugeln. Bitte, entscheiden Sie sich. Ich habe keine Zeit zu verlieren und muss das Flugzeug bekommen. Sie kennen das Sprichwort: Aus den Augen, aus dem Sinn. An dieses halte ich mich. Ich tauche in Südamerika unter. Kleingeld für ein luxuriöses Leben besitze ich. Übrigens zu Ihrer Information: Desai trauere ich nicht nach. Er war ein raffinierter Geschäftspartner, ein habgieriger Mensch und ein lausiger Ehemann.«

Frank schüttelte den Kopf. »Was für ein Nachruf aus dem Mund der eigenen Ehefrau.«

Er griff nach den Tabletten und dem Glas. Aus den Augenwinkeln sah er, wie eine Gestalt durch den Garten schlenderte. Hoffnung keimte in ihm auf. Die Tabletten in der hohlen Hand deutete er, über den Schreibtisch gelehnt, nach draußen.

»Schauen Sie, im Garten läuft ein Mann, ein Zeuge vorbei. Er würde ein Schussgeräusch hören!«

Kurz blickte Frau Maier-Desai in die von Frank gezeigte Richtung. Sie wandte sich schnell wieder Frank zu und lachte höhnisch.

»Versprechen Sie sich von dem keine Hilfe. Das ist der Gärtner. Sie wissen, es gibt eine gängige Redensart. Der Gärtner ist immer der Mörder. Bei dem Mord an Ihnen wird das ausnahmsweise nicht zutreffen.«

Sie fixierte ihn streng und fauchte: »Nehmen Sie die Tabletten und trinken Sie!«

Frank führte die Hand zum Mund. Er trank das Wasser in einem Zug aus. Dann blickte er starr vor sich hin, beugte sich vor und kippte aus dem Sessel mit dem Gesicht nach unten. Er röchelte, lag am Boden, zuckte mit Beinen und Armen und krümmte sich. Aus seinem Mund quollen Speichel und Wasser und nässten den wertvollen Teppich. Schließlich lag er still.

Frau Maier-Desai sah angewidert auf den Kommissar hinunter.

»Na also«, sprach sie mit sich selbst. »Dass dieses Mittel so stark ist und so schnell wirkt, das habe ich nicht vermutet. Eine Tablette hätte gereicht. Schade, der Kerl sollte eigentlich leiden. Aber ich habe die Kugel gespart. Und die Teppichreinigung auch. Blut lässt sich besonders schwer aus Gewebe herauslösen.«

Sie wollte schnell den Raum verlassen, um den Abflug ihrer Maschine nicht zu verpassen. Die Säuberung des Raumes und das Verschwinden der Leiche brauchte sie nicht zu kümmern. Dies würde ihr Beschützer für sie erledigen. Prüfend überblickte sie den gesamten Raum und sah ihre Teetasse auf dem Schreibtisch stehen.

»Die nehme ich mit. Dann gibt es außer den Fingerabdrücken des Herrn Buck auf dem Wasserglas keine Spuren. Zum Zeitpunkt des Todes von Herrn Buck saß ich im Flugzeug nach Südamerika.«

Sie trank den Rest des Tees aus und schob Tasse und Untersetzer sowie Teelöffel in die weite Tasche ihres Arztkittels. Zufrieden ging sie Richtung Tür.

Eine massive Übelkeit überfiel sie. Sie schwankte. Das Zimmer schien sich zu drehen.

Was bedeutete dies?

Vor der geschlossenen Tür brach sie zusammen. Mit letzter Kraft zog sie das Handy aus der Tasche. Sie versuchte, die Nummer ihres Beschützers zu wählen. Grauenhafte Schmerzen ließen sie zusammenkrümmen. Das Gerät fiel ihr aus der Hand. Dann lag sie ruhig da.

Im Zimmer herrschte eine tödliche Stille.

Stöckle kam verspätet ins Büro. Seine Tochter befand sich vor ihrer Niederkunft. Er hatte bei ihr im Krankenhaus vorbeigeschaut. Sein Schwiegersohn hatte ihn zum Kaffee eingeladen, und so hatte er die Zeit vergessen.

Karina legte bei seinem Erscheinen ein ganzes Bündel Papiere auf den Schreibtisch.

»Frank bat mich, über die Oberärztin Maier der Klinik *Jungbrunnen* nachzuforschen. Da er krankgeschrieben ist, lege ich Ihnen die Ergebnisse der Nachforschungen auf den Tisch.«

Stöckle blätterte lustlos in den Papieren. Seine Gedanken schweiften zu der Tochter und zu dem Schwiegersohn, der so nervös gewirkt hatte.

Wie hatte er sich bei der Geburt seiner Töchter verhalten? War er so zittrig wie sein Schwiegersohn gewesen?

Krampfhaft versuchte er, sich daran zu erinnern. Mit einem inneren Ruck konzentrierte er sich auf die Recherche von Karina und stutzte beim zweiten Blatt. Frau Maier hatte einen Herrn Desai geheiratet, einen britischen Staatsangehörigen indischer Herkunft.

Halt! War das möglich? War dies derselbe Inder, der Frank in Jodhpur umbringen wollte? Es kam öfter vor, dass Inder die britische Staatsangehörigkeit beantragten. Sie erhielten diese aufgrund der Kolonialgeschichte Großbritanniens.

Stöckle zog den Telefonapparat heran und wollte mit Frank telefonieren. Auf dem Display sah er, dass Tina ihn vor geraumer Zeit versucht hatte, ihn zu erreichen. Also wählte er zuerst ihre Nummer. Eine fremde Männerstimme meldete sich.

»Hallo, wer spricht da?«

»Kriminalrat Stöckle. Das ist die Rufnummer meiner Kollegin Schrayer. Wer sind Sie?«

»Polizeiobermeister Schänzle. Ein Autofahrer meldete uns einen Unfall. Wir fanden an der Einfahrt zu einem Waldparkplatz an der Wildparkstraße ein demoliertes Auto und eine bewusstlose Frau. Der Notarzt kommt gleich. Seltsam erscheint mir, dass das Auto an einer Seite eingedellt ist, wie wenn man die Frau von der Straße abgedrängt hätte. Die Seitenscheibe ist zersplittert. Im ganzen Fahrgastraum riecht es eigenartig. Wie in einem Krankenhaus.«

Alarmiert schreckte Stöckle hoch.

»Ich benachrichtige die Spurensicherung und komme vorbei. Bitte nichts anfassen. Keine Spuren verwischen.«

Hastig wählte er die Nummer von Franks Wohnung, dann dessen private Handynummer. Niemand meldete sich. Nur die Anrufbeantworter schalteten sich ein.

Er packte seine Jacke, zog sie an, rannte zur Tür und rief in den Gang: »Karina! Fahren Sie bitte nach Leonberg. Schauen Sie in der Wohnung nach Frank. Er geht nicht ans Telefon und nicht ans Handy. Die Frau Schrayer hat sich bei einem Autounfall mit Fahrerflucht verletzt. Das gefällt mir ganz und gar nicht.«

Er stürmte die Treppen hinunter, sprang ins Auto, stellte das Blaulicht auf das Wagendach, schaltete es ein und fuhr los. So erreichte er schnell den Wanderparkplatz, auf dem ein Notarzt sich um Tina kümmerte. Sie lag blass, schwer atmend und bewusstlos auf einer Trage. Zwei Sanitäter standen bereit, sie in den Rot-Kreuz-Wagen zu tragen, um sie ins Krankenhaus zu fahren. Auf Stöckles nervöse Frage »Was fehlt ihr?« schüttelte der Notarzt den Kopf.

»Wenn ich das wüsste. Die Airbags haben den Aufprall abgefangen. Größere Verletzungen finde ich keine. Nur leichte Prellungen. Im Auto roch es seltsam, wie nach einem Narkosemittel. Das kann nicht sein. Sie ist keine Ärztin. Sie kommt an solche Mittel nicht heran. Im Privatauto fährt man diese auch nicht durch die Gegend. Ich stehe vor einem Rätsel. Wir nehmen die Frau mal mit und untersuchen sie gründlich.«

»Nehmen Sie bitte Ihren Verdacht auf ein Narkosemittel ernst. Gibt es ein Gegenmittel? Setzen Sie es ein. Meine Kollegin hat gegen kriminelle Ärzte recherchiert. Da ist es denkbar, dass diese zu solchen Mitteln greifen, um sie für eine Zeit lang auszuschalten.«

Mit Sirene und Blaulicht verabschiedeten sich Notarzt und Rot-Kreuz-Wagen. Mit demselben auffälligen Lärm rollte die Spurensicherung an.

Beinahe hätte Stöckle das Läuten des Handys überhört. Karina teilte ihm mit, sie habe in der Wohnung keine Spur von Frank vorgefunden.

»Danke Karina. Wir treffen uns in der Klinik *Jungbrunnen*! Da läuft eine Riesensauerei ab. Frank ermittelt mal wieder auf eigene Faust. Es sieht so aus, als hätte er einen ebenbürtigen Gegner getroffen.«

46

In der Polizeizelle von Mandvi tobte der Kapitän der Jacht Shadi. Er verfluchte diese Typen von indischen Polizisten. Nicht nur, dass er seine Zelle mit einem Inder teilen musste. Nein, die Polizei verweigerte ihm den Anruf von seinem Handy. Er musste das Telefon im Verhörraum benutzten. Sie schrieben sich alle Nummern auf, die er anrief.

Zuerst rief er Narayan an, der mit unbekanntem Ziel verreist war, wie die Hausangestellte ihm erklärte. Danach rief er Doktor Desai an. Nur um von einer ihm unbekannten Frau zu erfahren, vielleicht einer Hausbediensteten, dass dieser im Krankenhaus verstorben war.

Die nächste Unverschämtheit der Polizei bestand darin, dass man ihm einen Advokaten als Rechtsbeistand anbot, der jung und unerfahren war. Seinem Verlangen nach sofortigem konsularischem Beistand wurde ebenfalls nicht stattgegeben.

Den Abnehmer des in seiner Kabine gefundenen Rauschgifts, der sich ihm bei der Geldübergabe als Dschafar vorgestellt hatte, rief er nicht an. Dieser musste wütend sein. Hatte er ihm doch Geld im Voraus gegeben, damit er vor Afghanistans Küste das Heroin bezahlen konnte. Dschafar würde sich über diesen Totalverlust nicht freuen. Kein Geld, keine Ware, stattdessen Polizei. Daher vermied es der Kapitän, mit diesem Mann in Kontakt zu treten. Außerdem war für den Kapitän der Heroinschmuggel nur ein kleiner, unbedeutender Nebenverdienst. Er ahnte jedoch, dass es für diesen hitzigen Dschafar das große Geschäft darstellte. Und das war jetzt geplatzt.

Der bullige Kapitän legte sich auf die untere Pritsche des Etagenbetts und dachte nach, wie er aus dieser Misere herauskommen könnte. Die Zellentür öffnete sich und ein Polizist stieß zwei Inder herein. Der Kleinere stützte hilfsbereit den Größeren. Letzterer hatte ein blutverschmiertes Gesicht und stöhnte leise. Der kleine Inder forderte den Kapitän mit Gesten auf, die Pritsche zu räumen. Der Verwundete musste sich doch hinlegen, und in der Zelle gab es nur ein Etagenbett. Der Kapitän schüttelte den Kopf, blieb liegen und achtete nicht weiter auf diese zwei schrägen Typen. Er, ein großer, bärenstarker Mann, ließ sich nichts von diesen halben Portionen vorschreiben. Sollten sie den mageren, halb verhungerten Inder, der auf der Pritsche über ihm lag, verjagen. Er wunderte sich, als die beiden Neuankömmlinge sich über ihn beugten. Der Blutverschmierte zeigte kurioserweise keine sichtbaren Verletzungen. Sie warfen sich auf ihn und zogen ihm ein Plastiktuch über das Gesicht. Der Inder aus dem oberen Bett ließ sich auf ihn fallen und flüsterte ihm ins Ohr.

»Greetings from Dschafar.«

Der Kapitän zappelte und versuchte mit all seiner Kraft, die drei Männer abzuschütteln. Sie erwiesen sich als erstaunlich kräftig, und es gelang ihm nicht, sich zu befreien.

Zwei Stunden später entließ ein Polizist die drei Inder aus der Zelle. Sie baten ihn, den Europäer schlafen zu lassen. Man solle ihn nicht stören, da er erschöpft sei. Die Hitze, das ungewohnte Essen und die harte Pritsche seien wohl zu viel für ihn.

»Der verweichlichte Europäer braucht viel Schlaf.«

Sie bezahlten ihre Buße für den von ihnen begangenen kleinen, unbedeutenden Diebstahl, aufgrund dessen die Polizei sie eingesperrt hatte. Ein harmloser Grund für eine Inhaftierung. Ferner entrichteten sie ein Bakschisch für die schnelle und formlose Freilassung. Dann verschwanden sie.

Am nächsten Morgen brachte ein Polizist Tee in die Zelle. Zuerst dachte er, der Europäer würde immer noch tief schlafen. Nachdem er den Häftling heftig gerüttelt hatte, stellte er fest, dass er nicht mehr lebte. Ein herbeigerufener Arzt stellte die schnelle und der Polizei entgegenkommende Diagnose fest: Herzinfarkt. Jetzt benachrichtigte man die deutsche Botschaft, um die weiteren nötigen Formalitäten durchzuführen.

Mit Blaulicht und Sirene fuhren Stöckle und Karina vor der Klinik vor. Zusätzlich rollte eine SEK-Mannschaft an. Diese hatte Stöckle sicherheitshalber angefordert. Sie stürmten auf die Klinik zu, zogen im Laufen ihre Pistolen und entsicherten sie. Nichts rührte sich. Die Kliniktür ließ sich leicht öffnen. Stöckle stürzte durch die Eingangshalle. Laut rief er den Namen von Frank und riss die Tür zum Inneren der Klinik auf. Er scherte sich nicht mehr um die hier geltende, geheiligte Sterilität. Karina eilte hinter dem beunruhigten Stöckle her und sicherte ihn. Im Laufen stieß er die Türen zu den Zimmern auf, schaute kurz und prüfend hinein und rannte weiter. Am Ende des Ganges blockierte eine Tür. Er rammte mit der Schulter dagegen und entdeckte durch den sich öffnenden Spalt, dass die Oberärztin Maier-Desai auf dem Boden lag. Ihr bewegungsloser, starrer Körper blockierte die Tür.

»Karina. Ruf den Notarzt! Schnell!«

Er schob die Frau vorsichtig mit der Tür zu Seite, beugte sich zu ihr hinunter und suchte ihren Puls. Nichts. Kein Pulsschlag. Er blickte sichernd im Zimmer umher und sah Frank. Dieser saß am Boden, schüttelte den Kopf und lächelte Stöckle gequält an.

»Verdammt. Das war knapp. Beinahe wäre mein Plan schief gegangen. Warum hat Tina so lange mit dem Alarm gebraucht?«

Stöckle beugte sich zu Frank hinab. Er stellte ihn behutsam auf die Beine.

Frank schüttelte den Kopf.

»Mir ist ganz schwindlig. Ein echtes Teufelszeug von Tabletten.«

In dem Augenblick stürmte Karina mit ausgestreckter Pistole ins Zimmer und schrie: »Hände hoch. Keine Bewegung.«

Niemand folgte dem Befehl. Die Oberärztin sah sich nicht mehr in der Lage. Stöckle ließ sich nichts befehlen. Frank stützte sich auf den Schreibtisch, um die Schwindelgefühle abzufangen. Stöckle drängte Frank zu einer raschen Erklärung.

»Was ist passiert?«

»Die Maier zwang mich, Gift-Tabletten zu nehmen. Starke Dinger. Und dann auch noch gleich zwei. Eine Halbe hätte ausgereicht. Sie bedrohte mich mit ihrer Pistole. Selbst als trainierter Polizist hast du gegen eine Sportschützin keine Chance. Ich erinnerte mich in diesem Augenblick an meine Jugend, als mir mein Vater einen Kurs zum Erlernen von Zauberkunststücken zahlte. Ich musste damals Taschenspielertricks und Kunststücke einüben. Das Besondere bestand darin, dass ich Schnelligkeit und Geschicklichkeit der Hände trainieren und die Fähigkeit, Zuschauer abzulenken, erlernen musste. Als heute ein Gärtner am Fenster vorbeilief, deutete ich auf ihn. Frau Maier schaute für einen kurzen Augenblick nach draußen. Dabei ließ ich eine der Tabletten in ihren Tee fallen. Als sie sich mir wieder zuwandte, nahm ich die zweite Tablette und schob diese in den Mund. Bevor ich das Wasser trank, presste ich die Pille zwischen Zähne und Wange. Ich ließ mich auf den Boden fallen und würgte Wasser und Tablette heraus. Ich blieb starr liegen, denn ich wollte keine Kugel einfangen. Schon das wenige Gift, das sich in dem einen Schluck Wasser löste, reichte aus, dass mir schwindelte und ich nicht mehr reagieren konnte.

Die Maier nahm an, dass ich die Tabletten geschluckt hatte. Meine Hand streckte ich absichtlich offen und leer aus, die Handfläche nach oben gerichtet. Sie sah mich reglos am Boden liegen. Nun räumte sie den Tatort auf. Dazu nahm sie die Tasse mit dem Tee weg. Sie schüttete den Tee nicht aus, sondern trank ihn arglos. Tasse und Untertasse verschwanden in der Manteltasche. Auch bei ihr wirkte das Gift rasch. Sie brach auf dem Weg zur Tür zusammen. Bei dem Teufelszeug reicht wenig, um jemand umzubringen. Sicherheitshalber steckte ich den Finger in den Hals. Ich erbrach mich mehrmals.

Übrigens, wo bleibt Tina? Sie sollte meine Unterhaltung mithören und eingreifen, wenn es kritisch werden würde. Es war wirklich kritisch genug. Ihr ist doch nichts passiert? Die Behauptung der Maier, dass sie narkotisiert wurde, war doch ein Bluff, oder?«

Der eintreffende Notarzt verhinderte eine Beantwortung der Fragen durch Stöckle. Der Arzt stellte den Tod der Oberärztin Maier-Desai fest. Er bestand darauf, Frank ins Krankenhaus zur Untersuchung mitzunehmen.

Frank protestierte laut: »Doch nicht schon wieder. Jedes Mal, wenn ich diese Klinik aufsuche, schleppt mich der Notarzt ab. Nie wieder komme ich hierher.«

Stöckle befahl trocken: »Geh mit! Dort triffst du auf deine Komplizin. Tina und du, ihr könnt beide in den Fluren eure Solonummern tanzen. Wir durchsuchen in der Zwischenzeit professionell die gesamte Klinik. Es ist etwas oberfaul in dieser *Jungbrunnen*-Klinik.«

Stöckle startete eine systematische Durchsuchung der Räume. Dutzende Polizisten schwärmten aus. Sie öffneten sämtliche Türen, durchsuchten penibel alle Zimmer. In der unteren Etage fanden sie weder Patienten noch Personal. Im ersten Stock dasselbe Ergebnis. Leere Zimmer. Nicht belegte Krankenbetten. Kein Anzeichen für einen laufenden Klinikbetrieb. Nirgends eine einzige Krankenschwester oder ein Arzt. Stöckle stand vor einem Rätsel. Im Büro der Oberärztin Maier-Desai fand Karina die Lösung. Den Unterlagen nach, die auf dem Schreibtisch lagen, waren in den letzten drei Wochen keine Operationen mehr durchgeführt worden. Es hatte zwar Anfragen von Organempfängern gegeben, aber keine Hinweise auf irgendwelche freiwilligen Spender. Mit dem Tod des Professors Glomm schien jede Operationstätigkeit erloschen. Aus den Papieren entnahm Karina, dass die im Hause *Jungbrunnen* Beschäftigen alle einen bezahlten Urlaub von zwei Monaten erhalten hatten.

Eine Flugkarte in der Handtasche der Oberärztin, Reiseziel Buenos Aires, ausgestellt auf den Namen Hella Maier-Desai, wies darauf hin, dass sich die Frau nach Südamerika hatte absetzen wollen. Der Abflug hätte am Nachmittag vom Flughafen Stuttgart-Echterdingen erfolgen sollen. Ansonsten gab es keine Hinweise auf die Besitzverhältnisse der Klinik. Alle finanziellen oder verwaltungstechnischen Anweisung trugen die Unterschriften von Glomm oder Maier-Desai.

Stöckle traf auf eine frustrierte Karina.

»Das scheint mir eine Aufgabe für Juristen und Spezialisten aus der Verwaltung zu sein. Wir müssen das Grundbuchamt befragen. Wer ist als Besitzer dieser Klinik eingetragen?«

Stöckle bestimmte: »Auf jeden Fall versiegeln wir das Gebäude. Wir lassen die Spurensicherung auf alle Räume los. Vielleicht finden die Spezialisten verwertbare Spuren. Ich beantrage bei der Staatsanwaltschaft die Sperrung aller Konten der Klinik und der Privatkonten von Maier-Desai.«

Am darauffolgenden Tag meldete sich Frank zum Dienst zurück. Stöckle verschwand hinter Bergen von Papieren, die er fluchend durcharbeitete. Karina grub sich durch die vielfältigen aber unergiebigen Funde der Spurensicherung. Beide zeigten ausgesprochen schlechte Laune. Sie wimmelten den ausgeruhten, tatendurstigen und neugierigen Frank ab.

Er informierte sie über die Kollegin Schrayer.

»Tina bleibt einen weiteren Tag im Krankenhaus. Man untersucht sie wegen der alten Schussverletzung. Bei dem Zusammenstoß mit dem anderen Auto ist ihre Narbe aufgeplatzt. Sie musste erneut genäht werden. Die Ärzte sorgen dafür, dass bei ihr keinerlei Einschränkung ihrer Beweglichkeit zurückbleibt.«

Man legte ihm keine Akten auf den Tisch. Die Schiller hatte ihren freien Tag. Frank saß am Schreibtisch, grübelte und machte Telefondienst. Der erste interessante Anruf kam vom Grundbuchamt.

»Sie stellten eine dienstliche Anfrage zum Besitzer des Gebäudes der Klinik *Jungbrunnen*?«

Er bejahte.

Die freundliche Stimme fuhr fort.

»Wie ich dem Kataster entnehme, gehört der Besitz seit Jahrzehnten einem Herrn Alfred Maier. Er erbte das Anwesen von den Eltern.«

»Sind Belastungen, wie Hypotheken, eingetragen?«

»Nein. Ebenso wenig wie auf dem anderen Gebäude des Herrn Maier.«

»Von welchem anderen Gebäude sprechen Sie?«

»Ursprünglich gehörte das benachbarte Haus Nummer 72, eine Villa, zum Gelände der Klinik.«

Frank bedankte sich für die Auskunft. Er störte Karina und Stöckle bei ihrer Aktendurchsicht.

»Stellt euch vor, der Besitzer der Klinik heißt Alfred Maier. Er bewohnt das Nachbarhaus. Als ich die Klinik besucht habe, saß ein Mann als Aushilfe an der Pforte. Er hat sich mir als Maier vorgestellt. Er sagte, er wäre der Gärtner. Wollen wir uns dieses Multitalent einmal anschauen und ihn uns vorknöpfen?«

Begeistert stimmten beide Franks Vorschlag zu, erlöste er sie doch von dem langweiligen Durchblättern der Papiere, die keine wesentlichen Geheimnisse preisgaben. In diesem Augenblick läutete das Telefon von Stöckle. Er hob ab und deutete Karina und Frank mit Handzeichen an zu bleiben. Er stellte den Apparat auf Lautsprechen.

»Hallo, Ernst. Deine Anfrage wegen der Trägerschaft für die Klinik hat mir Probleme bereitet. In dem für die Klinik zuständigen Konsortium herrschen chaotische Verhältnisse. Es sind betuchte Herren, die ihr Geld in diese Institution gesteckt haben. Vor zwei Wochen haben sie ihr Geld abrupt abgezogen, die Trägerschaft für die Klinik aufgelöst und zuvor alle laufenden Kosten bezahlt. So etwas ist erstaunlich und nicht üblich. Also handelt es sich nicht um eine Insolvenz im echten Sinne, sondern um eine stille und unauffällige Auflösung eines Trägervereins. Dieser wurde auf den Bahamas registriert und vor Kurzem ebenfalls gelöscht. Der einzige deutsche Staatsbürger in diesem Verein hört auf den ausgefallenen Nachnamen Maier. Der Vorname lautet Alfred. Sowohl seine Adresse als auch seine Anteile am Trägerverein sind nicht angegeben. Ich hoffe, ich konnte dir mit dieser Auskunft dienen. Tschau, bis zum nächsten Kegelabend.«

47

Holzer saß in seinem sonnenlichtdurchfluteten Zimmer mit den großen Glasfenstern in der Privatklinik am Mont Vully oberhalb von Lugnorre. Es klopfte leise an der Tür. Die Krankenschwester betrat das Zimmer.

»Sie gaben die Anweisungen, dass wir bei telefonischen Anfragen sagen sollten, Sie seien abgereist. Unten am Empfang steht ein Herr Ruebli. Er möchte Sie sprechen. Er besteht darauf.«

»Ja, danke. Ich komme nach unten. Ist meine Frau von ihrer Fahrt nach Murten zurück?«

»Ich denke nicht. Sie hat sich nicht bei uns gemeldet.«

Holzer betrat den kleinen Empfangsraum. Er sah, wie sich ein grauhaariger Herr aus dem Sessel erhob.

»Hallo, Erwin. Geht es dir gut?«

»Danke der Nachfrage, Urs. Aber du weißt, es wird nichts mehr mit dem Gesundwerden. Damit muss ich mich wohl oder übel abfinden.«

»Ich wollte dir mitteilen, dass ich dein Geld retten konnte. Ich zog alle Anteile aus der Klinik ab und löste unseren Trägerverein auf. Insgesamt gesehen, haben wir Gewinn gemacht. Du wirst auf deinem Bankkonto in der Schweiz einen satten Bonus erhalten. Ich, als Vorsitzender der Schweizer Woden, bedauere natürlich sehr, wie die Sache in Indien gelaufen ist. Desai entpuppte sich als zu habgierig. Er fand nicht genügend Mädchen auf den Dörfern, deshalb kaufte er Prostituierte, um seine Quote zu erreichen. Im Rahmen der Gewinnmaximierung schlug er uns mit den nicht gesunden Straßenmädchen übers Ohr. Er rechnete mit uns Normalpreise ab, bot den Zuhältern nur Minimalpreise an. Darüber hinaus schlampte er bei den Tests, versäumte sogar, manche durchzuführen. Den Ethos als Arzt vergaß er und wurde zum gierigen Geschäftsmann, der nur an den Profit dachte. Übrigens, dieselbe Gier trieb den Kapitän an. Er gab sich nicht mit unserer großzügigen Bezahlung zufrieden, sondern führte ein Nebengeschäft. So schmuggelte er Heroin. Die Polizei hat es in Indien beschlagnahmt, als dieser Buck versuchte, die Jacht abzufackeln. Dem Kapitän bekam das Nebengeschäft nicht. Der Heroinhändler ließ ihn in der Zelle der Polizeistation umbringen. Wenn wir wieder in diese Sparte investieren, müssen wir von vorne anfangen.«

Der Bankier bemerkte nicht, wie Holzer ihn bei diesem Vortrag nachdenklich anschaute. Er sah nicht die unterdrückte Wut in dessen Augen aufblitzen, die von einem geschäftsmäßigen Lächeln überdeckt wurde.

»Urs, ich danke dir, dass du gekommen bist, um über Geschäfte zu reden. Aber ich muss zur Anwendung. Können wir uns heute Abend im Restaurant du Port weiter unterhalten?«

»Selbstverständlich. Ich nehme ein Zimmer in Murten. Wir treffen uns gegen 20 Uhr in dem Restaurant. Ich habe einige neue, großartige Ideen entwickelt, wie wir Geld vermehren können.«

Urs verabschiedete sich von Holzer, indem er diesen umarmte. Er drückte ihm aufmunternd die Schultern.

»Du wirst sehen, es wird wieder.«

Ernst Stöckle, Karina Moos und Frank fuhren in einem Wagen zur Villa des Herrn Maier. Sie stellten Vermutungen an, welche Rolle dieser Mann spielte.

Frank überlegte laut. »Die Oberärztin hatte vor, mich mit Gift zu beseitigen, obwohl sie mich schneller und gefahrloser hätte erschießen können. Das muss doch einen Grund gehabt haben. Sie wollte einen unblutigen Mord auf Distanz. Damit entfällt sie eigentlich als Mörderin von Glomm. Dieser wurde erwürgt. Ich kann mir nicht vorstellen, dass diese Frau einen Mann erwürgen könnte. Dazu gehört Überwindung. Ich sah deutlich, dass sie mich höchstens in Not erschossen hätte. Gift war ihr Mittel, mit dem sie ein unblutiges Verbrechen begehen konnte.«

»Wer hat dann Glomm auf dem Gewissen?«, fragte Karina Stöckle.

»Meine Hypothese, der Maier brachte ihn um. Du, Frank, hast ihn ja gesehen. Ist er groß und stark genug?«

»Schon. Er wirkte auf mich kalt und beherrscht. Ich denke, bei dem stoßen wir im Verhör auf Granit.«

»Dann müssen wir guter Bulle, böser Bulle spielen.« Karina lachte zu ihrer scherzhaft gemeinten Bemerkung.

»Ja das werden wir«, bestimmte Stöckle. »Du Karina mischt dich ein, indem du behauptest, es gäbe Spuren an der Glomms Leiche, die auf den Mörder hinweisen. Du möchtest einen DNA-Abgleich bei Maier durchführen. Das wirkt bei den Härtesten.«

Sie hielten vor der Villa und klingelten. Niemand öffnete. Stöckle pochte heftig gegen die Eingangstür.

»Machen Sie nicht solch einen Radau!«, herrschte ihn ein Mann mit Gartenschürze an, der aus dem Garten hinter dem Haus auftauchte.

»Sind Sie Herr Maier?«, fragte Stöckle barsch.

287

Als dieser die Frage bejahte, zeigte er den Polizeiausweis vor und forderte: »Lassen Sie uns ins Haus. Wir wollen Ihnen ein paar Fragen stellen!«

Sie nahmen im geräumigen Wohnzimmer Platz. Frank begann mit dem Verhör.

»War Frau Maier-Desai Ihre Tochter?«

»Was heißt, sie war? Sie ist es noch.«

Karina mischte sich ein. »Haben Sie nicht bemerkt, was nebenan in der Klinik *Jungbrunnen* passiert ist?«

»Was soll da passiert sein? Es fuhren Krankenwagen und Polizeiwagen vor. Momentan ist die Klinik nicht belegt. Das Personal macht Urlaub. Meine Tochter ist ebenfalls in den Urlaub geflogen.«

»Wohin?«, unterbrach Frank.

»Weiß ich nicht. Sie wollte sich bei mir melden, wenn sie gelandet ist.«

Stöckle runzelte die Stirn und beugte sich vor. »Ihre Erzählung glaube ich nicht. Sie mussten bemerken, dass in der Klinik der Teufel los war? Sind Sie taub und blind?«

»Ich versichere Ihnen, ich bemerkte den Auflauf. Der ging mich nichts an. Es spielte sich alles auf dem Klinikgelände ab. Für das, was dort geschieht, bin ich nicht verantwortlich.«

Frank wandte ein: »Aber Sie sind der Gärtner für das Klinikgelände?«

Stöckle unterbrach in bissigem Tonfall: »Außerdem sind Sie an der Klinik finanziell beteiligt. Und das nicht nur mit ein paar lumpigen Euros.«

Maier stotterte. »Ja, aber, aber ...«

Karina stoppte seine Erwiderung mit einer Handbewegung. Sie sah Herrn Maier mitleidig an. »Da Sie auf den Anruf Ihrer Tochter warten, denke ich, dass Sie noch nicht erfahren haben, dass es sich bei der Leiche, die wir in der Klinik fanden, um Ihre Tochter handelt.«

Stille breitete sich im Raum aus, Entsetzen stand Herrn Maier ins Gesicht geschrieben, er wurde blass. Stöckle betrachtete ihn genau. Frank presste die Lippen aufeinander.

»Das kann nicht sein. Hella besitzt ein Flugticket nach Südamerika. Sobald sie landet, ruft sie mich an. Ich sollte nach ihrem Anruf in der Klinik aufräumen.«

Frank sprang vom Sessel auf. »Ja. Sie sollten mich wegräumen. So wie die indischen Mädchen. Ich war das nächste Opfer. Sie Leichenwegräumer, Sie!«

Maier sah ihn zuerst fassungslos an und tobte dann unbeherrscht los. »Sie sind das? Sie sind dieser ekelhafte Kommissar Buck, der penetrante Schnüffler? Sie stellen eine Bedrohung dar. Jemand musste Sie beseitigen!«

Stöckle stand abrupt auf und starrte Maier in die Augen. »Leichen wegzuräumen ist eine Sache, Mörder zu sein eine andere. Und da wären wir bei Herrn Professor Glomm. Ihre Tochter hat ihn nicht getötet. Dazu schien sie mir zu sensibel.«

»Ja, ja. Das war meine Hella. Sehr sensibel. Schon als kleines Kind war Hella empfindsam. Ich nannte sie oft mein Sensibelchen. Ich musste sie immer beschützen. Warum hat sie nur diesen Desai geheiratet? Dieses geldgierige Monster.«

Karina lehnte sich betont lässig in ihrem Stuhl zurück und log. »Halt. Sie lenken ab. Wir fanden an dem toten Glomm DNA-Spuren, und zwar an dem Kunststoffband, mit dem Sie ihn erdrosselten. Wir nehmen Sie mit und gleichen ihre DNA-Spuren ab.«

Frank beugte sich über den völlig verstörten Maier und flüsterte mit heiserer Stimme. »Wissen Sie, Ihre Tochter besaß ein Gewissen. Sie hielt das alles nicht mehr aus. Diese Grausamkeiten. Diese Not der hilflosen, indischen Frauen. Das sinnlose Sterben. Sie bereute, dass sie überhaupt mitgemacht hatte. So nahm sie selbst das Gift, das für mich bestimmt war. Vorher ließ Sie mich frei.«

Totenstille herrschte im Zimmer. Maier wurde leichenblass, jegliche Farbe wich aus seinem Gesicht. Er schüttelte ungläubig den Kopf, blickte durch das Fenster zum Himmel hinauf und murmelte: »Hella, meine über alles geliebte Tochter. Warum nur, warum nur mein Dummerchen? Warum hast du nicht mit deinem Vater über dein Leiden geredet?«

In die Stille hinein fauchte Stöckle aufgebracht los. »Stellen Sie sich vor. Ihre bedauernswerte, so sensible Tochter begeht Selbstmord. Das Ganze wegen der Geldgier ihres Mannes Desai und weil Sie dem keinen Riegel vorgeschoben haben.«

Maier sackte in dem Stuhl zusammen, der Oberkörper knickte ein, die Stirn lag auf dem Tisch, er weinte leise.

Karina schaltete ihr Aufnahmegerät ein und wartete geduldig auf ein Geständnis des Alfred Maier.

»Vor Jahren lernte ich bei einem internationalen Treffen der Woden einen Bankier aus der Schweiz kennen. Er hieß Urs Ruebli. Ich erzählte ihm von unserer schlecht laufenden Privatklinik *Jungbrunnen*. Die Klinik hatte sich auf Schönheitsoperationen festgelegt. Das Ganze wurde immer mehr zu einem Zuschussbetrieb. Wir machten Verluste. Ich, als der Eigentümer der Klinik, suchte nach einem neuen Geschäftskonzept. Ruebli erzählte mir von betuchten, schwer kranken Herren. Sie würden für eine illegal erworbene und transplantierbare Niere ein Vermögen zahlen. Schließlich könnte der Spender auch mit einer Niere überleben.

Diese Geschichte erzählte ich meinem Schweigersohn Desai. Dieser entwarf einen Plan. Er würde in Indien armen Mädchen Nieren abkaufen. Diese würden in der Klinik *Jungbrunnen* transplantiert. Als ich dieses Vorhaben bei den Ärzten in der Klinik andeutete, überrollte mich ein Sturm der Empörung. Kein einziger dieser Ärzte und keine der Krankenschwestern wollte mit solch einer Sache zu tun haben. Auch der Hinweis, dass wir sonst pleitegingen, änderte nichts an der Ablehnung. Lieber würden sie kündigen, als bei solch einer ethisch anrüchigen Angelegenheit mitzumachen. Der Verwaltungschef der Klinik, der Herr Toran, ein Jurist, kündigte der gesamten Belegschaft, Ärzten und allen Krankenschwestern mit dem Hinweis auf eine nun ablaufende Insolvenz. Desai kannte vom Studium einen Herrn Professor Glomm, der durch seinen aufwendigen Lebensstil und eine kostspielige Scheidung in Geldnöten steckte. Dieser besaß die nötigen Operationserfahrungen und hatte sich einen guten Ruf als Transplantationsmediziner erarbeitet.

Ich sprach mit Herrn Glomm. Er sagte zu. Meine Tochter wurde Oberärztin. Eine neue Belegschaft wurde zusammengestellt. Sie ahnten nichts von dem schmutzigen Deal hinter den Transplantationen. Außerdem firmierte die Klinik unter neuer Leitung und mit einem anderen Namen. Wir verdienten an jeder einzelnen Transplantation so viel, dass es uns alle zufriedenstellte. Toran stieg aus dem Klinikbetrieb aus. Durch gute Beziehungen konnte er ins Ministerium wechseln. Dort würde er als unser Frühwarnsystem funktionieren, falls das Geschäft auffliegen sollte. Er würde als Erster von illegalen Transplantationen erfahren. Damit hätte er uns rechtzeitig warnen können. Wir gründeten einen Trägerverein für die Klinik. Das Anfangskapital für den Umbau, die Geräte und die Personalkosten erbrachte ein Klinikfonds des Herrn Ruebli. Dann lief unsere Gelddruckmaschine reibungslos. Bis Herr Buck seine Nase in die Klinik steckte.«

Maier hob den Kopf. Tränen liefen über sein Gesicht. Die harte Kruste eines Geschäftsmannes war wie weggeschmolzen.

»Meine arme Hella stand unter dem Einfluss von Desai. Der wurde immer geldgieriger. Er verzichtete auf einige kostspielige Tests, erklärte uns ganz frech: ›Wer soll sich denn beschweren? Niere ist Niere. Die Leute sind froh, wenn sie ein Organ bekommen. Die fragen nicht nach der Herkunft oder gar wie die Mädchen gehalten wurden. Sollen wir gar so etwas wie ein Biosiegel einführen?‹

Glomm wollte aussteigen. Er zitterte vor den Nachforschungen des Kommissars Buck. Das konnte ich nicht zulassen. Es hätte mein Mädchen gefährdet. Deshalb brachte ich Glomm zum Schweigen. Ach, ich bemerkte nicht, dass meine kleine Hella litt. Hätte sie etwas gesagt, hätte ich das Ganze abgeblasen. Geld besitze ich mehr als genug.«

Ein erneuter Weinkrampf schüttelte ihn.

»Als Hella mir befahl, ich sollte die Kommissarin Schrayer für einige Zeit außer Gefecht setzen, dachte ich nicht, dass sie sich selbst umbringen wollte. Ich dachte, sie erschießt den Herrn Buck.«

Er senkte den Kopf und schwieg.

Frank ließ die Handschellen zuschnappen und führte den gebrochenen Mann zum Auto.

»Vaterliebe? Das nennt sich Vaterliebe?«

Karina stand erschöpft auf und sah Stöckle fassungslos und ratlos an.

»Was passiert mit dem Geschäftemacher Urs Ruebli?«

48

Ruebli saß gemütlich im Restaurant du Port. Er speiste mit großem Genuss ein Felchenfilet in Weißweinsoße. An der linken Seite saß sein junger Assistent, Karl Bromer. Ihm gegenüber pickte Holzer in einem Salat herum. Er schien appetitlos und hörte nur mit halbem Ohr zu, was die zwei Herren über ihre Banktransaktionen mit südamerikanischen Banken erzählten.

In Gedanken weilte er bei dem Gespräch mit seiner Frau. Sie traf ihn nachmittags auf der Sonnenterrasse an. Er lag im Liegestuhl und starrte auf den Murtensee hinab. Seine Frau gab ihm einen herzlichen Kuss auf die Wange und erzählte von ihrem Bummel durch das schöne, alte Städtchen Murten. Sie unterbrach abrupt ihr Geplauder und fragte direkt: »Irgendetwas bedrückt dich doch.«

Da erzählte er ihr von Ruebli und auch von seiner eigenen finanziellen Verwicklung in die Klinikgeschichte. Sie starrte ihn entsetzt an.

»Du hast große Probleme, weil die Medikamente für die Unterdrückung der Nierenabstoßung und die Aids-Medikamente sich nicht vertragen. Du weißt, deine Niere wird abgestoßen. Das ist nicht aufzuhalten, wenn man die Aids-Erkrankung anhalten will. Warum hast du dich auf solch ein übles Geschäft überhaupt eingelassen? Warum konntest du nicht warten, bis du von der DSO eine Niere zugewiesen bekommen hättest? Wie konntest du daraus ein Geschäft machen. Ich glaube, ich spinne. Ich Naive habe wirklich geglaubt, dass du diesen Mädchen helfen willst, aus ihrem Elend und ihrer Not herauszukommen.«

Holzer verteidigte sich schwach. »Ich dachte, ich könnte mir helfen, den Mädchen helfen und nebenbei Geld verdienen. Lukrative Geschäfte habe ich nie ausgeschlagen.«

»Hast du nicht an die Opfer gedacht? Hilflose indische Mädchen. Nach der Operation eine Niere weniger und immer noch arm. Sie sind nicht das Risiko einer Operation eingegangen, nur damit andere Leute Geld dabei verdienen.«

»Ach was. Die sind nicht viel wert. Leben hat eben seinen Preis, und den war ich bereit zu zahlen.«

Seine Frau sprang auf und starrte ihn zornig und mit unverhohlenem Abscheu an.

»So hast du noch nie mit mir gesprochen!«

Sie atmete erregt ein und aus.

»Denkst du wirklich so?«, schrie sie ihn an. »Ist das deine Überzeugung? Leben hat seinen Preis. Wer Geld hat, kann es bezahlen! Wer keines hat, wird zusätzlich beschissen!«

Auf ihrer faltenlosen Stirn traten mehrere Adern hervor, machten sie hässlich.

»So etwas hast du mir nie gesagt!«

Die Stimme versagte ihr, sie räusperte sich.

»Ist das deine ehrliche und echte Meinung über die Menschen, über Menschen einer anderer Kultur oder Rasse oder Gesellschaftsschicht? Für diese Einstellung verabscheue ich dich. Ich schäme mich, dass ich die Quellen deines Reichtums nie hinterfragt habe.«

Sie sah auf ihn hinunter, drehte sich zur Tür und flüsterte: »So gnadenlos endet mein Traum vom Glück. Ich will nichts mehr von dir wissen. Ich nehme meinen Beruf als Ärztin wieder auf. Ich will nie wieder Geld von dir. Du widerst mich an. Dein schmutziges, ekliges Geld. Du bist für mich ein wirklicher Barbar und nicht mehr der wunderbarste Mann auf Erden, für den ich dich bis heute irrtümlich gehalten habe.«

Tränen liefen ihr über das Gesicht.

»Du wirst mich nicht mehr wiedersehen. Ich will nicht mehr und nie wieder mit dir zusammen sein!«

Holzer sah ihr nach, wie sie zum Parkplatz schritt. Seine Augen füllten sich ebenfalls mit Tränen. Trauer erfüllte ihn. Er ahnte, er hatte etwas Einzigartiges besessen und dieses durch eigene Schuld verloren. Leben konnte man nicht kaufen. Handel mit dem Leben anderer Menschen war eine unverzeihliche Sünde. Er hatte große Schuld auf sich geladen. Er wusste, dass er nichts wiedergutmachen konnte. Erschöpft schlich er sich in sein Zimmer. Er öffnete den Safe und entnahm ihm eine Pistole, eine Walther P99C AS. Sie war klein und leicht, sodass er sie verborgen tragen konnte. Er steckte sie in die Halterung, die an der Innenseite seiner Jacke angebracht war, und verließ mit hängenden Schultern die Klinik.

»Hallo, Herr Holzer. Sie essen ja nichts?«, unterbrach Bromer seine Erinnerungen.

»Ich vertrage die Medikamente gegen die Abstoßung der Niere nicht. Sie nehmen mir den Appetit. Außerdem ist es hier stickig. Es wäre schön, wenn wir uns nach dem Essen auf meine Jacht begeben könnten.«

Als er den erstaunten Blick von Ruebli sah, ergänzte er: »Ja, da staunst du, Urs. Die Jacht habe ich mir für die Zeit des Kuraufenthalts geliehen. Sehr teuer, dieses Spielzeug. Aber ich segle eben gerne.«

Urs nickte begeistert. »Auf dem See können wir in aller Ruhe das Geschäftliche regeln. Weißt du, Bromer hat eine großartige Idee entwickelt. Er besuchte im Urlaub abgelegene Dörfer im Himalaja. Was glaubst du, was unser Geschäftsgenie entdeckte?«

Nach ein paar Sekunden erwartungsvollen Schweigens fuhr er fort.

»Er entdeckte, dass dort Männer Mädchen gegen einen Brautpreis kaufen können. Sie nehmen diese in ein anderes, weit entfernt liegendes Tal mit. Die Mädchen kommen nie wieder zu ihrer Familie zurück. Für einen Besuch ist die Entfernung zu groß, da für eine Reise mit Flugzeug, Eisenbahn oder Auto kein Geld da ist. Weißt du, was das bedeutet? Wir heuern Einheimische an. Diese kaufen immer wieder Mädchen. So besitzen wir ein Ersatzteillager von Organen. Da wir die Opfer nicht zurückschicken müssen, brauchen wir keine große Rücksicht zu nehmen.«

Holzer bekam eine Gänsehaut und sah seine Frau vor sich. Monströs!, dachte er, was sind Ruebli und Bromer für Ungeheuer.

Als sie zu dritt zum Anlegesteg hinuntergingen, stand sein Entschluss fest. Er würde sich umbringen.

49

Auf dem Schreibtisch im Büro von Frank lag ein Eilbrief aus der Schweiz. Er war an ihn gerichtet. Mit rotem Filzstift hatte der Absender *persönlich* auf den Umschlag geschrieben.
Frank öffnete ihn, fand ein Blatt Papier vor und las.

Wenn Sie diesen Brief bekommen, lebe ich nicht mehr. Meine Frau verließ mich. Meine Geschäftspartner betrogen mich.
Was zählt: Ich lud nicht verzeihbare Schuld auf mich. Ich stellte Geld über Menschenleben. Mit dieser Schuld kann ich nicht leben. Dazuhin zerstörte ich das Wertvollste in meinem Leben, die Achtung und die Liebe meiner Frau.

Danke für Ihre Recherchen.
Ihr Honorar wird überwiesen.

Holzer

PS. Ich beende endgültig jedwede Geschäftsbeziehung zu Herrn Ruebli.

Frank griff zum Telefon und ließ sich mit der Polizeiwache in Murten verbinden. Der Polizist am Telefon reagierte verbindlich, aber korrekt.
»Über unsere Ermittlungen darf ich nichts berichten, ohne eine

offizielle, schriftliche Anfrage auf dem Dienstweg. Aber von Kollegen zu Kollegen lese ich Ihnen einen Artikel in unserer lokalen Zeitung vor. In dem steht beinahe alles, was auch wir wissen: Ein Herr Holzer fuhr in Begleitung eines Herrn Ruebli und eines Herrn Bromer mit seiner angemieteten Jacht von Môtier Richtung Murten. Später trieb die Jacht führerlos auf den Hafen zu. Die Hafenwache fand Herrn Ruebli und Herrn Bromer erschossen vor. Herrn Holzer fischten sie Stunden danach aus dem See. Er war ertrunken. Er hatte wohl das rettende Ufer nicht mehr erreichen können, da eine Kugel das Herz knapp verfehlt hatte. Die Kugeln stammten alle aus derselben Waffe. Es handelt sich um eine Pistole der Marke Walther P99C AS. Sie war nicht aufzufinden. Die Polizei steht vor einem Rätsel. Wer hat diese Männer überfallen und getötet?«

Frank bedankte sich für die Informationen aus der Zeitung. Er konnte nun die Worte in dem Brief von Holzer verstehen.

50

Frank befand sich mit Tina auf einer Art Erinnerungsreise. Sie besuchten Mandvi. Frank führte Tina zum traumhaften Salaya Beach, nächtigte mit ihr in dem luxuriösen, mit einer Klimaanlage ausgestatteten Zelt des Hotels The Beach at Mandvi Palace. Endlich hatten sie Zeit, um den Vijay Vilas Palace genauer zu erkunden. Dieser Palast der Hoheit von Mahardschi Vijay Singhji ist eine wilde Mischung von Baustilen, wie man sie in von Bengalen bis Rajasthan finden kann. Die beiden durchstreiften die Zimmer, in denen die Hoheiten gearbeitet hatten und traten auf die ausladende Terrasse, die einen herrlichen Blick auf das Meer bot. Besonders lange hielten sie sich im Park auf. Hier sahen sie den Pfauen bei der Balz zu, betrachteten Rebhühner und viele andere Vögel und neckten die Schakale, die ihre keckernden Rufe ausstießen. Dann bewunderten sie die Chinkaras, anmutige indische Gazellen.

Die beiden Turteltauben ließen sich inmitten einer Menge Inder entspannt durch die engen Gassen Mandvis treiben. Hand in Hand schlenderten sie durch die Stadt, die 1574 als Hafenstadt der Khengarji vom König von Kachchh gegründet wurde.

Stöckle störte ein einziges Mal mit einem Telefonanruf die Idylle. Er teilte mit, dass am dritten Verhandlungstag der Gerichtsverhandlung Herr Maier sich das Leben genommen hatte. Seit dem Tod seiner Tochter hatte er alles apathisch über sich ergehen lassen. Sein Geständnis hatte er unterschrieben und auch einen

Pflichtanwalt akzeptiert, obwohl er genügend Geld besaß, um den besten Strafverteidiger des Landes zu beauftragen. Er hatte offensichtlich jeden Lebenswillen verloren. In einer Prozesspause hatte er gebeten, austreten zu dürfen und den Aufenthalt in der Toilette genutzt, um sich mit seinem Gürtel aufzuhängen. Von Stöckle erfuhren sie von der Anklage gegen Heyer. Man belangte ihn nicht wegen seiner Beteiligung am illegalen Handel mit Organen, sondern – da dies einfacher nachzuweisen war – wegen Totschlags an Toran und Mordversuchs an Kommissar Buck. Heyer erwartete eine langjährige Haftstrafe. All sein vieles Geld auf den diversen Schwarzgeldkonten wurde eingezogen. Ganz nebenbei erwähnte Stöckle, dass er befördert worden war. Der Polizeipräsident hatte ihm die Urkunde zum Kriminaldirektor überreicht. Anlässlich der kleinen Feierstunde hatte der Präsident betont, dass die Abteilung für Tötungsdelikte vorbildlich arbeitete. Keiner hatte eine vollständige Aufklärung dieses doch äußerst komplizierten Falles erwartet.

Frank und Tina gratulierten Stöckle herzlich. Er versprach ihnen nach ihrer Rückkehr ein opulentes Festessen im *Alten Stadttor* bei Sid und Thanh.

Das verliebte Pärchen bewunderte bei ihrem Stadtbummel die wilde Mischung aus der Architektur vieler Jahrzehnte. Wohlhabende Händler bauten in der Blütezeit dieser Stadt die ausgefallensten Häuser. Sie stellten an den Häusern geschnitzte Figuren auf, zum Beispiel Engel oder Heilige. Figuren, die Inder nicht kennen. Auch farbige Glasfenster setzten sie in den Prunkhäusern ein. Sympathisch fanden die beiden Touristen, wie die Leute in Mandvi auf sie reagierten. Da hier Fremde selten sind, starrte man Tina und Frank zwar häufiger an, aber man lud sie auch spontan ein. So lernten sie die überschwängliche Gastfreundschaft der Inder kennen. Einmal kamen sie an einer neu errichteten Hütte vorbei. Es knackte, krachte und spritzte mächtig. Kokosnüsse wurden reihenweise aufgebrochen, der Saft auf den Boden und an die Haustür gegossen, das Kokosnussfleisch auf den Hausaltar gelegt. Ohne Puja, der rituellen Ehrenerweisung an die Hindugötter geht einfach nichts. Tina und Frank erlebten diesen Brauch auch bei dem Spatenstich für den Neubau eines Hotels, ja sogar bei der Einweihung einer kleinen Seitenstraße westlich der Police Road.

Tina und Frank verbrachten geruhsame Urlaubswochen. Sie genossen die Auszeit vom Beruf. Die Wunde von Tina verheilte. Sie fühlte sich von Tag zu Tag gesünder. Wenn sie beide am frühen Morgen am Strand joggten, sahen sie weit draußen eine angesengte, gekenterte Jacht liegen, die Shadi. Sie freuten sich jedes Mal bei ihrem Anblick, denn sie wies darauf hin, dass der Transport von Menschen und der Organhandel aufgehört hatten. Nachdem Dschafars Männer alles was nicht niet- und nagelfest war, aus dieser Jacht ausgeräumt hatten, fühlte sich niemand für dieses Wrack zuständig. So wurde es langsam von Wind und Wellen demontiert, von Muscheln besiedelt und von Pilzen und Algen zersetzt.

* * *

Dank

Ich möchte mich herzlich bedanken für die Impulse des Indien-Fachmanns Dr. Wolfgang Becker und für die hervorragende Betreuung durch meine Lektorin Maria Konstantinidou vom SWB-Verlag.

Jürgen Bauer